I0685064

NANCY WARREN

POTION ET CROISILLONS

LE CLUB DES VAMPIRES TRICOTEURS - 3

Potion et Croisillons, Le Club des Vampires Tricoteurs, tome 3

Copyright © 2023 par Nancy Warren

Tous droits réservés.

Aucune partie de cette publication ne peut être reproduite, distribuée ou transmise sous quelque forme ou par quelque moyen que ce soit, y compris la photocopie, l'enregistrement ou autres méthodes électroniques ou mécaniques, sans la permission écrite de l'éditeur, à l'exception de brèves citations dans le cadre de critiques littéraires.

Merci de respecter le travail de l'auteure.

ISBN numérique : 978-1-990210-74-7

ISBN papier : 978-1-990210-75-4

Couverture par Lou Harper de Cover Affair

Traduit de l'anglais par Rose Vermaux et Valentin Translation

Ambleside Publishing

INTRODUCTION

Potion et Croisillons: Un Polar Paranormal
Le Club des Vampires Tricoteurs - Tome 3

Chaque famille a des proches un peu gênants... Il s'avère que les miens sont des morts-vivants.

Ma grand-mère, Agnès Bartlett, gérait de son vivant la boutique *Tricotti Tricotta* à Oxford, qu'elle m'a léguée à son décès sans me préciser qu'en réalité, elle n'était pas vraiment morte. C'est un vampire, maintenant, et elle fait partie du cercle de tricot le plus saugrenu du monde : Le Club des Vampires Tricoteurs.

Comme vous l'imaginez, cela signifie qu'elle est libre d'intervenir dans ma gestion de la boutique qui lui appartenait autrefois. Elle essaie de m'apprendre à tricoter, et le moins que l'on puisse dire, c'est que ça ne se passe pas très bien. Elle essaie aussi de m'apprendre à devenir une sorcière, puisqu'il s'avère que je descends d'une longue lignée de sorcières – un autre détail au sujet de ma famille et dont personne ne m'avait jamais parlé, sans oublier la cousine sorcière dont je viens tout juste de découvrir l'existence.

Mais j'apprends peu à peu. J'ai mon grimoire de famille, mon chat noir attitré, des pouvoirs qui m'effraient encore, et un groupe intéressant de nouveaux amis.

Mes parents archéologues viennent me rendre visite et m'apportent un cadeau dont je me serais bien passée.

Alors maintenant, je gère une boutique de tricot sans savoir tricoter. Je suis une sorcière débutante incapable de contrôler son propre chat, sans compter sa magie, et ma vie amoureuse est aussi emmêlée que la dernière chaussette que j'ai essayé de tricoter. Oh, et pour une raison quelconque, je me retrouve constamment impliquée dans des enquêtes pour meurtre. Heureusement que j'ai mes vampires tricoteurs pour m'aider à trouver des indices...

Au moins, j'ai enfin réussi à embaucher l'assistante idéale, une vraie diablesse en matière de crochets. À moins qu'elle ne soit un peu trop parfaite ?

Découvrez gratuitement l'histoire des origines de Rafe Crosyer en vous inscrivant à la newsletter de Nancy (garantie sans spams) sur NancyWarrenAuthor.com

Rejoignez Nancy dans son groupe Facebook privé, où nous parlons bouquins, tricot, animaux de compagnie et vie en général. Facebook.com/groups/NancyWarrenKnitwits

ILS ONT AIMÉ LA SÉRIE LE CLUB DES
VAMPIRES TRICOTEURS

« *Le Club des Vampires Tricoteurs* est un délicieux cozy mystery paranormal qui se déroule dans un cadre idéal pour le genre, un magasin de tricot à Oxford, en Angleterre. Servi par une détective amatrice intrépide qui cherche encore sa place dans l'existence, Lucy Swift, et toute une panoplie de personnages inoubliables, ce polar vous offre ce qui se fait de mieux. Drôle, pertinent, avec des revirements de situation et un chat vraiment impayable ! Je recommande chaudement ce livre haut en couleur qui renouvelle agréablement le genre. »

— JENN MCKINLAY, AUTEURE DE BEST-
SELLERS AU CLASSEMENT DU NEW YORK
TIMES

« Une histoire si drôle et bien écrite que je n'ai pas pu poser mon livre un seul instant. »

— DIANA

« Une lecture drôle et fantastique. »

— DEBORAH

POTION ET CROISILLONS

— *B*onjour, madame Winters, la saluai-je en entrant dans l'épicerie du coin, en haut de Harrington Street, à Oxford.

C'était pratique, étant situé à deux pas seulement de l'endroit où se trouvait le *Tricotti Tricotta*.

Notre petit coin d'Oxford était mon endroit préféré de cette ville antique. Il y avait une faculté dans la rue, mais ce n'était pas l'une des plus connues. Il n'y avait pas de restaurants de classe mondiale ou d'hôtels chics. Personne de célèbre n'était né ou mort ici. Ce n'était même pas dans la partie la plus ancienne de la ville. Ce qu'il y avait dans Harrington Street, c'étaient des rangées de petites boutiques et de maisons qui étaient là depuis environ deux cent cinquante ans. Et l'une d'entre elles était la mienne.

Je ne dirigeais *Tricotti Tricotta* que depuis quelques mois et je découvrais encore de nouvelles bizarreries dans le quartier, et ça, ce n'étaient que les gens ! Bien sûr, comme j'étais à la fois jeune et américaine, je devais souvent expliquer comment j'en étais arrivée à posséder une vieille boutique de tricot pittoresque. L'explication la plus simple, et la plus vraie, était que j'avais hérité de la boutique à la mort de ma grand-mère adorée.

L'explication un peu plus compliquée, également vraie, était qu'avant qu'elle ne soit complètement morte, un des amis vampires de Mamie l'avait transformée. Je gérais donc la boutique avec beaucoup d'ingérence de la part d'un groupe de vampires je-sais-tout qui s'ennuyaient et qui faisaient d'excellents tricoteurs.

— Comment vont les affaires, Lucy ? demanda madame Winters.

Elle était du genre fouineuse.

— Bien. Je pense me lancer dans la vente de vêtements tricotés de créateurs, peut-être sur Internet.

Le club des vampires tricoteurs produisait des œuvres incroyables à une vitesse vertigineuse et j'espérais que si je pouvais les occuper suffisamment, ils auraient moins de temps et d'énergie pour s'immiscer dans ma vie. C'était un faible espoir, mais je m'y accrochais.

— C'est un joli pull que vous portez là, dit-elle en me regardant de plus près. Vous l'avez tricoté vous-même ?

Je réprimai une envie de rire. Mes tentatives de tricotage étaient à peu près aussi bonnes que ma capacité à garder une assistante. Pitoyables. Le pull que je portais était magnifique. Un fond violet profond avec un motif géométrique indescriptible, mais splendide, de diamants et de carrés dans des tons complémentaires, il avait été confectionné par le docteur Christopher Weaver, un médecin généraliste local qui se trouvait également être un vampire. Les vampires se relayaient pour me tricoter des pulls, des châles et des robes à porter dans le magasin. Chaque jour, j'arrivais dans une tenue étonnante, que je ne mettais généralement qu'une fois, car il y avait toujours une nouvelle création qui attendait que je m'y glisse. C'était pour cette raison que j'envisageais de me lancer dans le prêt-à-porter.

— J'ai cependant besoin d'une nouvelle assistante, dis-je en montrant l'annonce que j'avais rédigée. Ça vous dérange si j'épingle l'offre d'emploi sur votre tableau communautaire ?

J'avais aussi mis l'annonce en ligne et j'avais affiché un avis sur ma vitrine, mais tout le monde dans le quartier consultait le tableau d'affichage communautaire du *Terminus*, l'épicerie. C'était le meilleur endroit pour trouver un professeur de violon, un colocataire ou un emploi.

Cependant, l'affichage d'une annonce avait toujours un prix. D'autant plus que je placardais toujours la même : « Cherche vendeur chez *Tricotti Tricotta*. Doit être un tricoteur expérimenté avec une expérience de la vente au détail. » Je collectionnais les assistantes les unes après les autres comme une personne allergique avec un mauvais rhume amassait les mouchoirs.

J'attendis. Bien évidemment, elle leva les sourcils afin de mimer le choc.

— Juste ciel. Une autre assistante ?

Elle se pencha de l'autre côté du comptoir, devant le présentoir de billets de loterie et le panier en plastique de mini-paquets de bonbons au chocolat et à la gelée, tous prêts pour Halloween. Mais sa voix était si perçante que j'étais certaine que les gens pouvaient l'entendre au sommet de la Radcliffe Camera.

— Il est très important de rester cohérent. Une rotation rapide du personnel n'est pas bonne pour la réputation de votre entreprise, dit-elle en me souriant d'une manière particulièrement condescendante. Je suis sûre que vous ne m'en voudrez pas de vous donner un conseil, ma chère. Mais je suis dans les affaires depuis bien plus longtemps que vous.

J'aurais pu lui répondre que ma première assistante était une psychopathe, que ma deuxième assistante avait paniqué après avoir vu ma grand-mère soi-disant morte errer dans le magasin, et que ma troisième était retournée en Australie pour être avec son petit ami, le meurtrier, mais je me tus et essayai d'avoir l'air reconnaissante pour ce conseil non désiré.

Puis, comme si elle se souvenait tardivement de la façon dont j'avais perdu ma troisième assistante, elle ajouta :

— Bien sûr, ça a été si épouvantable avec tout ce tralala au salon de thé.

Il faut être une personne très spéciale pour appeler deux meurtres du *tralala*.

Je lui souris gentiment.

— Puis-je mettre mon annonce ?

C'était un dimanche après-midi et je consacrais mon unique jour de congé de la semaine aux corvées de rattrapage, comme passer l'aspirateur, et à faire de la publicité pour une nouvelle assistante.

— Oui, bien sûr, ma chère. Et j'ouvrirai l'œil, moi aussi, pour trouver la bonne personne. Quel genre d'employée avez-vous en tête ?

Je savais exactement quel genre de personne je voulais. Je pouvais l'imaginer dans ma tête.

— Je cherche une femme d'âge moyen, peut-être quelqu'un dont les enfants sont grands et qui souhaite un travail à temps partiel. Elle doit être une excellente tricoteuse, bien sûr, avoir une certaine expérience de la vente, et si elle a une expérience de l'enseignement, ce serait encore mieux. Elle doit être disponible pour travailler les week-ends.

J'imaginais une femme ronde qui porterait des cardigans qu'elle aurait tricotés elle-même.

Elle serait maternelle, le genre de personne qui pourrait dispenser des conseils de vie aussi facilement qu'elle pourrait tourner une manche ou tricoter une image du père Noël et du renne dans un chandail rouge d'enfant. *Un pull*, me corrigeai-je mentalement.

J'étais certaine qu'elle était là, ma vendeuse de tricot imaginaire. Jusqu'à ce qu'elle apparaisse, je me débrouillerais seule avec l'aide sporadique de quelques dames vampires qui n'avaient jamais été connues localement de leur vivant. Naturellement, ma grand-mère voulait désespérément être impliquée, mais je ne la laissais participer à l'inventaire et au rangement qu'une fois le magasin fermé et lorsque j'avais tiré les rideaux.

Après avoir affiché mon annonce et acheté du pain frais et du lait pour moi-même, ainsi qu'une demi-douzaine de boîtes de thon pour Nyx, ma chatte noire, mon familier, qui était très exigeante quant à son alimentation, je parcourus la courte distance qui me séparait de ma boutique, mon sac à provisions en tissu réutilisable se balançant dans ma main. Maintenant qu'elle était fermée pour la nuit, j'avais hâte de passer la soirée à étudier les formules magiques, avec l'aide de mon grimoire familial. Ma cousine et ma grand-tante sorcières ne cessaient de m'encourager à rejoindre leur assemblée, mais j'hésitais à le faire, ayant si peu de compétences en sorcellerie à offrir.

La vérité, c'était que je me retrouvais toujours dans des situations où je n'étais pas très douée. Par exemple, je possédais une boutique de tricot, et je ne savais pas tricoter. J'avais essayé, encore et encore. Mamie disait que je ne me concentrais pas correctement, mais j'avais beaucoup de mal à maintenir mon attention sur deux bâtons métalliques et à enrouler constamment de la laine autour d'eux tout en gardant le compte. Je n'arrivais pas à comprendre comment les autres faisaient pour rester concentrés. Mes créations, qu'il s'agisse d'écharpes, de chaussettes ou de pulls, finissaient toutes par ressembler à des variations de la famille des oursins ou des hérissons. Parfois, je me disais que je devrais inventer une gamme de hérissons tricotés. Je pourrais vraiment m'en donner à cœur joie.

Mamie disait que je venais d'une longue lignée d'illustres sorcières. Je ne savais pas ce que mes descendants pourraient dire de moi, dans le futur, mais je doutais qu'ils utilisent le mot « illustre ». Mes potions ne fonctionnaient pas, j'oubliais mes sorts à mi-chemin et j'avais tendance à faire exploser des choses. Malgré moi.

La seule raison pour laquelle je croyais à moitié être une sorcière était que ma chatte était clairement un familier très puissant. Je l'avais appelée Nyx, du nom de la déesse de la nuit et fille du Chaos, et elle portait bien son nom. C'était la chatte la plus intelligente que j'aie jamais connue, et quand elle était là, des choses se passaient. Je ne pensais pas qu'elle resterait avec moi si elle ne croyait pas que j'avais du potentiel, bien que parfois elle me regardait de travers de ses yeux verts et je pouvais voir qu'elle avait des doutes. Si jamais j'arrêtais de lui donner le meilleur thon que *Le Terminus* pouvait offrir, et que j'essayais de mettre de la nourriture pour chat dans son assiette, à mon avis, elle partirait bien pour des cieux plus cléments.

Cependant, j'avais fait des rêves qui s'étaient avérés avoir une signification, même si ce n'était pas toujours le cas sur le moment, et lorsque mes émotions étaient impliquées, je faisais se produire des choses mystérieuses, même pour moi. C'était loin d'être suffisant pour brandir mon chapeau pointu de sorcière, mais c'était tout ce que j'avais.

Comment pourrais-je me présenter à l'assemblée locale de sorcières et me faire passer pour l'une d'entre elles ? Elles me balayeraient avec leurs balais magiques. Et qui pourrait les blâmer ? Mais je me sentais seule, étant moi-même la seule sorcière que je connaissais, sans compter ma cousine et ma grand-tante. J'étais donc déterminée à m'entraîner jusqu'à ce que je sois assez douée pour que les autres sorcières m'acceptent. C'était un peu comme s'entraîner au base-ball tout l'été dans l'espoir d'intégrer une équipe à la rentrée. Bien évidemment, ça n'avait pas marché pour moi. Après un été d'entraînement, j'étais devenue incapable ne serait-ce que de toucher la balle avec la batte de base-ball, et mon lancer était pire.

J'étais tellement occupée à me tracasser sur mon avenir de sorcière, que je ne remarquai même pas les deux personnes qui se trouvaient devant *Tricotti Tricotta*. Il s'agissait d'un homme et d'une femme, d'âge moyen et semblant se tenir là depuis un moment. La première pensée qui me vint à l'esprit était à quel point il serait fastidieux de se débarrasser d'eux. Si j'expliquais que j'étais la propriétaire et que nous étions fermés, ils auraient une histoire larmoyante à raconter, comme quoi ils avaient désespérément besoin de laine aujourd'hui parce que... Ils s'attendaient à ce que je leur ouvre la porte. C'était fou de voir à quel point les gens se disaient que la phrase « le client est roi » signifiait que le monde du commerce devait tourner autour de leurs désirs.

J'envisageai de simplement passer devant eux, comme si ma destination était ailleurs, jusqu'à ce que je me rende compte que ces deux-là m'étaient très familiers. Dès que je m'approchai assez près pour en être certaine, je laissai tomber mon sac sur le trottoir et je courus droit devant, les bras grands ouverts.

— Maman, Papa, je n'arrive pas à croire que vous êtes là.

Ma mère et mon père étaient des « rock stars » dans leur domaine, qui se trouvait être l'archéologie égyptienne et soudanaise antique. Former une équipe composée d'un mari et de sa femme ajoutait du glamour à leur travail de professeurs. En dehors de cela, personne n'avait jamais de leurs nouvelles. Ils avaient passé autant de temps au Moyen-Orient qu'aux États-Unis, ce qui expliquait pourquoi j'avais fini par rester aussi longtemps à Oxford avec ma grand-mère.

— Vous êtes tous les deux si bronzés que vous avez l'air d'avoir fait une croisière dans les Caraïbes, plaisantai-je.

— C'est dû aux tempêtes de sable de Gizeh, répondit mon père. Oh, mais c'est si bon de te voir, Lucy.

Il m'enveloppa dans un câlin. Puis je me détournai de lui et serrai dans mes bras Maman, qui portait un manteau ayant tout d'un sac de couchage géant. C'était la fin du mois d'octobre et il faisait frais, mais pour une femme habituée à la chaleur du désert, le temps d'ici serait glacial.

Je trouvai mes clés et ouvris la porte de la boutique. Je pris alors conscience que Maman n'était pas venue depuis le décès de sa mère, ma grand-mère. Ce qui allait causer des complications. Parce que, bien évidemment, sa mère n'était pas vraiment morte, elle était plutôt dans la catégorie des morts-vivants. Je n'étais pas certaine que ce soit une bonne idée que mes parents découvrent que Mamie était un vampire. Et pourtant, elle errait dans les environs dès que le magasin était fermé et, parfois, de façon déconcertante, quand il était ouvert. Je n'étais pas sûre d'être capable de l'empêcher de se montrer à sa fille et son gendre. Mais je franchirais cette étape quand elle se présenterait.

Ils avaient voyagé léger, avec une valise à roulettes et un sac à dos chacun. Je portai celui de Maman pour elle et conduisit le couple à l'étage de l'appartement, où je vivais maintenant. J'allumai les lampes pour chasser l'obscurité de l'après-midi. Puis, je pris la doudoune de Maman et le vieux blouson de laine de Papa et les accrochai dans le placard.

— Mais, que faites-vous ici ? Et pourquoi ne m'avez-vous pas dit que vous veniez ? demandai-je en les regardant l'un après l'autre. C'est à cause de troubles politiques ?

C'était généralement la seule chose qui les catapultait hors d'une excavation une fois qu'ils étaient, eh bien, excavés.

Maman classait les problèmes politiques, la météo et le manque de fonds comme des obstacles qui l'empêchaient de faire son travail correctement. Mes parents étaient obsédés par leur fascination pour les fouilles historiques. Ils en savaient beaucoup plus sur les événements de l'Ancien Monde que sur ceux du monde moderne.

Mais Papa tourna les yeux vers Maman, qui secoua la tête. Elle avait l'air quelque peu confuse. Avait-elle bu dans l'avion ? Elle buvait rarement, alors je me demandai si quelques cocktails à plus de neuf mille kilomètres d'altitude n'avaient pas envoyé sa tête dans les nuages. Quelque chose l'avait fait.

— Je voulais te voir, Lucy.

Elle passa une main dans ses cheveux bruns, généreusement striés de gris, qui avaient dépassé ses épaules depuis la dernière fois que je l'avais vue.

— Et j'ai besoin d'une coupe de cheveux.

Maman n'était pas une femme qui quittait son travail et allait à l'étranger pour se faire couper les cheveux. À part le fait qu'elle avait l'air pompette, elle semblait en pleine forme. Elle portait son uniforme habituel, à savoir une chemise en coton surdimensionnée, un jean droit et des bottes pour le désert. Comme elle refusait de porter des lunettes à triple foyer, elle portait ses verres de moyenne distance et avait ses lunettes de lecture ainsi que celles de longue distance rangées dans la poche de sa chemise. Elle ne se maquillait jamais et son unique bijou était une simple alliance en or.

Mon père était revêtu à peu près du même uniforme, mais sa chemise était d'un bleu denim délavé. Il avait cédé aux lunettes à triple foyer et sa nouvelle paire était plutôt à la mode puisque je l'avais aidé à la choisir. J'avais hérité de lui mes cheveux blonds et bouclés, mais les siens étaient plus gris que dorés. Des années dans le désert lui avaient donné un teint rude, balayé par le vent. Il ressemblait à un Indiana Jones plus âgé.

Ils étaient de brillants archéologues, et désespérément peu à l'aise avec les choses de tous les jours. Je les adorais tous les deux.

— Vous auriez dû me dire que vous veniez !

— Maman voulait te faire la surprise.

Ça aussi, c'était un comportement étrange. Maman détestait les surprises.

— Eh bien, ça je le suis, surprise. Je suis si heureuse de

vous voir, leur dis-je avant d'éclater de rire. Je ne sais pas ce que nous fabriquons debout dans le salon. Asseyez-vous.

Je leur proposai du thé. Ma mère rit doucement.

— Tu deviens aussi anglaise que ta grand-mère. Tu n'as pas du café ?

— Si, bien sûr.

Je pénétrai dans la cuisine et entrepris de préparer du café. Maman me suivit.

— Ça doit être si dur pour toi, lui dis-je. C'est la première fois que tu reviens depuis la mort de Mamie.

— Je pense que ça doit être encore plus dur pour toi. Je suis désolée que tu aies eu le choc d'arriver ici et de découvrir qu'elle était partie. Ça a dû être terrible.

Oh, elle n'avait pas idée. Non seulement j'avais trouvé ma grand-mère supposée morte errant dans les environs, mais, avec l'aide du club des vampires tricoteurs, j'avais dû résoudre son meurtre. Naturellement, Maman ne savait rien de tout ça.

— Je m'en suis sortie.

Elle ne perdit pas de temps pour en venir à la question typique de Maman que je redoutais déjà.

— Je comprenais que tu restes au début, chérie, mais pourquoi es-tu encore là ? Tu as vingt-sept ans. Que fais-tu à tenir une boutique de tricot ?

J'étais en quelque sorte tombée dans cette nouvelle vie, en partie parce que ma grand-mère m'avait laissé la boutique et l'appartement du dessus, mais aussi parce que j'avais appris à l'apprécier. Aussi fou que cela puisse paraître, j'attendais avec impatience les réunions bihebdomadaires du club des vampires tricoteurs. C'était un groupe étrange composé de personnes d'époques très différentes, mais c'étaient mes amis. J'aimais diriger la boutique plus que je ne l'avais imaginé, et si j'apprenais à tricoter un jour, je serais vraiment douée pour ça.

— Tu serais surprise, Maman. Le tricot et le crochet ne sont plus réservés aux petites vieilles dames. J'ai des étudiants ici, des jeunes hommes et femmes, il y a même un club qui se réunit au pub pour tricoter. Ils s'appellent les *Oxford Drunken Knitwits*. Voilà.

— Te fais-tu des amis proches ?

D'accord, la plupart de mes amis fêtaient leurs anniversaires dans la centaine, mais j'avais cessé de penser à eux de cette façon.

— Je suis occupée avec la boutique, mais je sors souvent. Je pense m'inscrire à un cours sur la façon de gérer une petite entreprise, et dès que j'aurai le temps, je reprendrai des cours de yoga. Tu sais comment c'est à Oxford. Il y a des conférences, des concerts, du théâtre, des lancements de livres et des quiz dans les pubs tout le temps, ici.

Je plaçai trois tasses de café sur un plateau avec une assiette de biscuits au gingembre faits maison. Mamie savait que c'étaient mes préférés et elle en préparait régulièrement pour moi. Quand Maman les aperçut, elle posa une main sur son cœur.

— Maman avait l'habitude d'en préparer pour nous. Tu as trouvé sa recette. Je ne savais pas qu'elle l'avait écrite.

Je souris et priai ardemment pour que Maman ne me la demande pas, car je n'avais pas la moindre idée de comment les faire.

Lorsque nous fûmes installés, Maman et Papa côte à côte

sur le canapé en chintz et moi sur l'un des fauteuils rembourrés, elle revint à sa précédente conversation à sens unique.

— Tu es sûre que tu ne te sens pas seule ?

— Jamais. D'ailleurs, j'ai une colocataire.

Puis j'élevai alors la voix.

— Nyx ? l'appelai-je.

Normalement, la chatte traînait avec moi, que je sois à la maison ou au magasin. C'était étrange qu'elle ne soit pas là maintenant, pour faire connaissance avec Papa et Maman. Surtout qu'elle serait une bonne distraction de l'interrogatoire que j'étais en train de subir.

Papa et Maman se regardèrent l'un et l'autre.

— Qui est Nyx ? demanda Papa.

— Ma chatte. Je ne sais pas où elle est. D'habitude, elle adore rencontrer de nouvelles personnes.

— C'est super, dit Papa. Tu avais toujours voulu un chat ou un chien quand tu étais petite. Nous ne pouvions pas avoir d'animaux parce que nous n'étions jamais à la maison.

Je cherchai et trouvai Nyx, à l'étage, assise près de la fenêtre de ma chambre. Normalement, je laissais la vitre ouverte pour elle, mais comme il avait fait froid plus tôt, je l'avais fermée.

— Viens rencontrer mes parents.

Je la pris dans mes bras et la ramenai en bas, dans le salon, où mes parents buvaient du café, tous deux ayant l'air de subir les conséquences du décalage horaire. Je sentis Nyx se raidir dans mes bras et se retirer. Je la poussai vers mon père et il étira sa main pour lui caresser la tête.

— Nyx ? Heureux de voir que tu n'as pas oublié ta mythologie égyptienne.

Ma mère, qui adorait les chats, se pencha et tendit la main.

— Oh, quel adorable chaton, dit-elle.

Je m'inclinai en avant pour que Nyx puisse sauter sur ses genoux. Il n'y avait rien que ma chatte aime plus que d'être chouchoutée. Cependant, Nyx décida soudainement de piquer une sorte de crise. Elle cracha et se tordit dans mes bras, ses griffes minuscules mais acérées complètement sorties, et sauta sur le tapis, me griffant au passage. Puis elle courut à toute vitesse pour remonter à l'étage.

Ma mère eut l'air surprise et un peu blessée.

— Elle n'est pas très amicale, apparemment.

Je regardais derrière la chatte, perplexe.

— Je ne sais pas ce qui lui prend aujourd'hui. Peut-être qu'elle a juste besoin de sortir.

Je me retirai en m'excusant et retournai dans la chambre.

Nyx me jeta un regard noir à travers ses yeux verts plissés, avant de tourner la tête et de fixer la fenêtre, attendant que je l'ouvre. Mes bras étaient douloureux là où elle m'avait griffée. Elle était toujours si douce, d'habitude.

— Qu'est-ce qui t'arrive ?

Elle émit un miaulement agacé. Je la connaissais depuis assez longtemps pour pouvoir interpréter les nombreuses humeurs de son miaulement. Celui-ci était colérique. J'ouvris la fenêtre.

— J'espère que tu auras de meilleures manières à ton retour.

Dès que la vitre fut ouverte, elle sortit si vite que j'eus peur qu'elle ne s'écrase par terre. Cependant, avec une agilité qui m'avait toujours étonnée, elle sauta sur la branche du vieux cerisier et descendit rapidement jusqu'au petit jardin à l'arrière.

Une fois en sécurité sur le sol, elle se retourna et leva les yeux vers moi. Ma chatte et familier bien-aimée plissa les yeux et me cracha dessus.

CHAPITRE 2

$\mathcal{J}$e frottai mon bras endolori, toujours intriguée par son comportement étrange, et je retournai voir mes parents. Mon père, endormi, avait la tête renversée en arrière sur le canapé. Maman, quant à elle, semblait bien réveillée, et elle avait encore l'air d'être un peu pompette.

Elle me sourit.

— Je suis si heureuse de te voir. Tu nous as manqué, chérie.

Elle observa la pièce tout autour d'elle.

— Tu n'as pas beaucoup changé l'appartement, visiblement. Je suis contente, d'une certaine façon. Ça veut dire que tu n'es pas décidée à rester.

J'aurais probablement modernisé un peu l'endroit, mais je ne voulais pas heurter la sensibilité de Mamie. Et puis, j'étais trop occupée. Je n'avais vraiment pas envie de parler de mes projets d'avenir une demi-heure après l'arrivée de mes parents, alors je me contentai de :

— Vous m'avez manqué aussi.

Surtout maintenant que Mamie était partie. Parfois, j'avais envie de la présence d'une femme plus âgée à qui je pouvais parler, quelqu'un en qui je pouvais avoir confiance. Ce n'était pas que Mamie était tout à fait partie, mais plus elle était un vampire, plus je remarquais qu'elle perdait le contact avec les petites préoccupations de la vie quotidienne qui faisaient partie de l'être humain.

Maman lança un regard furtif vers Papa. Il avait la bouche ouverte et faisait de tout petits bruits de respiration dans son sommeil. Elle baissa la voix :

— Montons dans ta chambre, ma puce. J'ai quelque chose pour toi.

Elle avait l'air à la fois mystérieuse et enthousiaste, et je la suivis avec joie dans les escaliers jusqu'à ma chambre. J'adorais les cadeaux. Elle ferma la porte, puis tendit l'oreille afin de s'assurer que Papa dormait toujours, avant de faire un petit signe de tête.

Elle s'approcha et s'assit à côté de moi sur le lit, ouvrit son sac à main, puis retira sa trousse de maquillage avant de dézipper la fermeture éclair. Enfin, elle sortit un objet d'une pochette en cuir particulièrement usée et me le passa.

— Dès que je l'ai touché, j'ai su que je devais te l'apporter.

C'était un choix de mots si étrange, que je la regardai. Elle avait une lueur d'excitation et ses yeux étaient fixés sur le sac, attendant que je l'ouvre. Alors, je le fis. J'y glissai ma main et en retirai quelque chose qui ressemblait à un miroir de poche. En regardant de plus près, je pris conscience que c'était bien un miroir de poche, mais un très, très vieux.

Il était magnifique. Le miroir, lui-même, était rond, d'environ dix centimètres de diamètre, et fait d'un métal qui s'était terni avec le temps. Je supposais que c'était du bronze. Cependant, ce fut le manche qui attira mon attention. Il était en or et représentait la tête stylisée d'une femme. Son visage était peint et me rappelait le buste de Néfertiti, avec ses grandes pupilles sombres, faites d'obsidienne, qui semblaient me regarder droit dans les yeux.

Le miroir ressemblait à quelque chose que l'on verrait dans un musée, très proche de ce que ma mère et mon père auraient pu découvrir lors d'une fouille. Il y avait même une écriture hiéroglyphique inscrite sur le manche.

— Maman, c'est magnifique. C'est une réplique de quelque chose que tu as trouvé ?

J'avais souvent vu des copies d'artefacts célèbres dans les boutiques des musées du monde entier. Parfois, Papa ou Maman m'indiquaient ceux qui avaient été copiés à partir d'objets qu'ils avaient personnellement trouvés. J'avais toujours pensé qu'ils étaient partagés entre la fierté de voir leur travail ainsi honoré et l'horreur que quelque chose d'aussi précieux et unique puisse être produit en série. Cependant, certaines des copies étaient très bonnes. Celle-ci l'était assurément. La partie en bronze du miroir était un peu trouble. C'était une re-création si parfaite qu'elle avait dû coûter particulièrement cher.

Maman soupira et tendit son index.

— Regarde les détails exquis sur les cheveux. C'est vraiment une pièce extraordinaire.

Je commençais à avoir une drôle d'impression. Maman n'était pas dans son état normal et, en regardant de plus près, je vis que ses pupilles étaient dilatées, comme si elle était sous l'emprise de quelque chose.

— Papa t'a aidée à le choisir ?

Elle secoua la tête.

— Non, ma chérie. Et faisons-en notre petit secret, d'accord ?

Mon père et ma mère n'avaient pas de secrets l'un pour l'autre, surtout pas en ce qui concernait le monde antique. Mon malaise s'accrut.

— Maman, ce n'est quand même pas un véritable artefact historique, si ?

Ma mère rit alors. Un frisson ravi qui ne lui ressemblait pas du tout.

— C'est moi qui l'ai trouvé et, tu connais le proverbe : « premier arrivé, premier servi. »

Lorsque les archéologues étaient payés par les universités, les musées et les organismes de financement gouvernementaux pour découvrir des trésors anciens, la règle du « premier arrivé, premier servi » ne s'appliquait pas.

Était-elle en train de me faire une farce ? Je la regardai, mais son regard était fixé sur le miroir. Maman ne plaisantait pas sur le caractère sacré des artefacts qu'ils découvraient et elle était une voix forte et insistante dans la tentative de sauver les ruines vulnérables des pirates et des voleurs. Mon père et elle avaient travaillé dur pour mettre fin au pillage et à la destruction dans les régions déchirées par la guerre. Elle n'aurait jamais pris quelque chose dans une fouille. Jamais.

Elle tendit la main vers la mienne, qui tenait toujours le miroir.

— C'était étrange, mais dès que j'ai déterré ce miroir, j'ai su que je devais te l'apporter. Je ne l'ai pas quitté des yeux depuis lors et maintenant qu'il est en sécurité entre tes mains, je peux enfin soupirer de soulagement.

19

J'étais contente que l'une d'entre nous pousse des soupirs de soulagement, car mon anxiété ne faisait qu'augmenter.

— Où l'as-tu trouvé exactement ? demandai-je en essayant de garder ma voix calme.

— Il était dans la chambre funéraire de l'une des épouses mineures de Senakhtenre Ahmose. Tu te souviens qu'il était un pharaon de la dix-septième dynastie, au milieu du XVIe siècle avant J.-C. pour nous, bien sûr. Il y avait le bric-à-brac habituel dans la chambre funéraire : des urnes en albâtre contenant les organes internes de la reine morte, des peignes en ivoire, des bijoux et de l'argent à dépenser dans sa prochaine vie. Mais ce miroir, ce miroir était quelque chose de spécial et comme toi tu es si spéciale, je te l'ai apporté comme cadeau.

Je ne voulais pas accuser ma mère de vol et je ne voulais pas non plus que quelqu'un d'autre le découvre et l'accuse. Tout ce à quoi je pouvais penser, c'était qu'elle souffrait d'une sorte de trou de mémoire ou peut-être d'un coup de chaud. Ou peut-être avait-elle attrapé un virus exotique qui lui faisait faire n'importe quoi ? Je voulais discuter de son état avec mon père. Et peut-être l'emmener chez un médecin pour un bilan de santé.

Prendre un trésor dans un ancien site funéraire n'était pas seulement un crime, mais cela aurait pu faire virer Maman du travail qu'elle adorait. Peut-être mon père également, parce qu'il avait été involontairement complice.

Ma mère, qui ignorait la nature de mes pensées, examinait toujours le miroir.

— Regarde donc ces hiéroglyphes exquis. Tu te souviens comment les lire ?

C'était plus que bizarre. J'avais droit à un contrôle

surprise sur les hiéroglyphes ? Bien sûr, je savais comment les lire. Quand il fallait passer des semaines et des semaines dans une fouille archéologique, il n'y avait pas grand-chose d'autre à faire. Alors que je contemplais les formes magnifiquement sculptées, j'essayai docilement de leur donner un sens. J'observai minutieusement les petits personnages, les oiseaux et les animaux mythiques.

— On dirait un sort de protection.

— Très bien. Lis-le donc à voix haute.

Mon égyptien ancien était plutôt rouillé, et il n'y avait pas vraiment de prononciation standard, mais je fis de mon mieux. Lire les mots à haute voix me ramena aux moments que j'avais passés dans le désert quand j'étais adolescente, quand je mourais d'envie d'Internet, d'amis, parfois même d'électricité.

L'archéologie est très excitante quand on est archéologue, mais pour moi, adolescente, c'était l'occupation la plus ennuyeuse qui soit. Je n'avais jamais été autorisée à participer à quoi que ce soit d'important. Les étudiants diplômés avaient le droit de faire les choses les plus amusantes, si l'on pouvait appeler amusant le fait d'utiliser de petites brosses pour enlever le sable et les débris d'anciens morceaux de pierre. La plupart du temps, je ne faisais que les courses. Une année, au lycée, j'avais reçu la possibilité d'obtenir des points supplémentaires pour un cours d'histoire, alors Maman m'avait fait étudier les hiéroglyphes. C'était devenu sympa une fois que je m'y étais mise. Les minuscules dessins et les personnages en bâton avaient commencé à prendre du sens et m'avaient fait découvrir le monde antique d'une façon que les cours de Papa et Maman n'avaient jamais fait.

Je ne dormais jamais bien quand j'étais sur ces fouilles.

Non seulement parce que le logement était assez sommaire, mais aussi parce que mes rêves empiraient. J'avais toujours été en proie à des cauchemars, mais je finissais par rêver que j'étais l'une des personnes que nous étions en train de déterrer, ce qui était plutôt déconcertant. Quelle jeune fille de seize ans qui s'endort en espérant que ses seins vont grossir souhaite se réveiller au beau milieu de la nuit en découvrant le monde à travers les yeux d'une momie de deux mille ans ?

J'arrivai à la fin de l'incantation, et Maman me fit reformuler quelques mots que j'avais mal prononcés. À la minute où le dernier mot quitta ma bouche, je sus que quelque chose de grave s'était produit.

Comment avais-je pu être aussi stupide ? J'étais une sorcière. Je connaissais le pouvoir des sorts. Ce miroir était si vieux que j'avais supposé que toute magie qu'il aurait pu contenir, ou tout sort qu'il aurait pu porter, seraient aussi momifiés que la femme qui l'avait possédé.

J'avais tort.

Le miroir se réchauffa dans ma main, et j'eus l'impression de tenir la main d'un autre être humain bien vivant.

Les yeux de ma mère se révulsèrent et elle tomba en arrière sur le lit. Je serais bien allée vers elle, mais j'étais incapable de détourner mon regard de la surface du miroir. Il en émanait une étrange lumière bleue qui scintillait.

Alors que je le fixais, la surface opaque et vacillante devint de plus en plus claire. C'était comme mon miroir de divination, sauf que lorsque la surface s'immobilisa, l'image d'une très jeune et très belle femme apparut devant mes yeux. Et elle me fixa en retour.

Ses yeux étaient marron foncé et bordés de khôl. Ses sourcils étaient épais et peints en noir à la manière des Égyptiennes d'il y a trois mille ans. Elle avait des lèvres pulpeuses et sensuelles, un long cou élégant et une structure osseuse délicate. Ses longs cheveux noirs étaient coiffés en tresses compliquées qui s'enroulaient autour de sa tête. Si elle était sortie de ce miroir et que je lui avais prêté quelque chose à porter, nous aurions pu aller en boîte de nuit.

J'étais tellement paniquée que j'essayai de jeter le miroir par terre, en espérant qu'il se casse, mais je n'arrivais pas à le lâcher. Le manche du miroir s'accrochait à moi, et plus j'essayais de relâcher ma prise, plus cette dernière se resserrait.

La jeune Égyptienne me regardait droit dans les yeux, comme si elle était réelle. Même si j'étais effrayée, je dis à voix haute :

— Tu es magnifique.

C'était la vérité.

— Vous aussi, vous l'êtes, répondit-elle poliment.

Cette fois-ci, j'essayai vraiment de jeter le miroir au sol. J'allai même jusqu'à le secouer, comme on secoue un chien qui vous mord la cheville.

— S'il vous plaît, dit-elle, l'air aussi effrayée que moi. Qui êtes-vous ? Quel est cet endroit ?

J'arrêtai d'agiter le miroir et posai les yeux sur elle une fois de plus. J'avais quelques connaissances rudimentaires de l'égyptien ancien, mais elle ne parlait pas sa langue maternelle. Elle parlait la mienne. Les mots étaient prononcés en anglais, mais avec un léger accent exotique.

Que faut-il répondre quand une apparition dans un miroir ancien vous demande votre nom ? Je le lui donnai.

— Je m'appelle Lucy. Qui es-tu ?

— Je suis Meritamun. Fille d'Amenemhat, grand prêtre d'Amon. Et vous êtes en grand danger.

Pas moi. C'était ma mère, évanouie sur mon lit, qui avait volé une antiquité inestimable aux pouvoirs magiques. J'avais entendu parler de tombes égyptiennes maudites, comme tout le monde.

— Tu as été séparée de ton tombeau. J'en suis vraiment désolée, et je vais te remettre à ta place.

Elle secoua la tête, visiblement impatiente.

— Il est trop tard. M'avoir dans votre main vous a mise en grand danger.

— Et qu'en est-il de la personne qui t'a réellement trouvée ? Est-elle aussi en danger ?

Étonnamment, elle fit « non » de la tête.

— Cela concerne uniquement la personne qui m'a conjurée. Il utilisera mon pouvoir pour vous détruire. Ce qui était censé protéger, tue maintenant. J'aimerais qu'il en soit autrement. Il faut que vous vous prépariez.

Puis l'image devint floue, comme si nous étions en appel vidéo et que la connexion se perdait. Elle commença à s'effacer.

— Attends ! criai-je. Qui cherche à me détruire et comment puis-je l'arrêter ?

Mais avec un dernier regard empli de tristesse, elle disparut, et le miroir ne fut à nouveau qu'un simple miroir.

CHAPITRE 3

— *M*aman ? Maman ! Tu vas bien ?
Je m'assis sur le lit et frottai les mains de ma mère. Elle respirait de façon régulière et semblait dormir naturellement. Après une minute environ, ses yeux s'ouvrirent et elle me regarda, perplexe.

— Lucy ? Qu'est-ce que tu fais ici ? Je croyais que tu étais à Oxford ?

Oh, j'allais à cent pour cent l'emmener chez un médecin.

— Je suis à Oxford. Et toi aussi. Papa et toi êtes venus me rendre visite, tu te souviens ?

Elle se redressa et se frotta les tempes.

— Non. Je ne m'en souviens pas. Je me sens tellement bizarre.

Et son comportement le confirmait.

— Quelle est la dernière chose dont tu te souviens ?

Elle plissa les yeux, comme si elle était en plein interrogatoire, mais c'était son expression lorsqu'elle réfléchissait profondément.

— C'était un jour tellement palpitant. Nous avions trouvé

le tombeau d'une des reines mineures. J'étais partie tout au fond de l'intérieur de celui-ci. Je me souviens que quelque chose a capté la lumière et s'est mis à scintiller. Bien sûr, rien ne brille jamais quand on est sous terre depuis si longtemps, pas même l'or pur. Je me suis penchée.

Elle secoua la tête.

— C'est la dernière chose dont je me souviens.

Le sort sur ce miroir l'avait conduite directement à moi et la femme dans le miroir, qui qu'elle était, semblait penser que ce sort pouvait me détruire. Mais pourquoi ? Et pourquoi ma mère s'était-elle sentie obligée d'offrir la mort en main propre à sa propre fille ?

— Puis tu as soudainement décidé de me rendre visite ? Au milieu de cette découverte passionnante ?

Elle posa sa main sur sa tête une fois de plus.

— Je me demande si je n'ai pas un peu de fièvre. C'est très flou. C'est peut-être pour ça que ton père a insisté pour que nous venions. Parce que j'étais malade.

— Allons lui demander.

Je posai le miroir sur la table de chevet et ma mère n'y jeta même pas un regard lorsque nous quittâmes toutes deux la pièce.

Papa avait fait la sieste pendant tout l'incident, mais quand Maman prononça son nom, il se réveilla en sursaut :

— Excellente idée. Je vais appeler l'université tout de suite.

Puis il cligna des yeux jusqu'à être complètement réveillé et bâilla.

— Je crois que je me suis endormi.

— Papa ? Pourquoi Maman et toi avez décidé de me rendre visite ?

Il regarda Maman, puis moi.

— Nous avions prévu de venir depuis le décès de ta grand-mère, mais nous comptions attendre quelques semaines jusqu'à ce que nous ayons répertorié cette nouvelle trouvaille. Cependant, ta mère a soudainement décidé qu'elle devait te voir immédiatement. C'était étrange, car nous étions au milieu de quelque chose d'assez prenant, mais ta mère est une femme très déterminée. J'ai accepté de venir, car il y a des collègues ici à Oxford que j'aimerais beaucoup voir. Nous pouvons commencer à recruter de nouveaux étudiants diplômés. De plus, nous étions inquiets pour toi. Nous voulions être sûrs que tu vis la vie que tu as choisie plutôt que celle que ta grand-mère t'a peut-être imposée.

Tout cela semblait parfaitement raisonnable, sauf la partie où ils étaient partis en courant au beau milieu d'une fouille et où ma mère avait apporté une sorte de miroir avec une malédiction mortelle avec elle.

— Vous étiez ensemble le dernier jour des fouilles ? demandai-je.

— Non, répondit-il. Je préparais un budget révisé et demandais des fonds supplémentaires car nous avions découvert un autre tombeau dont nous ignorions l'existence. C'est l'une des choses que j'espère faire ici à Oxford. J'aimerais aussi trouver des étudiants prometteurs qui souhaiteraient passer un trimestre là-bas avec nous. Bref, ta mère est arrivée en courant, les yeux brillants et les joues rouges, pour me dire que nous devions rentrer immédiatement à la maison pour te voir, Lucy.

Ma mère avait tout écouté.

— Je devais avoir un peu de fièvre. Je ne me souviens de rien de tout cela, ni du voyage jusqu'ici. Si j'avais les joues rouges et les yeux brillants, je suis sûre que ça devait en être la cause.

Il eut l'air inquiet.

— Ça fait un petit moment que tu agis bizarrement. Allons voir un médecin tant que tu es là.

— Oui, dit-elle. Il est probablement temps que je fasse un check-up. En fait, nous devrions en faire un tous les deux.

Je me demandai si je devais leur parler de ce miroir. Papa n'en savait rien et j'avais l'impression que Maman n'en avait aucun souvenir. Mais, si je leur parlais du miroir, alors je devais également leur parler de la formule magique qui l'entourait. Le problème, c'est qu'ils ne savaient pas que j'étais une sorcière. Et ils ignoraient que Mamie était un vampire ou que nous organisions des groupes de tricotage pour les morts-vivants plusieurs fois par semaine. Dans l'état délicat dans lequel ma mère semblait être, je doutais que révéler toutes ces nouvelles informations choquantes soit une très bonne idée. Si elle s'était évanouie à cause du sort du miroir, découvrir que sa fille était une sorcière et sa mère un vampire pourrait avoir raison d'elle.

Cependant, une femme dans un miroir antique m'avait dit que j'étais en grand danger. J'avais besoin d'aide, probablement de nature surnaturelle, et rapidement. J'avais aussi besoin de toutes les informations qu'ils pourraient me donner sur ce site de fouilles et le tombeau.

— Qui était dans le tombeau, exactement ?

Mon père se pencha en avant et plaça ses mains paume contre paume, un signe certain qu'il était sur le point de se lancer en mode conférence.

— Eh bien, c'est une question très intelligente, Lucy. Ce qui est passionnant dans cette découverte, c'est qu'il y a plusieurs squelettes dans la tombe, et ils semblent tous être morts en même temps.

J'avalai ma salive.

— Tu veux dire qu'il y a eu une sorte d'épidémie qui a tué un tas de gens en même temps ?

Pitié, faites que ce soit ça.

Papa secoua la tête.

— C'était le tombeau d'une épouse de second rang, mais il est évident qu'elle était la préférée du pharaon, vu la complexité de l'enterrement. Nous pensons qu'il y avait un certain nombre de sacrifices de serviteurs. Ce sont les gens dont la jeune reine pensait avoir besoin pour la servir dans l'au-delà. Ses serviteurs. Ils ont pu se porter volontaires pour être sacrifiés afin de continuer à la servir dans l'éternité, ou ils n'ont peut-être pas eu le choix. C'est très difficile à dire.

Je dus m'asseoir.

— Comment, euh, ont-ils été tués ?

— Nous n'avons pas pu trouver de traumatisme au niveau de la tête ou du corps. Nous soupçonnons qu'ils ont été empoisonnés, bien qu'ils aient pu également être étranglés. Nous espérons faire des tests approfondis pour le découvrir.

Il me fit un clin d'œil.

— Mais je parie sur le poison.

Je fus soudain envahie par des bouffées de chaleur et un sentiment de claustrophobie. Je me remémorai mes cauchemars, quand je venais leur rendre visite sur place. Papa aussi, apparemment.

— Tu vas bien, ma puce ? Tu es devenue pâle. Tu étais souvent comme ça en Égypte, après un mauvais rêve. Tu en faisais de terribles quand tu venais sur le site de fouilles. Tu te souviens ?

Je n'étais pas près d'oublier. Même maintenant, je me rappelais les sentiments de terreur qui m'avaient fait me redresser en criant sur mon lit.

— Elle a toujours été une enfant sensible, ajouta Maman. Savoir qu'elle était entourée de vieux tombeaux nourrissait son imagination.

Dans mes rêves, je voyais les sarcophages, les chambres funéraires, mais de l'intérieur. Alors que je repensais à la fille dans le miroir, il fallait que je demande :

— Y avait-il des jeunes femmes sacrifiées avec la reine ?

— Certainement. L'âge moyen des squelettes est de vingt ans et il y a plus de femmes que d'hommes dans ce tombeau en particulier.

Vingt ans, c'était à peu près l'âge de la fille dans le miroir. Je frissonnai.

— Y a-t-il des malédictions associées à cette reine en particulier ? Et à son enterrement ?

Papa et Maman échangèrent un regard, puis Papa dit :

— Il y a toujours des malédictions. Des choses comme « quiconque dérange ce tombeau mourra d'une mort violente », ce genre de choses. Mais je ne me souviens de rien qui sorte de l'ordinaire. Et toi, chérie ?

Maman se replongea dans sa réflexion profonde, ses sourcils froncés.

— Cette jeune reine était particulièrement superstitieuse. Elle gardait sa propre prêtresse près d'elle, une jeune fille qui pouvait interpréter ses rêves et dont on disait qu'elle était capable de prédire l'avenir.

— Comment s'appelait-elle ?

J'essayai de rester décontractée, mais ma voix tremblait.

Papa secoua la tête.

— Lucy, chérie, il doit y avoir bien vingt momies là-dedans. Je ne peux pas me souvenir de tous leurs noms. Nous avons à peine commencé à cataloguer la découverte.

— Meritamun, dit Maman. C'était la fille d'Amenemhat, le grand prêtre d'Amon. Cela aurait été un grand honneur pour elle de rejoindre la maison royale. Sans doute le grand prêtre lui avait-il donné quelques conseils pour interpréter les rêves et proclamer le genre de prophéties vagues sur lesquelles s'appuient encore les diseuses de bonne aventure d'aujourd'hui.

Elle mima le fait de tenir une boule de cristal et prit une voix grave :

— Tu rencontreras un grand et bel étranger. Tu feras un voyage.

Elle rit et secoua la tête.

— Les gens étaient aussi crédules à l'époque qu'ils le sont maintenant.

Mamie avait dit que Maman avait de la magie en elle et qu'elle refusait d'y faire face. Je me souvenais qu'elle avait précisé que cela rendait ma mère vulnérable aux forces obscures qui pourraient utiliser ses pouvoirs latents contre elle. Cela s'était-il produit en Égypte ?

Quelque chose l'avait fait, et le résultat semblait être que j'étais maintenant en possession d'un miroir maudit. La Meritamun que j'avais rencontrée ne m'avait pas prédit que je rencontrerais un grand et bel étranger, ou que je partirais en voyage. J'aurais pu faire face à l'une ou l'autre de ces prophéties sans problème. Malheureusement, elle avait prédit un grand danger. Et, crédule ou non, je la croyais.

MES PARENTS ÉTAIENT FATIGUÉS et subissaient les désagréments du décalage horaire, et nous décidâmes donc de nous rendre au pub local pour le rôti du dimanche. Ce serait un déjeuner tardif et un dîner précoce. J'aurais probablement pu préparer un dîner simple, mais je ne voulais pas qu'ils tombent sur Mamie. Jusqu'à ce que je prévienne ma grand-mère morte-vivante que sa fille non croyante était dans la maison, je devais les séparer physiquement.

J'envoyai un texto à Rafe dans lequel je lui faisais savoir qu'ils étaient avec moi et lui demandais de garder Mamie hors de leur vue. J'étais certaine qu'un jour, Maman découvrirait que sa mère était un vampire, mais elle était trop fragile pour le moment. Après avoir été ensorcelée et utilisée comme mule humaine pour transporter un miroir maudit, je ne pensais pas que Maman était prête à subir d'autres chocs.

Le *Bishop's Mitre* se trouvait en haut de Harrington Street, en face de l'épicerie, et servait de la vraie nourriture de pub britannique. Steak et tourte aux rognons, *fish and chips*, macaronis au fromage, saucisses et purée, et quelques plats pour les végétariens. Ils faisaient aussi un rôti le dimanche, une de mes traditions britanniques préférées. Le dimanche, le pub proposait du bœuf rôti et du *Yorkshire Pudding*, avec des pommes de terre rôties et des légumes, ou du porc rôti, ou du poulet, et un rôti de noix pour les végétariens.

Mes parents s'emmitouflèrent de nouveau dans leur manteau chaud. J'avais peur d'avoir trop chaud dans mon pull épais, alors je l'échangeai contre un magnifique châle rouge, tricoté à la main par un ancien policier, devenu vampire, nommé Théodore. Je le portai avec mon meilleur jean et une simple chemise blanche.

Le pub était occupé par des déjeuners en famille et des

groupes d'amis. Je vivais dans le quartier depuis assez long-temps pour reconnaître quelques personnes. Il y avait Bessie Yang, une professeure de yoga et son amie, le docteur Amanda Silvester. Je pris soin de leur dire bonjour et de leur présenter mes parents, me disant que Maman serait plus réceptive à l'idée de consulter un médecin qu'elle avait rencontré en société.

Nous nous installâmes à une table au calme et mon père s'avança jusqu'au bar pour apporter nos commandes. Du vin rouge pour moi, du blanc pour Maman et une bière britannique pour lui.

Pendant le déjeuner, nous échangeâmes des nouvelles. Ils m'en demandèrent de chez eux, c'est-à-dire de Boston, et je fis de même. Comme nos groupes de connaissances n'étaient pas les mêmes, nous avions des potins différents à partager, bien qu'ils soient tous de seconde main, aucun de nous n'étant rentré à la maison depuis des mois.

— Des nouvelles de Todd ? demanda Maman.

Todd avait été mon petit ami pendant deux ans et à mon avis, mes parents avaient supposé, plutôt qu'espéré, que je l'épouserais. Mais il s'était avéré que Todd me trompait avec une femme avec qui il travaillait. Je les avais surpris, comme dans l'un de ces clichés des relations modernes qu'on n'imagine jamais nous arriver, jusqu'à ce que cela arrive. Ma meilleure amie, Jennifer, et moi l'avions rebaptisé Le Crapaud après ça.

— Jennifer m'a dit que la femme avec laquelle il me trompait l'avait largué. Il m'a envoyé quelques e-mails, mais je les ai effacés.

— Comme dit le proverbe, mieux vaut avoir aimé et perdu, et tout ça, dit mon père avec emphase.

— Todd cherchait un vieux sweat à capuche qu'il n'arrivait pas à retrouver.

J'aurais aimé penser qu'il voulait que je revienne, juste pour que je puisse le jeter sur le trottoir. Oui, j'avais passé deux ans de ma vie que je ne récupérerais jamais avec un homme comme ça.

— Un de perdu, dix de retrouvés, ajouta mon père en passant à la platitude suivante sur sa liste.

— Vraiment, Jack, dit Maman. Tu n'as aucune idée de ce que c'est pour les jeunes d'aujourd'hui. C'est toujours « swiper à gauche, swiper à droite ». Comment font-ils pour trouver l'amour ?

Papa annonça alors sa prochaine idée brillante :

— Viens en Égypte. Il n'y a presque jamais d'Internet, et plus de jeunes hommes qu'on ne peut en imaginer.

— Le seul problème est qu'ils sont tous archéologues, les taquinai-je, quoiqu'un peu sérieuse.

J'aimais mes parents, mais je ne pouvais pas vivre cette vie.

Après le dîner, nous succombâmes tous au dessert. *Sticky Toffee Pudding* pour moi, *Bread and Butter Pudding* pour ma mère, et mon père, qui n'était pas très gourmand, commanda du fromage, des biscuits et une autre bière.

Nous rentrâmes à la maison autour de dix-neuf heures et regardâmes les nouvelles à la télévision. À vingt-et-une heures, ils bâillaient tous les deux.

Depuis mon arrivée à Oxford, j'avais dormi dans la chambre d'amis, où je l'avais toujours fait quand je rendais visite à Mamie. Même si sa chambre était plus grande, je n'y avais pas emménagé. Ça me semblait mal, vu qu'elle était toujours là, même si elle n'utilisait pas la chambre. Mamie vivait dans un magnifique souterrain avec un nid de vampires locaux. Cependant, comme elle était située juste en dessous de *Tricotti Tricotta*, je la voyais fréquemment. J'étais heureuse de rester dans mon ancienne chambre, et je préparai donc celle de Mamie pour Papa et Maman.

Je n'étais pas certaine que Maman puisse dormir dans la chambre de sa propre mère récemment décédée, mais elle avait dit que cela la réconforterait. Je mis donc des draps neufs sur le lit, trouvai des serviettes propres et leur souhaitai une bonne nuit. Il ne fallut pas longtemps pour que tous les bruits d'activité cessent. J'attendis une demi-heure, puis j'ouvris doucement la porte et jetai un œil à l'intérieur, mais ils dormaient tous les deux profondément.

Je retournai dans ma propre chambre et, malheureusement, le miroir était toujours posé exactement là où je l'avais mis. Je n'avais pas fait l'expérience d'une sorte de folie passagère.

Je n'avais pas envie de le ramasser à mains nues, pas après la façon dont il m'avait agrippée auparavant et refusé de me lâcher. J'enfilai une paire de gants en cuir avant de placer le miroir dans l'un des sacs à tricot de ma grand-mère. Puis j'envoyai un SMS à Rafe pour lui dire que j'avais besoin de le voir de toute urgence.

Rafe Crosyer était un expert en livres anciens très respecté. Il était membre du Cardinal College et consultant auprès de bibliothèques et de collectionneurs du monde entier. C'était aussi un vampire.

Je ne voulais pas qu'il vienne à l'étage ni que tous les autres vampires sachent ce qui s'était passé, alors je lui demandai de me retrouver en bas, dans la boutique. Il arriva quelques minutes à peine après que je lui ai envoyé un message. Comment il avait pu faire le trajet si vite, alors que sa maison était à plusieurs kilomètres, était un mystère sur lequel je préférais ne pas m'attarder. Je le fis entrer et l'emmenai directement dans l'arrière-salle où nous tenions le club de tricot. J'allumai la lumière et nous nous installâmes sur deux des chaises, l'un en face de l'autre.

Comme toujours, quand j'étais avec Rafe, j'avais chaud et froid à la fois. Il était tout à fait digne de se pâmer, comme devant l'un de ces héros sombres et dangereux dont parlaient les sœurs Brontë. Heathcliff aurait pu être modelé sur lui. En fait, peut-être que c'était le cas.

Les vampires ne clignaient pas des yeux aussi souvent que la plupart d'entre nous, et la façon dont il me fixait était légèrement troublante. Je me mis à gigoter et à regretter de ne pas m'être mieux coiffée, de ne pas avoir mis de vêtements propres et de ne pas avoir pris la peine de me maquiller.

Lui, par contre, avait toujours l'air parfait. Son pantalon en laine noire était froissé juste comme il le fallait, comme s'il ne s'était jamais assis avec ; son chandail, en cachemire très fin, ne semblait jamais boulocher comme ceux des autres et ses cheveux noirs étaient toujours bien coiffés. Ses yeux gris-bleu me scrutèrent.

— Il s'est passé quelque chose qui t'a contrariée.

L'euphémisme de l'année.

— Mes parents sont arrivés aujourd'hui.

Il hocha la tête.

— Et tu as peur qu'Agnès se montre.

Pour l'instant, c'était le cadet de mes soucis, même si c'était une préoccupation.

— Maman est encore en train de faire son deuil ; je ne pense pas qu'il soit bon pour elles de se voir, pour l'instant.

— Je suis d'accord avec toi. Agnès est encore en transition, et c'est difficile pour elle d'être entourée de tant d'êtres chers. J'aimerais pouvoir la convaincre de s'éloigner un peu, mais elle n'est pas prête.

Nous avions déjà eu cette conversation auparavant. Je voulais faire ce qu'il y avait de mieux pour Mamie, mais la vérité était que j'avais toujours besoin d'elle. Avant d'être transformée en vampire, elle avait été une sorcière et c'était la personne sur laquelle je comptais le plus pour m'enseigner la sorcellerie. Elle était également toujours prête à donner de bons conseils pour gérer la boutique de tricot.

— Je ne suis pas prête non plus.

— Je sais. Devrais-je voir si je peux trouver une excuse pour l'emmener ailleurs, juste pour quelques jours ? Jusqu'à ce que tes parents soient partis ?

— Tu crois qu'elle irait ?

— Je vais demander à Sylvia de lui expliquer pourquoi un voyage serait ce qu'il y a de mieux pour elle et je pense qu'elle ira.

Sylvia était la meilleure amie de Mamie, et la personne qui l'avait transformée en vampire. Cela faisait d'elle la *mère* de Mamie, si je ne me trompais pas sur le terme à utiliser. Cela signifiait qu'elles étaient très liées et que Mamie faisait tout ce que Sylvia lui disait de faire. J'aimais bien Sylvia. C'était une ancienne star de cinéma et de théâtre, glamour et aux cheveux argentés, mais ses qualités de diva n'étaient pas mortes avec elle. Elle pouvait être autoritaire, déraisonnable et vaniteuse. Comme elle n'avait pas de reflet, j'étais quasi-certaine qu'elle utilisait Mamie comme maquilleuse personnelle.

Et tiens, en parlant de miroirs...

— Ce n'est pas tout ce qui me dérange.

Je me saisis du sac et, avec ma main encore gantée, je sortis le miroir et le montrai à Rafe.

— As-tu la moindre idée de ce que c'est ?

Il avait l'habitude de manipuler des livres rares avec des gants en lin, il ne sembla donc pas particulièrement surpris de me voir faire quelque chose de similaire. Il sortit une paire de gants en tissu de sa poche, les enfila puis dit :

— Puis-je ?

Je n'imaginais pas qu'une malédiction de mort puisse faire beaucoup de dégâts sur quelqu'un qui l'était déjà, alors je le laissai me prendre le miroir. Naturellement, Rafe comprenait les hiéroglyphes et, avec beaucoup plus d'aisance que moi, il lut le sort de protection à voix haute.

Je tressaillis lorsque sa voix grave récita la dernière partie du sort de protection. Je pouvais sentir le dossier de la chaise appuyer sur ma colonne vertébrale et mon cœur commença à battre la chamade, mais rien ne se produisit. Pas de lumière bleue, pas de femme vieille de deux mille ans avertissant du mal et de la destruction en marche. Apparemment, ce traitement spécial m'avait été strictement réservé.

CHAPITRE 4

— Que peux-tu me dire à ce sujet ? lui demandai-je pendant qu'il était assis, occupé à examiner le miroir.

Il répondit à ma question par une autre question :

— Où as-tu eu ça ?

Je soufflai d'agacement.

— Je t'ai posé une question la première.

Il secoua la tête devant mon enfantillage, comme il le faisait souvent, mais il répondit aussi à mon interrogation :

— C'est égyptien, de toute évidence, je dirais entre 1400 et 1500 avant J.-C. C'est de l'or et de l'obsidienne. La surface du miroir ressemble à du bronze. Il était utilisé par quelqu'un de rang élevé ou de royal et c'était quelqu'un de très spécial, car un sort de protection y a été inscrit.

Il me lança un regard.

— Tes parents seraient les mieux placés pour t'en parler. Ce sont eux les experts.

Je lui racontai toute l'histoire, depuis l'arrivée de ma mère, qui avait eu l'air d'avoir bu, jusqu'à ce que je prononce le sort à voix haute, exactement comme il l'avait fait, en tenant le miroir, et tout ce qui m'était arrivé après. Il me fit répéter l'histoire entière une seconde fois.

— Et cette femme t'a parlé. Dans ta propre langue.

— Oui. Je me suis sentie comme Luke Skywalker quand la princesse Leia sort de ce robot et lui demande de l'aide.

Rafe me fixa d'un regard vide. Honnêtement, il pouvait dire en un instant qu'un artefact avait mille ans et était égyptien, mais les événements culturels récents lui échappaient. Je secouai la tête.

— *Star Wars*.

— La culture populaire m'ennuie, se défendit-il.

Un jour, je serais déterminée à lui montrer ce qu'il ratait. Mais pas aujourd'hui.

— Pourquoi le fait que je récite une incantation de protection amènerait cette femme à me dire que je suis en grand danger ? Le but d'un sort de protection n'est-il pas plutôt de sauver du danger ?

— J'avoue que ça me laisse perplexe, moi aussi.

— Et pourquoi moi ? Cette chose a été enterrée dans le sable, vraisemblablement depuis très longtemps, pourquoi ma mère l'aurait-elle trouvée et se serait soudainement sentie obligée de me l'apporter ?

— Encore une excellente question.

Je lui posai celle qui me préoccupait vraiment :

— Penses-tu que je suis en danger ?

Ses yeux sombres et calmes se plongèrent directement dans les miens.

— Je pense que tu serais bien bête de ne pas prendre l'avertissement au sérieux.

C'était très loin de ce que j'espérais qu'il dise.

— Comme je l'ai dit, tes parents sont les experts dans ce domaine. Tu ne peux pas le leur montrer ?

Comment allais-je leur montrer, sans causer tout un tas de problèmes ? Si Maman se souvenait qu'elle avait apporté le miroir avec elle, ce dont je doutais, mon père allait piquer une crise. Si Maman ne s'en souvenait pas, alors ils allaient tous deux se demander comment j'avais pu entrer en possession d'une chose aussi rare. Quand je lui expliquai, Rafe secoua la tête.

— J'en sais rien. Je vais faire des recherches et voir ce que je peux trouver.

— Super. Et tu demanderas à Sylvia d'emmener Mamie pour quelques jours ?

— Oui. Je peux au moins t'enlever ce souci des épaules.

Il me regarda comme s'il aimerait en prendre d'autres.

Finalement, je pris une photo du miroir avec mon téléphone et décidai de la montrer à mon père le lendemain matin pour voir ce qu'il avait à dire.

Ce jour-là, mes parents se réveillèrent reposés et pleins de projets. Mon père se rendait à une réunion d'égyptologues dans son ancienne université, tandis que ma mère se rendait dans la sienne pour recruter des étudiants diplômés.

Heureusement, Maman partit la première et, lorsque je me retrouvai seule avec mon père, je lui demandai :

— Tu serais capable de me dire beaucoup de choses sur un artefact à partir d'une photo ?

— Je peux faire un meilleur travail avec l'objet physique réel, mais on peut en dire beaucoup à partir d'une bonne photographie. Pourquoi cette question ?

Je lui dis qu'une amie avait hérité de ce miroir et ne savait pas quoi en faire. Puis je lui montrai la photo sur mon téléphone.

Mon père examina l'image attentivement et ne cessa d'augmenter la taille de la photo et de regarder les petits détails du miroir. C'était un chercheur très attentif. Finalement, il leva les yeux.

— Où ton amie a-t-elle eu ça ?

La provenance était importante quand on s'occupait d'antiquités. Rafe et moi avions déjà inventé une histoire qui semblait plausible.

— L'arrière-arrière-grand-père de mon amie l'a acheté au Caire à la fin du xixe siècle. C'est dans sa famille depuis.

Il secoua la tête, l'air contrarié.

— Tant de trésors ont été pillés à cette époque. C'est une honte. Eh bien, tu peux dire à ton amie que, en supposant qu'il soit authentique, c'est un miroir de femme extrêmement bien conservé de la fin de la période helladique. Je dirais que ce miroir date d'environ 1500 avant J.-C.

— Waouh. Merci.

Il se rassit.

— S'il est authentique, il devrait vraiment être dans un musée. Si ton amie souhaite faire don de l'artefact, je peux m'arranger pour que ce soit fait et une sorte de plaque reconnaissant le don serait affichée à côté du miroir.

— Merci, Papa. Je lui dirai.

Puis il se dépêcha de partir pour sa réunion et je restai assise à me demander comment un artefact de 1500 avant J.-C. avait pu se retrouver dans un tombeau plus vieux de mille ans. La seule réponse possible était qu'il avait été placé là plus tard. Mais pourquoi ? Avait-il été délibérément déposé aux pieds de ma mère et celle-ci l'avait en quelque sorte ensorcelé pour me l'apporter ? L'idée était absurde, mais la situation l'était tout autant.

Il me restait une demi-heure avant de descendre ouvrir la boutique et donc, probablement bêtement, je m'enfermai dans la chambre et récupérai le miroir. Je lus l'incantation une fois de plus. Ma logique me disait que j'avais déjà été menacée de mort, que pouvait-on me faire de plus ?

J'avais peur que rien ne se passe mais, comme précédemment, après avoir lu l'incantation, le miroir se mit à émettre une lueur bleue et la même jeune femme apparut sur la surface ondulée de l'objet. Elle semblait surprise de me voir.

— Vous êtes toujours en vie. Je suis si heureuse.

Nous étions deux à l'être.

— Tu dois me dire qui t'a envoyée. Et pourquoi suis-je en danger ?

Elle eut l'air envahie d'une grande tristesse.

— J'étais comme vous autrefois, dit-elle. Une gentille sorcière, avec le pouvoir d'aider, mais j'ai été piégée par un sorcier cruel, et emprisonnée là-dedans. Maintenant, il utilise mon pouvoir pour trouver d'autres femmes comme moi. Je suis impuissante pour l'arrêter.

— Mais, tu ne peux pas refuser ?

— J'ai essayé. Mais c'est impossible. Mon unique espoir est de m'échapper. C'est ce dont je rêve, ce dont j'ai rêvé depuis des siècles. Pendant que je regardais des femmes fortes et merveilleuses être détruites, partout dans le monde.

— Et comment pourrais-tu t'échapper ?

Elle sourit à nouveau, tristement.

— Il faudrait que vous brisiez le sort. Mais personne n'en a été capable en deux millénaires.

Et j'étais une sorcière depuis environ deux mois. Je n'aimais pas les probabilités. Mais je n'aimais pas non plus voir une de mes sœurs sorcières coincée dans un miroir, obligée de détruire sa propre espèce.

— Je veux t'aider, dis-je. Dis-moi tout ce que tu peux.

Elle baissa les yeux puis les leva de nouveau vers moi. Ses grandes pupilles sombres étaient solennelles et je sentis plutôt que vis l'écho de la peur en elle.

— Ma reine était la plus jeune des épouses du pharaon et la plus jolie. Elle était très appréciée, mais elle était également ambitieuse et déterminée à devenir son épouse numéro un.

Je pensais que la véritable épouse numéro un aurait pu dire quelque chose à ce sujet.

— Les autres épouses ne l'aimaient pas et ne lui faisaient pas confiance. Et nous, ses servantes, devions être prudentes. Les espions étaient partout dans notre maison. J'étais sa prêtresse de maison et sa conseillère personnelle. Naturellement, je l'incitais à la prudence dans ses rapports avec le pharaon et, surtout, avec ses autres femmes et leurs familles. Mais elle était très ambitieuse et très déterminée. Elle croyait qu'elle pourrait avoir tout ce qu'elle voulait dès qu'elle aurait donné un fils à son mari.

Elle soupira.

— Je devais m'assurer qu'elle porterait un fils, en utilisant mes pouvoirs.

Ce devait être une position précaire.

— Savait-elle que tu étais une sorcière ?

Elle sourit.

— Nous n'utilisions pas ce terme à l'époque, mais oui, elle le savait.

— Et a-t-elle eu un fils ?

— Oh oui ! Mais après cela, elle est devenue obsédée par le fait de prendre ce qu'elle considérait comme sa place légitime aux côtés de son mari.

— Que s'est-il passé ?

Elle secoua la tête.

— Je pouvais voir les ténèbres à venir et j'ai essayé de la prévenir, mais elle refusait d'écouter. Elle est allée voir un autre prêtre. Un homme qui lui a tout promis. Mais il avait son prix.

J'avais un mauvais pressentiment, je savais déjà où cela allait mener.

— Et qu'a-t-il été ?

— Son prix pour l'aider, c'était moi.

Oui, c'était bien ce que j'avais deviné.

— Pourquoi ? Pourquoi te voulait-il ?

— Parce que j'ai un don spécial. Je suis plus sensible que la plupart à la possibilité de ressentir mes sœurs. D'autres femmes avec des dons. Son pouvoir vient de l'obscurité et du mal. Mais il prend des formes qui sont agréables ou semblent innocentes. Il veut toutes nous détruire.

— Comment t'a-t-il capturée ?

— Il a trompé ma pauvre reine. Elle croyait qu'elle obtiendrait tout ce qu'elle voulait, mais elle était trop impatiente et n'a pas prêté attention à ceux qui percevaient son danger. Elle a été empoisonnée, ainsi que la plupart de ses domestiques. J'ai été frappée par la malédiction de vivre dans ce miroir, et de voir les visages d'autres femmes qui mourront à cause de moi.

— Mais, ce n'est pas ta faute.

— Et pourtant, je suis le moyen de tuer ma propre espèce.

Vous avez échappé jusqu'ici à la destruction, mais vous devez rester vigilante.

Je promis d'essayer, puis elle disparut, mais pas avant que j'aie vu une larme couler sur sa joue.

Je m'assurai que le miroir était bien caché avant de descendre pour ouvrir la boutique ce lundi matin. Je fus surprise de trouver un homme debout dehors, qui attendait déjà. Il restait encore cinq minutes avant l'ouverture, mais il avait l'air si désolé que je l'invitai à entrer. D'après son apparence, il devait avoir une soixantaine d'années, avec un visage rond et des yeux tristes. Il était vêtu d'un gilet jaune, pas tricoté à la main, mais qui devait provenir d'un magasin de vêtements comme Marks & Spencer. Sous le pull, j'entrevis une chemise blanche et une cravate rayée. Il portait un pantalon bleu marine et des mocassins bruns qui semblaient avoir été cirés récemment. Il avait un attaché-case en cuir. Je soupçonnais qu'il était sur le chemin du travail et qu'il était passé pour acheter à sa femme, peut-être, la laine qui lui manquait alors qu'elle tricotait un pull.

Je lui souris.

— Bonjour. Puis-je vous aider ?

— Oui, dit-il. Je suis venu pour le travail.

— Quel travail ?

S'agissait-il d'un rendez-vous que j'avais pris et oublié ? Un aménagement que je faisais faire dans l'appartement ou le magasin ? J'essayai de repenser à quelque chose que j'avais prévu, mais je ne trouvai rien.

À ma grande surprise, il pointa du doigt l'affiche accrochée à ma fenêtre.

— Oh, vous voulez dire le travail ici, à la boutique, pour être mon assistant ?

Il acquiesça. Il n'avait pas l'air emballé par la possibilité de travailler comme mon assistant. Il était loin de l'image que j'avais en tête de mon candidat idéal, mais je savais à quel point certains des hommes qui venaient à la boutique, y compris les vampires masculins, pouvaient tricoter. S'il correspondait à mes critères, il pourrait être parfait.

— Je vous ai apporté mon CV, dit-il en ouvrant l'attaché-case et en me tendant un document de deux pages.

J'y jetai un coup d'œil et vis qu'il avait été comptable de carrière. Il n'y avait rien sur les deux pages concernant la vente au détail, le tricot ou une quelconque forme d'artisanat. Je levai les yeux.

— Est-ce que vous tricotez ?

— Non, répondit-il.

Puis il éternua. Il sortit un mouchoir de sa poche et, au moment même où je lui disais « à vos souhaits ! », il éternua de nouveau, de façon explosive.

— Avez-vous de l'expérience dans la vente au détail ? demandai-je.

Il secoua la tête. Ses yeux avaient commencé à larmoyer et devenaient rouges sur les bords.

— Vous allez bien ?

— Je suis allergique à la laine.

Il se moucha.

— Et aussi aux chats.

Je ne savais pas trop quoi dire. Je portai mon regard sur les paniers de laine qui tapissaient les murs.

— Vous trouverez beaucoup de laine dans un magasin de

tricot.

Il hocha la tête, l'air sinistrement satisfait.

— C'est ce que j'ai dit à ma femme. Elle m'a dit : « Je m'en fiche, il faut que je te sorte de mes pattes. Postule à tous les emplois qui existent, et ne reviens pas tant que tu n'en as pas un. »

Il éternua à nouveau.

— Je viens de prendre ma retraite, vous voyez, et elle n'est pas habituée à ce que je sois aussi présent. Elle dit que je dois trouver un travail.

— Mais pas ici, dis-je. Vous seriez malheureux.

Il acquiesça.

— Merci de votre compréhension.

Du moins, je pensais que c'était ce qu'il avait dit ; il était tellement enrhumé à ce moment-là qu'on aurait dit qu'il n'avait plus de voies nasales du tout et que sa voix était réduite à un croassement.

— Mais vous vous souviendrez de mon nom, Ned Cruik-shank, au cas où elle viendrait vérifier ?

Le pauvre homme. Ce dont il avait besoin, ce n'était pas d'un travail, mais d'un conseiller conjugal.

— Bien sûr, monsieur Cruikshank. J'espère que vous trouverez ce que vous cherchez.

Il hocha la tête, éternua à nouveau, et détala.

Je le regardai partir, en espérant qu'il se sentirait bientôt mieux. Je l'entendis se moucher avec ardeur sur le trottoir. Au moins, sa réaction allergique sévère m'avait indiqué que Nyx se cachait quelque part par ici.

— Nyx ? l'appelai-je.

Même si le magasin était assez petit, il y avait un grand nombre d'endroits où une petite chatte rusée pouvait se cacher. Je la trouvai sous la caisse. Je la fis sortir et, après avoir joué avec elle en faisant glisser un morceau de laine sur elle jusqu'à ce qu'elle bondisse, encore et encore, nous réussîmes à rétablir notre relation. Bien que cela m'ait coûté une pelote de laine, puisqu'elle l'avait pratiquement déchirée en jouant au chat et à la souris.

Une fois qu'elle se fut détournée de moi, elle se pelotonna dans l'un de ses endroits préférés, un panier de laines assorties au niveau de la vitrine. Les gens s'arrêtaient souvent pour la prendre en photo quand ils passaient devant. Elle était si mignonne. Je me demandais combien de posts Facebook et de publications sur Instagram mettaient en scène mon adorable chatte. J'avais pris soin de l'entourer de brochures où figurait l'adresse de ma boutique, juste au cas où.

— Ce miroir t'a fait peur, n'est-ce pas ? lui dis-je après qu'elle se fut assez enroulée jusqu'à être parfaitement à l'aise. Il me fait peur, à moi aussi.

Je devais consulter mon grimoire de famille pour voir s'il existait un sort capable de libérer la fille dans le miroir. J'avais mal dormi, car je voyais sans cesse son visage. Elle avait l'air si triste. J'imaginais être piégée pendant des millénaires et forcée à faire le mal et jugeais que ça devait être l'enfer.

Je n'étais néanmoins qu'une sorcière débutante, je devrais probablement travailler à me protéger moi-même avant d'essayer de sauver une autre sorcière d'un mal très puissant. Même si j'essayais de me convaincre que je n'allais sauver que moi-même, je savais que j'allais au moins tenter de secourir cette pauvre fille.

J'étais encore en train de préparer la boutique pour la journée et je n'avais pas encore eu un seul client, quand un jeune homme entra. Il jeta un coup d'œil aux rayons, l'air un peu perdu, comme s'il avait voulu entrer dans un magasin d'alpinisme ou d'activités en plein air et qu'il était tombé par hasard sur une charmante boutique de tricot. Il était grand et robuste, avec des cheveux hirsutes d'un blond lumineux et un début de barbe aux reflets roux couvrant ses joues et son menton. Ses yeux d'un noisette chaud pétillaient et la peau tout autour était ridée prématurément, sans doute à force de regarder le soleil. Il portait un jean délavé et une chemise en jean crème ouverte pour révéler un torse musclé. Il était jeune, beau, et ne semblait n'avoir rien à faire dans ma boutique.

— Je peux vous aider ? demandai-je une fois de plus.

— Ça oui, je suis venu pour le travail, dit-il avec un accent australien prononcé.

Madame Winters était-elle en train de me jouer un tour ? Je ne pouvais pas imaginer qui d'autre aurait pu continuer à m'envoyer ces candidats totalement improbables. Pourtant, il existait des lois strictes en matière de discrimination à l'embauche qui m'empêchaient de refuser ce beau gosse simplement parce qu'il ne ressemblait pas à l'idée que je me faisais d'un vendeur de tricot. De plus, l'idée de passer quelques minutes avec lui n'était pas totalement désagréable.

— Vous tricotez ? m'enquis-je.

Il sourit, dévoilant ainsi ses grandes dents blanches. S'il mordait dans quelque chose, c'était qu'il le voulait vraiment.

— Je peux tricoter une plaie ouverte, ce qui est une bonne compétence à avoir dans le désert.

— Oui, approuvai-je. Mais ce n'est pas la qualité la plus importante quand on travaille dans une boutique de tricot.

Il me regarda comme si c'était moi qui étais folle. Puis, il observa les environs tout autour de lui et sembla se rendre compte qu'il était en fait dans une boutique de tricot.

— Est-ce que nous nous sommes emmêlé les pinceaux ?

— Je pense qu'il y a au moins ça d'emmêlé.

Il se gratta la tête et sortit son téléphone.

— Je suis sûr que c'est la bonne adresse. Pour faire une demande de participation aux fouilles ? En Égypte ?

Je compris. *Mes parents !*

— Puis-je y jeter un œil ?

— Bien sûr.

Il me tendit son téléphone et, comme je m'en étais doutée, celui-ci montrait une annonce sur l'un des forums Internet de la faculté décrivant les fouilles et demandant aux étudiants diplômés intéressés de venir à cette adresse. Je dus expliquer au jeune homme que c'étaient mes parents qu'il souhaitait voir, pas moi, et qu'il devait revenir après dix-sept heures, lorsque mon magasin serait fermé et que mes parents seraient probablement là pour lui faire passer un entretien. Je suggérai que s'il connaissait quelqu'un d'autre qui envisageait de postuler, il devrait également venir après dix-sept heures.

— Pas de soucis, répondit-il, c'est une belle boutique, cependant. Si j'étais branché par le tricot...

Puis il laissa à nouveau errer son regard sur les murs remplis de laines colorées, les patrons de tricot et les magazines, sur le mur de conceptions, et secoua la tête.

— Non. Je ne pourrais jamais supporter d'être enfermé. Il me faut du grand air.

Sur un signe joyeux, il ouvrit la porte pour partir. Puis, il se recula et la tint ouverte pour une femme plus âgée qui venait d'entrer.

— Je suis à vous dans un instant, dis-je tout en envoyant rapidement un message à ma mère et à mon père pour leur dire qu'ils devaient préciser dans leur annonce que toute personne souhaitant participer aux fouilles devait venir après dix-sept heures ce soir et qu'ils devaient s'assurer d'être là pour faire passer leur entretien aux futurs étudiants en archéologie eux-mêmes.

Pendant que je faisais cela, la femme se promenait et regardait mes différentes marchandises. C'était agréable de voir ce matin, dans ma boutique, quelqu'un qui avait l'air de savoir tricoter. Elle devait avoir une soixantaine d'années, avec des cheveux gris qui tournaient au blanc. Ils bouclaient délicatement autour de son visage. Elle était vêtue d'un cardigan rose visiblement tricoté à la main, avec un motif compliqué de fleurs autour de la bordure. Avec cela, elle portait une jupe en laine mauve, ce qui ressemblait à des bas de contention, et des chaussures noires. Elle avait un grand sac à main et, lorsqu'elle s'arrêta pour regarder mes étagères, elle posa ses mains sur son ventre.

— Je peux vous aider ?

— J'espère bien pouvoir vous aider moi-même, dit-elle avec un sourire gentil. J'ai vu votre annonce pour un assistant et je viens postuler.

— Vraiment ?

Je devais avoir l'air aussi ravie que je me sentais. C'était tellement agréable de voir une candidate qui ressemblait, d'ailleurs, exactement à l'assistante que j'avais imaginée dans mon esprit.

— Vous n'avez pas pourvu le poste ?

Je ne voulais pas paraître trop anxieuse, et lui dis alors :

— J'ai déjà reçu quelques candidatures ce matin, mais je

n'ai pas encore pris de décision. Je dois cependant vous poser la question la plus importante. Est-ce que vous tricotez ?

Elle gloussa.

— Ma chère, je tricote depuis cinquante ans. J'ai tricoté des pulls pour moi, ma mère, mon père et mes frères, puis plus tard des vêtements de bébé, des couvertures et des modèles de toutes sortes. Je fais aussi du crochet, de la tapisserie et du point de croix, je tisse sur mon propre métier à tisser, et je peux carder, teindre et filer mon propre fil.

Moi qui possédais *Tricotti Tricotta*, je pouvais à peine distinguer un tricot d'une maille.

— Eh bien, ça, c'est impressionnant. Avez-vous tricoté le pull que vous portez ?

Elle baissa les yeux, comme si elle était incertaine de ce qu'elle portait.

— Oh oui. Lui aussi, je l'ai conçu.

Dans ma tête, un petit moi tapait du poing et criait « *Oui !* ».

— Avez-vous de l'expérience dans la vente au détail ?

— Je tenais mon propre magasin de tricot et d'artisanat aux Cornouailles. Je l'ai fait pendant une vingtaine d'années, mais j'en ai eu assez de gérer l'entreprise. J'ai déménagé ici à la naissance de mon troisième petit-enfant. Je voulais être proche de ma fille et de sa famille. Mais, maintenant, le plus jeune a commencé l'école et, franchement, je m'ennuie un peu. Quand j'ai vu votre annonce, j'ai été ravie, car c'est exactement le genre de choses que j'aime faire.

Elle était si parfaite que je mourais d'envie de taper du pied. Je dus me retenir.

— J'imagine que vous n'avez jamais donné de cours de tricot, si ?

— Oh si. J'ai enseigné dans ma propre boutique, puis à des jeunes filles dans le cadre d'un programme parascolaire. J'ai encore des nouvelles de certaines d'entre elles, les petites chéries.

Ma seule crainte était que l'argent soit trop peu pour elle et je le lui dis, en lui indiquant le salaire que je pouvais lui verser sur un ton désolé. Mais, à ma grande surprise, elle m'assura que ça ferait parfaitement l'affaire.

— J'ai beaucoup d'argent provenant de l'assurance-vie de mon défunt mari. Paix à son âme. J'ai davantage besoin d'occuper mon temps que d'avoir de l'argent.

Je me sentais mal à l'aise de réclamer des références, mais étant donné que madame Winters pensait que j'embauchais mal, je décidai de les demander, en assurant à madame Percival, ou plutôt Eileen, que c'était purement la routine.

Elle ouvrit son sac.

— Je comprends parfaitement, ma chère. Voici un CV et, en bas, les noms de deux personnes qui seraient heureuses de se porter garantes pour moi. Vous avez une belle boutique ici, et je pense que nous pourrions être très heureuses de travailler ensemble.

Je pris son CV et, en la remerciant d'être passée, je lui dis que je lui donnerais ma réponse le lendemain.

Après qu'elle fut partie, et je ne pensais pas qu'elle pouvait me voir à travers la fenêtre, je pris Nyx dans mes bras.

— Nous avons réussi ! m'exclamai-je. Nous avons trouvé la personne parfaite !

Puis je commençai à faire danser la chatte autour de la pièce jusqu'à ce que nous ayons toutes les deux la tête qui tourne.

CHAPITRE 5

*L*orsque le club des vampires tricoteurs se réunit, ce soir-là, nous ne le tînmes pas dans ma boutique, comme d'habitude, mais dans le complexe d'appartements souterrains qui abritait Mamie et de nombreux vampires locaux. Certains, comme Rafe, avaient leur propre maison – dans son cas un ancien manoir –, mais ils se rassemblaient ici, sous ma boutique. C'était leur local.

Les fauteuils et canapés profonds en peluche étaient confortables, mais ce n'était pas la même chose, d'une certaine manière, que d'être à l'étage dans la boutique. Peut-être était-ce pour cette raison que le groupe était plus restreint que d'habitude. Mamie était là, avec sa meilleure amie et créatrice, Sylvia. Rafe était là, avec Alfred et Christopher Weaver. Silence Buggins, semblant sortir tout droit d'un roman victorien, était sagement assise, son corset la maintenant fermement droite. Clara et Mabel rendaient visite à des amis en Écosse et Théodore, l'ancien policier, était parti à Budapest. Il s'était lancé dans la recherche de trésors perdus et semblait apprécier le défi.

Mamie n'arrivait pas à rester en place. Elle changeait sans cesse de siège, se plaignant que la lumière n'était pas bonne. Elle n'arrivait pas à se concentrer sur son tricot. Je jetai un regard vers Sylvia pour voir si elle savait ce qui n'allait pas et elle me fit signe de la suivre. Nous passâmes sous une arche gothique en pierre dans un couloir qui menait, d'après moi, à des chambres. Elle repoussa sa chevelure argentée derrière ses oreilles, où je remarquai qu'elle portait une superbe paire de boucles en diamant de style Art déco. Sylvia était le vampire le plus glamour que j'aie jamais rencontré.

— Ta grand-mère est très contrariée. Elle veut voir sa fille, mais Rafe le lui interdit.

— C'est bien ce que je me disais, murmurai-je en retour.

J'étais choquée. Même moi, je savais que maintenant que Mamie était un vampire, elle ne pouvait se montrer à personne. Je ne connaissais son existence que parce que j'avais découvert l'information par hasard. Elle faisait toujours partie de ma vie, et j'étais reconnaissante chaque jour de l'avoir, mais Maman n'était pas comme moi. C'était une scientifique, une femme qui ne croyait qu'au rationnel, au prouvable. Si elle voyait Mamie, elle en ferait tout un plat. Et pas un bon.

J'étais morte d'inquiétude à l'idée que Maman ou Papa puissent tomber accidentellement sur Mamie, qui avait la mauvaise habitude d'être somnambule. Je vivais dans la peur constante qu'elle se présente à la boutique en plein milieu de la journée, cette femme qui était morte.

— Nous devons lui faire quitter la ville, dis-je.

Sylvia acquiesça.

— Nous avons déjà essayé, mais elle dit que tu as besoin d'elle.

Je me mordis la lèvre. J'avais effectivement besoin de Mamie. Mais maintenant, mes parents étaient là. Le stress d'essayer de les séparer serait trop important.

— Si je peux la convaincre que je n'ai pas besoin d'elle, est-ce qu'elle partira ?

— Je pense que oui, mais ça lui fera de la peine.

Je réfléchis une minute, puis je claquai des doigts.

— J'ai trouvé. Ce que nous devons faire, c'est franchiser.

Les sourcils crayonnés de Sylvia se levèrent.

— Franchiser ?

— Pas pour de vrai, évidemment, mais si une autre boutique de tricot était à vendre ailleurs ? Ou même un magasin vide qui pourrait un jour devenir une mercerie. Mamie et toi pourriez aller voir. Peut-être existe-t-il une autre ville où se trouvent beaucoup de vampires qui aiment tricoter ? Nous pourrions trouver un humain sympathique et ouvrir une deuxième boutique de tricot. Organiser un club de tricot pour vampires.

Elle posa ses doigts sur sa gorge, où scintillait un collier Art déco assorti.

— Tu sais, Lucy, ce n'est pas une mauvaise idée.

Je levai ma main, façon agent de la circulation.

— Attends, attends. Je ne suggère pas que nous le fassions vraiment, mais si Mamie pense que nous allons le faire, elle se sentira importante. Comme si elle m'aidait.

Sylvia me fit son sourire de star de cinéma.

— C'est une très bonne idée.

— Bien. Il nous faut juste un endroit. Quelque part où Mamie sera joyeusement occupée pendant quelques semaines.

Elle tapota ses ongles contre sa clavicule.

— Dublin, peut-être. J'ai beaucoup d'amis là-bas, et j'avais l'intention d'y aller. Je peux occuper ta grand-mère, et je suis sûre que nous pouvons trouver un magasin approprié pour tes plans d'expansion.

Elle inclina la tête.

— Ou une petite ville du Connecticut, peut-être, ou du Vermont. Ou dans le Massachusetts. Ça te plairait. Une deuxième boutique aux États-Unis.

— Mais je ne vais pas ouvrir de deuxième boutique. C'est juste une ruse, pour que Mamie s'absente pendant quelques semaines.

— Bien sûr.

Quand nous parlâmes à Mamie de notre idée, son visage s'illumina. Je pouvais deviner qu'elle était toujours triste de ne pas pouvoir voir sa fille, mais elle était enthousiaste à l'idée de voyager dans un endroit intéressant et de chercher l'emplacement d'une deuxième boutique.

— Ça va être une belle aventure.

Ses cheveux blancs étaient soigneusement enroulés dans un chignon à l'arrière de sa tête, et elle le tapotait maintenant comme si elle avait peur de l'avoir égaré.

— J'ai souvent pensé à élargir le commerce, bien sûr. Mais j'étais trop vieille. Mais tu es si jeune, tu pourrais tout faire. Tu pourrais avoir une chaîne de magasins dans le monde entier. L'argent n'est pas un problème, bien évidemment. Tous les vampires qui existent depuis quelques siècles sont extrêmement riches. Tu aurais tellement de capital-risque qu'il t'en sortirait par les yeux.

Je n'avais pas envie que du capital-risque, ou quoi que ce soit d'autre, me sorte par les yeux, mais j'étais heureuse de voir Mamie beaucoup plus joyeuse.

— Nous allons commencer par Dublin, proposa Sylvia. Comme ça, nous pourrons prendre la Bentley.

Elle se tourna vers moi.

— Ta grand-mère est très attachée à la Bentley.

— Je suis aussi contente d'aller en Amérique, Sylvia. Je n'y suis pas allée depuis des années.

— Nous débuterons par Dublin, puis nous prendrons un vol pour New York. Je parie que tu n'as jamais voyagé en première classe, Agnès. Tu vas adorer.

À la fin de la réunion, je dis au revoir à Mamie. Elles allaient partir cette nuit-même. J'étais triste de la voir s'en aller. Je m'étais habituée à ce qu'elle soit près de moi, prête à me donner des conseils, mais je savais que c'était la meilleure chose à faire pour nous tous. Je la serrai dans mes bras avant qu'elle ne me quitte.

— Trouve un moyen de dire à Susan combien je l'aimais et à quel point je suis fière d'elle, murmura-t-elle.

— Tu lui as laissé une lettre, tu te souviens ?

Son visage s'illumina alors.

— Oh, c'est vrai. C'était intelligent de ma part.

Puis, je plissai les yeux. Et, pour la première fois, je pris conscience que je m'étais faite avoir.

— Mamie ! Tu as écrit ces lettres à Maman et moi après avoir été transformée, n'est-ce pas ?

Elle haussa les épaules.

— J'en avais toujours eu l'intention, mais on ne se rend jamais compte que son temps sera écoulé si vite. De toute façon, j'ai eu l'occasion de mettre de l'ordre dans mes affaires. Tout le monde n'a pas cette chance.

— Maman était si heureuse quand elle a reçu ta lettre. Ça a signifié beaucoup pour elle.

Elle soupira, visiblement triste.

— Mais elle n'est pas comme toi. Elle n'est pas ouverte. Donc, je dois partir et m'assurer qu'elle ne me voit pas.

Elle me prit dans ses bras.

— Prends bien soin d'elle pour moi.

C'était une chose si étrange à dire. Mais j'acceptai de faire de mon mieux.

Sylvia vint me dire au revoir et me tendit un paquet enveloppé dans du papier argenté.

— Qu'est-ce que c'est ?

Ce n'était pas mon anniversaire, ni une occasion de faire un cadeau, à ma connaissance.

Elle sourit.

— Juste un petit quelque chose que tu peux porter. Garde-le pour une occasion spéciale. Un rencard avec un homme spécial, peut-être.

Au train où allaient les choses, la prochaine ère glaciaire se produirait avant que le contenu de la boîte ne soit utilisé, mais je la remerciai quand même.

Rafe me raccompagna à l'étage, comme il le faisait habituellement lorsque je rendais visite à mes amis vampires.

— Tu as bien fait de donner à Agnès une raison impérieuse de partir, me dit-il. Elle savait qu'elle devait le faire, mais elle avait du mal. Maintenant, elle a quelque chose à attendre avec impatience.

— Tant mieux.

Nous atteignîmes les escaliers en bois qui menaient à l'arrière-salle de ma boutique.

— Rafe, elles ne vont pas vraiment acheter un magasin, n'est-ce pas ?

Il secoua la tête.

— En ce qui concerne ta grand-mère et Sylvia, je ne me risquerais pas à tenter de deviner.

Quand je remontai dans mon appartement, j'ouvris le cadeau emballé dans du papier argenté et en sortis le plus exquis des tricots. Il était tricoté avec du fil de soie bleu nuit, avec de longues manches évasées et un col en V qui montrait juste un soupçon de décolleté. Il y avait autre chose dans la boîte. Un collier en argent avec un diamant en forme d'étoile qui pendait. Je me dis d'abord qu'il s'agissait d'un cristal, mais en regardant de plus près, je fus certaine que c'était un vrai diamant. Je faillis manquer le mot. Il y était écrit :

« Chère Lucy, je n'ai jamais eu de fille. Si j'en avais eu une, j'aurais voulu qu'elle soit comme toi. Porte-le, pour moi. »

— Et il m'est donc impossible de le lui rendre, dis-je à Nyx, qui me regardait depuis le rebord de la fenêtre.

MA NOUVELLE ASSISTANTE, Eileen Percival, commença le mercredi. Ses références étaient hors pair. Elle arriva cinq minutes en avance au travail, dans un cardigan violet et rose. Je n'avais aucune idée des points qu'elle avait pu utiliser, mais ils étaient clairement compliqués. Si elle était seulement morte-vivante, elle serait un excellent élément à ajouter à mon club de vampires tricoteurs.

Elle portait une jupe en tweed violet, des bas de contention et les mêmes chaussures noires sages. Elle avait une peau très fine et il me semblait qu'elle avait de la poudre sur le visage et je trouvai son rouge à lèvres rose plutôt joli. Rien qu'à la regarder, j'eus envie d'acheter de la laine et des aiguilles à tricoter, et je ne savais même pas tricoter. J'étais très enthousiasmée par ma nouvelle embauche.

Après avoir déposé son sac à main sur l'étagère que j'avais indiquée derrière la caisse, elle posa ses mains sur son ventre et me regarda avec impatience.

— Je me suis dit que pour aujourd'hui, annonçai-je, vous pourriez vous familiariser avec notre inventaire, regarder les modèles que nous avons, et je pourrais vous montrer comment fonctionne la caisse enregistreuse.

— Ça me convient parfaitement, acquiesça-t-elle.

Elle vérifia chaque panier méthodiquement et posa des questions intelligentes, dont certaines auxquelles je pus répondre. Ensuite, je lui montrai comment utiliser la caisse enregistreuse, ce qui se fit en un rien de temps puisqu'elle avait déjà utilisé quelque chose de similaire dans son propre magasin.

Je sentais que je devais expliquer comment j'en étais arrivée à tenir une boutique de tricot alors que je ne savais manifestement pas tricoter, alors je lui parlai de ma grand-mère et du fait qu'elle m'avait laissé la boutique et l'appartement à sa mort. Eileen écoutait tout en rangeant les étagères.

— Mais comment se fait-il que votre grand-mère ne vous ait jamais appris à tricoter ? demanda-t-elle quand j'eus terminé.

— Elle a essayé, mais je n'ai aucune aptitude.

Elle tourna la tête et me lança un regard amusé.

— Je ne souhaite pas me disputer avec mon employeuse, pas pour mon premier jour, mais c'est absurde, ma chère. Toutes les filles sont capables d'apprendre à tricoter. Je serais heureuse de vous montrer.

Ses mots étaient peut-être un peu sexistes, mais si elle

pouvait m'apprendre, je pouvais pardonner un peu de sexisme chez cette spécialiste en tricot. Elle jeta un œil tout autour d'elle.

— Puisque la boutique est actuellement vide, pourquoi ne pas commencer maintenant ? Ensuite, vous pourrez décider si vous voulez que je vous donne des cours.

— Vendu, dis-je.

Je pris un des magazines de tricot que j'avais feuilletés dans un moment d'ennui et je lui montrai un pull que j'aimais. Il avait l'air assez simple, d'une seule couleur et sans points fantaisistes.

— Que pensez-vous de ça ?

Elle s'approcha et regarda par-dessus mon épaule. Quand elle fut assez proche, je remarquai qu'elle sentait la lavande et les vieilles roses.

— Non, non. C'est trop compliqué pour une débutante. Nous allons commencer très simplement et vous pourrez passer au tricotage de pulls lorsque vous aurez appris les bases.

J'étais déçue, mais j'essayai de ne pas le laisser paraître.

— D'accord.

— Nous allons commencer sans modèle. Allez prendre des aiguilles et je vais chercher la laine.

Je choisis une paire d'aiguilles de taille moyenne et elle alla chercher une pelote de laine rouge vif. Quand elle vit mes aiguilles, elle secoua la tête.

— Plus gros, beaucoup plus gros. Nous devons commencer avec de belles et grosses aiguilles pour que vous puissiez avoir une idée de ce à quoi ressemble chaque point.

Elle trouva une paire qui la satisfaisait, puis me fit m'asseoir sur la chaise derrière la caisse.

— Dites-moi, savez-vous comment faire un nœud coulant ?

J'aurais pu lui dire que j'avais fait pleurer des vampires adultes lorsqu'ils avaient essayé de m'apprendre à faire un nœud de ce genre, mais je secouai simplement la tête.

— Bien. Vous pourrez apprendre plus tard.

Et elle prit la laine et les aiguilles, et fit un nœud coulant.

— Maintenant, nous allons monter les mailles.

J'étais maladroite et inapte, mais j'avais l'habitude. Cependant, Eileen était la patience incarnée, et après avoir travaillé un certain temps, j'avais vingt mailles sur l'aiguille.

— Excellent travail, me dit-elle en me souriant comme si je lui avais offert un pashmina en cachemire tricoté à la main. Maintenant, nous allons tricoter le premier rang.

Elle me montra comment faire et lentement et péniblement, je tricotai un rang. À la fin, les aiguilles étaient couvertes de ma sueur et les mailles étaient un peu déformées, mais Eileen me félicita de nouveau.

— Le premier rang est toujours le plus difficile. Le deuxième sera plus facile.

Ce fut vrai. Même si je me sentais malhabile, et que j'avais un torticolis à force de me tenir si tendue, comme si en restant parfaitement immobile, je n'allais pas perdre une maille. Eh bien, cela ne fonctionna pas, mais tout ce que j'avais à faire était d'émettre un son pitoyable et paniqué, et elle était prête à me montrer où je m'étais trompée et à le réparer.

Elle était tellement à l'aise et facile à vivre. C'était presque comme si ma grand-mère était de retour.

Nous eûmes des visites de clients tout au long de la matinée, certains habitués que je pouvais saluer par leur nom et à qui je présentai ma nouvelle assistante, ainsi que des clients qui venaient pour la première fois dans la boutique. Eileen insista pour que je continue à tricoter et qu'elle accueille les clients.

— Et comme ça, vous pourrez me dire si je le fais correctement.

J'étais en train de grogner sur mon troisième rang, à essayer de ne pas tirer la laine aussi serrée que d'habitude, quand une femme entra en regardant autour d'elle d'un air incertain. Eileen alla directement vers elle et la complimenta sur son écharpe. La femme sembla ravie du compliment et elles bavardèrent joyeusement avant qu'Eileen ne lui demande si elle pouvait l'aider pour quoi que ce soit. Avant que je ne m'en rende compte, la femme était en train de faire un achat important de laines et de modèles de tricot pendant qu'elles discutaient de la façon de garder les petits garçons propres lorsqu'ils insistaient pour jouer dehors.

Ma nouvelle assistante n'eut pas à me poser la moindre question, elle enregistra tout l'achat et l'emballa sans problème. Je la complimentai pour avoir appris si vite et fait un si bon travail avec sa première cliente. Elle en devint toute rose de plaisir.

— Lucy, ma chère, c'est très gentil à vous. Cela me fait du bien d'être de retour dans une boutique de tricot et de m'occuper de tous ces gens charmants qui viennent pour transformer quelque chose qui n'était que de la laine de mouton il n'y a pas si longtemps en un art magnifique et pouvant être porté. Dans notre monde de production de masse, nous ne prenons pas assez soin de l'art et de l'artisanat.

Je n'y avais jamais pensé de cette façon, en fait je considérais ma boutique comme un magasin de loisirs créatifs, mais elle avait raison. Garder ces traditions vivantes était important et peut-être bien que ses paroles me firent redresser un peu les épaules et que je fus un peu plus fière de mon travail.

Mon père et ma mère travaillaient à l'étage et avaient invité un petit groupe d'étudiants intéressés à venir ce soir pour une réunion. J'envoyai Eileen prendre son déjeuner et quand elle revint, je lui demandai si elle se sentirait à l'aise si je la laissais seule pendant une heure ou deux. J'avais mon portable sur moi pour qu'elle puisse me joindre instantanément et je lui promis que je n'irais pas loin.

Elle m'assura qu'elle irait bien et je montai donc pour inviter ma mère à prendre le thé à côté, au salon de thé *Elderflower*. J'avais été trop occupée pour prendre des nouvelles des Miss Watt, qui tenaient le salon, pour voir comment elles allaient depuis que le fiancé de la pauvre Miss Florence Watt avait été assassiné.

Je savais que Maman voudrait les voir, car elle les connaissait depuis qu'elle était petite et elle était très heureuse de prendre une heure de congé et de me rejoindre pour le thé de l'après-midi. Nous laissâmes mon père travailler joyeusement devant un ordinateur et nous partîmes à côté. J'avais déjà mis ma mère au courant de la tragédie. Malheureusement, la relation et le meurtre qui avait suivi avaient creusé un fossé entre les deux sœurs. À un moment donné, il avait semblé qu'elles ne pourraient plus tenir le salon de thé et j'étais curieuse de voir comment elles s'en sortaient.

Miss Mary Watt nous accueillit chaleureusement. Elle prit les deux mains de ma mère dans les siennes et dit :

— Susan, cela doit bien faire cinq ans que je ne t'ai pas

vue. Non pas que tu aies pris la moindre ride. Je suis tellement triste pour ta mère, elle me manque tous les jours.

Je m'étais habituée à entendre parler de ma grand-mère ici à Oxford, mais c'était encore nouveau pour ma mère. Elle cligna des yeux, rapidement.

— Elle me manque aussi, dit-elle. Surtout maintenant que je suis là. C'est bon de te voir, Mary.

Elle balaya la pièce du regard.

— Et Florence ? Est-elle là ?

Les lèvres de Mary se plissèrent, une habitude qu'elle avait quand elle était perturbée.

— Florence est dans la cuisine. Nous sommes entre deux cuisiniers, en ce moment, donc elle fait à nouveau la cuisine elle-même, pendant que je m'occupe de l'accueil.

Ce qui signifiait que les sœurs se voyaient rarement. Cela m'attristait, car elles étaient si proches autrefois. Maman dit qu'elle irait peut-être voir Florence en cuisine avant notre départ.

Mary nous fit nous asseoir à l'une des meilleures tables près de la fenêtre pour que nous puissions observer l'agitation de Harrington Street. Je pouvais garder un œil sur ma boutique à côté et, s'il y avait une soudaine et massive arrivée de clients, je pouvais facilement partir plus tôt afin d'aider Eileen. Cependant, je ne m'attendais pas à ce qu'il y ait une ruée fulgurante sur la laine, et c'est ce qui se produisit. Les clients entraient et sortaient en file indienne, généralement avec de gros sacs à la main.

J'avais finalement embauché l'assistante idéale et je sentais que je commençais à avoir le coup de main pour tricoter. Je me sentais mieux que jamais dans ma décision de rester à Oxford.

Maman regarda autour d'elle et murmura d'une voix douce :

— Ça ne change jamais, n'est-ce pas ? Je ne suis pas venue ici depuis cinq ans et je jurerais que même les fleurs sur la table sont les mêmes.

Les fleurs étaient des sortes de marguerites et semblaient un peu froissées sur les bords, mais elles étaient fraîches. Cependant, je savais ce que Maman voulait dire. Des plafonds à poutres apparentes aux nappes de dentelle en passant par les étagères de théières anciennes, *Elderflower* n'avait jamais changé.

— Je suis ravie que tu aies suggéré cela, Lucy, dit Maman. Je n'ai pas eu l'occasion de te parler seule, pas même une minute.

Maman avait une certaine lueur dans ses yeux quand nous avions ces conversations en tête à tête qui me rendait méfiante. Un peu comme Nyx quand elle pensait qu'il y avait une souris dans les parages. Et comme cette pauvre souris, je sentais qu'un seul faux mouvement de ma part équivaudrait à me faire attaquer. J'aimais ma mère, mais elle oubliait parfois que j'avais grandi. Quand j'étais avec elle, moi aussi, je l'oubliais parfois.

— Ça me fait plaisir de te voir aussi, Maman. Je suis vraiment contente que tu sois venue.

J'aurais aimé qu'elle n'ait pas apporté un miroir maudit avec elle, mais je ne lui en parlai pas comme je savais qu'elle ne s'en souvenait pas.

Maintenant qu'elle m'avait transmis le miroir, chose dont elle n'avait aucun souvenir, elle était parfaitement normale. Cette apparence étrange, presque celle d'une droguée, qu'elle avait eue à son arrivée avait disparu, et ma mère était de retour.

— Ma puce, il faut que nous parlions de ton avenir.

Si j'avais eu un dollar pour chaque fois que ma mère avait prononcé ces mots, j'aurais eu au moins cent dollars.

J'essayai de m'accrocher au sentiment que j'avais éprouvé en entrant ici, que j'étais à ma place et que j'allais trouver ma voie. Je me penchai en avant.

— Maman, je suis heureuse ici. Je ne sais pas si je vais rester pour toujours, mais j'aime tenir la boutique de tricot. J'aime Oxford.

Elle fronça les sourcils, ce qui plissa son front.

— Si seulement tu étais assez intelligente pour aller à l'une des facultés.

Maman n'avait jamais été du genre à surestimer mes capacités.

— Deux intellectuels dans la famille, c'est probablement suffisant, lui dis-je. Je sais que tu es triste que Papa et toi, vous ne m'ayez pas transmis le gène du génie, mais je vais bien, vraiment.

— Mais, ma chérie, tu es encore si jeune et la boutique de tricot serait plus appropriée à une femme beaucoup plus âgée. As-tu seulement appris à tricoter ?

C'était un point sensible.

— Je prends des leçons, lui assurai-je.

Je ne lui précisai pas que mes professeurs étaient une bande de très vieux vampires et une vendeuse nouvellement embauchée. Je ne pensais pas que c'était important.

— Et qu'en est-il de ta vie sociale ? Tu t'es fait des amis ? Est-ce que tu sors avec quelqu'un ?

Je fus tellement heureuse quand Mary Watt arriva à ce

moment-là et nous demanda ce que nous voulions manger. Nous commandâmes toutes les deux du thé, avec des sandwiches, des petits gâteaux, des scones avec de la confiture et de la crème fraîche, et une théière de thé anglais.

La dernière fois que j'étais venue ici pour le thé, un homme était mort devant moi. Mais ce n'était pas la faute de Miss Watt, alors j'essayai de ne pas me remémorer ce jour horrible.

Les gens avaient la mémoire courte. Même si deux hommes étaient morts ici, le salon de thé avait repris ses activités comme si rien de malheureux n'avait eu lieu.

Au contraire, les affaires allaient mieux. Apparemment, les touristes n'étaient pas au courant de la tragédie ou, peut-être l'étaient-ils, et le salon de thé était inclus dans l'une de ces visites fantômes d'Oxford.

Cependant, ma mère n'était jamais facilement distraite et à peine Miss Watt s'était-elle éloignée avec notre commande qu'elle tourna à nouveau ses yeux tels deux lasers sur moi et haussa les sourcils.

— Alors ?

Je me rappelai que j'avais vingt-sept ans et que ma mère ne pouvait pas m'obliger à faire ce que je ne voulais pas. En théorie.

— Pour répondre à tes questions dans l'ordre, j'ai une vie sociale. Je commence à me faire des amis. Et, bien que je ne sorte pas vraiment avec quelqu'un, j'ai rencontré quelques hommes intéressants.

Immédiatement, les images de Ian Chisholm et de Rafe Crosyer surgirent dans mon esprit.

— Je ne suis pas pressée, Maman. Ça ne fait pas si longtemps que j'ai rompu avec Le Crapaud.

Elle acquiesça, l'air toujours préoccupée.

— Todd s'est avéré être une vraie déception. Mais j'espère que tu ne laisseras pas son comportement t'empêcher de vivre une vie riche et belle.

Pourquoi pensait-elle que je n'avais pas une vie riche et belle, maintenant ? Certaines personnes pensaient que creuser dans le sable toute la journée à la recherche de vestiges de civilisations disparues depuis des milliers d'années n'était pas l'utilisation la plus excitante de son temps, mais jetai-je cela à la figure de ma mère ? Non, je ne le fis pas. Parce que ça aurait été impoli. Alors, pourquoi le fait de tenir une boutique de tricot dans une belle ville comme Oxford n'était-il pas aussi valable que de fouiller dans le sable à la recherche de trucs morts ? Je me sentis un peu agacée au nom de ma ville d'adoption.

— Ce n'est pas que je n'aime pas Oxford, dit Maman comme si elle avait lu dans mes pensées. J'y ai été très heureuse et, bien sûr, c'est là que j'ai rencontré ton père, lorsque nous étions tous deux étudiants. Mais je sais que tu aimes faire plaisir aux autres, Lucy, et je ne veux pas que tu te sentes obligée de suivre les souhaits de ta grand-mère.

Elle regarda par la fenêtre et tapa du bout des doigts sur le plateau de la table.

— Ce n'est pas mon intention de dire du mal des morts, surtout pas de ma propre mère, mais ta grand-mère pouvait être un peu autoritaire.

Je levai les sourcils vers elle.

— Thé ?

Elle eut la décence de rire.

— Très bien. J'apprécie que tu veuilles vivre ta propre vie.

Mais assure-toi que c'est ta vie que tu vis, et pas celle de ta grand-mère.

— Tu as un vrai don pour me faire me sentir bien dans ma peau, Maman. Merci.

Heureusement, notre thé arriva à ce moment-là, nous donnant à toutes les deux une chance de penser à autre chose qu'à l'opinion de ma mère sur mon chemin de vie. Ou l'absence de chemin.

Je m'aperçus que Mary faisait tout le service elle-même, non pas que je la blâmais. La dernière fois qu'elle avait engagé quelqu'un, ça ne s'était pas très bien terminé. Mais les sœurs Watt n'étaient pas des jeunes femmes et je devais réprimer l'envie de me lever et de l'aider.

— J'aimerais que tu puisses t'asseoir et te joindre à nous pour une tasse de thé, Mary, lui proposa Maman. J'aimerais beaucoup discuter avec toi.

Mary lui adressa un sourire distrait.

— Il n'y a rien que j'aimerais plus au monde. Mais je suis prisonnière de cet endroit jusqu'à ce que nous fermions. Notre unique jour de congé est le lundi.

— Pourquoi ne viendriez-vous pas toutes les deux pour dîner ? Venez demain ! Nous n'avons rien de prévu, n'est-ce pas, Lucy ?

À part essayer d'éviter d'être tuée par un monstre antique, non, je n'avais rien à l'ordre du jour. Normalement, le club des vampires tricoteurs se réunissait le jeudi dans l'arrière-salle de la boutique, mais comme mes parents restaient à l'étage, nous avions annulé la réunion du lendemain. Ils allaient se réunir dans leur repaire, sous la boutique, à la place. Ça m'attristait, car j'aimais beaucoup rattraper le temps perdu avec eux, mais ça ne valait pas la peine de prendre le risque.

Miss Watt sembla ravie de l'invitation.

— Je suis assurément disponible. Mais il serait probablement préférable que tu demandes toi-même à Florence si elle est libre.

— Bien sûr, répondit ma mère avec douceur.

Alors que nous nous versions du thé et que nous nous servions de minuscules sandwiches au saumon, au concombre et aux œufs, Maman dit :

— C'est vraiment triste que ces deux-là ne s'entendent pas mieux. Il n'y a rien que nous puissions faire ?

— Honnêtement, j'en sais rien. Les réunir autour d'un dîner pourrait aider. Elles devront être polies devant nous, et peut-être qu'une fois qu'elles auront commencé à interagir, elles retomberont naturellement dans leurs vieilles habitudes.

Je me demandais si je pouvais trouver quelque chose dans mon grimoire qui pourrait aider. Existait-il un sort de réconciliation ?

— Bon, qu'allons-nous leur servir à manger ?

J'aurais aimé qu'elle y pense avant de lancer l'invitation à dîner. Ma mère avait de nombreux merveilleux talents, et la cuisine n'en faisait pas partie. Quant à moi, j'étais le genre de cuisinière à tout mettre dans une casserole en croisant les doigts pour que ça marche, et si ça n'était pas le cas : pizza. De plus, il n'y aurait pas beaucoup de temps pour cuisiner demain, ma mère travaillant sur ses projets de recherche et moi étant au magasin toute la journée.

— Je vais chercher des recettes simples sur Internet cet

après-midi, lui annonçai-je. Nous trouverons bien quelque chose.

Et je pourrais toujours courir au pub afin d'y aller chercher le repas si j'étais désespérée.

Je savais que Papa et Maman étaient ici à cause de ce miroir, même s'ils l'ignoraient eux-mêmes et, puisque cette sorcière avait dit qu'elle était attirée par l'énergie d'autres sorcières, et que c'était ma mère qui nous avait involontairement reliées, j'avais plein de questions.

Quand nous fûmes agréablement rassasiées de petits sandwiches, et que nous passâmes aux gâteaux tout aussi minuscules, je pris la parole :

— Maman, quand j'étais jeune, est-ce que j'ai fait des choses étranges ? Inexplicables ?

Je demandais cela parce que cela semblait si étrange que je n'aie découvert que récemment que j'étais une sorcière. Toute ma vie, j'avais eu des sentiments étranges et des rêves vivaces, mais je me demandais si Maman avait remarqué quelque chose de bizarre chez moi.

Son regard plongea dans le mien et elle reposa son scone sur son assiette alors qu'elle était en train d'y ajouter de la confiture.

— Qu'est-ce que tu veux dire ? Inexplicable ? Tous les enfants font des choses inexplicables. Ils pleurent sans raison, vous réveillent au milieu de la nuit en pensant qu'il y a des monstres sous leur lit, développent des aversions parfaitement ridicules pour certains aliments. Tu as refusé de manger des brocolis jusqu'à l'âge de douze ans.

Elle avait raison, c'était ce que tous les enfants faisaient.

— Je veux dire, est-ce que j'ai déjà fait des choses qui semblaient presque surnaturelles ?

74

Elle s'enfonça dans son siège et croisa ses bras sur sa poitrine. Son visage était fermé, presque hostile.

— D'où ça te vient, ça ?

Je haussai les épaules, mal à l'aise. Je ne pouvais pas lui parler de Mamie, ou du grimoire, avant d'être certaine qu'elle comprendrait et serait compatissante. Et, en cet instant, elle n'avait l'air ni compréhensive ni compatissante.

— J'avais fait promettre à ta grand-mère de ne pas te raconter ces sottises.

— Quelles sottises ?

— C'était une femme merveilleuse, ta grand-mère, et je ne dirai jamais rien contre elle, mais elle avait les plus étranges des idées. Ses parents venaient d'Irlande, tu sais, et je leur reproche de lui avoir rempli la tête de bêtises. Ils croyaient aux fées, aux esprits, aux fantômes et à je ne sais quoi encore. Elle avait l'idée, c'est vraiment ridicule, pour une femme adulte, mais elle avait l'idée tenace que nous venions d'une famille de sorcières. Il est vrai que l'une de nos ancêtres a été brûlée sur le bûcher, mais il est plus que probable qu'elle était simplement une sage-femme.

Elle posa son index sur la table et me regarda droit dans les yeux.

— Les sorcières n'existent pas. Ta grand-mère croyait dur comme fer aux superstitions, mais elle avait tort. Ton père et moi sommes tous deux des scientifiques, et tu as dû hériter de notre rationalité.

J'étais décontenancée. Même adulte, j'avais encore besoin de l'approbation de ma mère, et le fait qu'elle me dise que les sorcières n'existaient pas était comme si quelqu'un disait à un chanteur que la musique n'existait pas.

J'étais une sorcière. Je le savais. Mamie le savait. Ma chatte le savait.

— Alors, tu ne crois pas aux sorcières ?

— Ça, non.

Je persistai, sans savoir pourquoi.

— Et les vampires ?

Elle balaya cette idée comme une bouffée de fumée.

— Des créatures de folklore.

— Les fantômes ?

— Des enfants avec des draps sur la tête à Halloween.

— Du coup, lui dis-je, et si je te disais que j'étais une sorcière ?

Ma mère avait l'air sérieusement inquiète. Si j'avais eu dix ans de moins, elle se serait penchée sur la table et aurait posé une main sur mon front pour vérifier si j'avais de la fièvre. Au lieu de cela, elle dit :

— Je te suggèrerais une thérapie. Et si tu rentrais chez toi, là où sont tes amis et où tu pourrais vivre une vie plus rationnelle et plus ordonnée ?

Je regardai par la fenêtre et aperçus Nyx, de l'autre côté de la rue, qui me fixait. Elle pouvait rester hors de mon champ de vision maintenant que mes parents étaient là, mais j'étais réconfortée de savoir qu'elle gardait un œil sur moi.

— Lucy, je pense prendre un congé sabbatique l'année prochaine, m'annonça Maman. Tu pourrais revenir et vivre avec moi, peut-être reprendre tes études et obtenir un vrai diplôme.

J'avais réussi deux années d'école de commerce, mais je n'avais jamais eu le désir d'obtenir un diplôme universitaire, ce qui était difficile à comprendre pour mes parents extrêmement instruits.

— Tu es encore si jeune, tu pourrais faire tout ce que tu veux.

Ma mère était déjà en train de rédiger des propositions de subventions pour le financement de l'année suivante. Elle avait ce nouveau tombeau qu'elle avait découvert. Je savais parfaitement qu'elle n'avait pas l'intention de prendre un congé sabbatique ; elle proposait de renoncer à une année de sa carrière pour m'aider, ce que j'appréciais, mais que je ne souhaitais sincèrement pas.

— Merci, Maman. Je ne faisais que demander, hypothétiquement. J'ai une cliente qui vient régulièrement à la boutique. C'est une sorcière pratiquante. C'est pour ça que je pose la question. Il me semble qu'il y a aussi pas mal de gens dans le coin qui pratiquent la Wicca.

L'une d'entre elles était ma cousine, Violet Weeks, qui insistait pour que je rejoigne son assemblée pour une soirée aux menhirs locaux, suivie d'un festin.

— Eh bien, ne te mêle pas à ces gens. La sorcellerie est un culte comme un autre. Tiens-toi au rationnel, au prouvable.

Je me demandai si c'était pour ça que Maman ne se souvenait pas d'avoir trouvé ce miroir et qu'elle avait été poussée à me l'apporter. Son esprit s'était tellement rebellé contre la possibilité que des choses existent en dehors du monde pratique et rationnel qu'il s'était fermé plutôt que de l'accepter.

Ce qui me laissait toujours coincée avec ce miroir et la malédiction.

CHAPITRE 6

*P*endant le reste de notre thé, nous discutâmes cheveux. J'avais hérité de la chevelure bouclée de mon père. Ce n'était pas un souci pour lui, il pouvait couper près du cuir chevelu sans avoir à en faire plus. Moi, d'un autre côté, je n'avais d'autre choix que de devoir gérer une tignasse indisciplinée. Si je voulais que mes cheveux aient l'air que j'aie passé des heures au salon, je devais passer des heures au salon. Sinon, je me douchais, je les laissais sécher et croisais les doigts.

Maman avait des cheveux épais et lisses, mais elle faisait encore moins d'efforts que moi et ils étaient donc secs, cassants et trop longs. Elle essayait de décider si elle devait changer la coupe stricte qu'elle avait eue presque toute sa vie et opter pour quelque chose avec un peu plus de forme.

— Maintenant que je décolore autant sur le gris, je sens que je devrais faire des efforts pour mes cheveux.

C'était la première déclaration un peu coquette que j'entendais sortir de la bouche de ma mère. Soudain, elle se pencha en avant.

— Je sais. Allons chez le coiffeur cet après-midi. Puis nous irons acheter des vêtements. On va bien s'amuser, entre filles.

Ma mère n'était pas le genre de femme à dire « entre filles ». Elle avait une arrière-pensée. Et en une seconde à peine, je devinai ce que c'était.

— Nous avons quelques étudiants en archéologie qui viennent ce soir, dit-elle d'un air détaché. J'espère que ça ne te dérange pas. Bien sûr, Papa et moi aimerions que tu les rencontres et que tu nous donnes ton avis. Tu sais si bien juger les gens.

En fait, j'étais sortie avec un homme infidèle à qui j'avais fait l'erreur de faire confiance pendant deux ans. Mais je n'étais pas dupe. Maman espérait que je tomberais amoureuse d'un de ces étudiants en archéologie, et que je recréerais la romance qu'elle avait connue avec mon père. Comme c'était si gentil de sa part, et que j'avais besoin d'une coupe de cheveux, j'acceptai qu'une visite au salon, suivie d'un peu de shopping, était exactement ce dont j'avais besoin.

— Je dois faire un saut à côté et m'assurer que mon assistante n'a pas besoin de moi.

En réalité, comme j'étais la moins compétente de nous deux, je me sentais parfaitement satisfaite de laisser ma boutique entre les mains expertes d'Eileen.

Après que nous ayons pratiquement léché nos assiettes, Maman passa rapidement une tête dans les cuisines afin de parler à Florence. Je refusai de m'y rendre car la dernière fois que j'y étais entrée, j'avais partagé la pièce avec un cadavre.

Au lieu de cela, j'engageai la conversation avec Mary Watt. Nous étions devenues proches lorsque j'avais été impliquée dans le meurtre qui s'était produit dans leur salon de thé et je m'étais beaucoup attachée aux sœurs.

— C'est si bon de te voir, Lucy. J'aimerais qu'on te voie plus souvent, dit Mary.

— Moi aussi. Mais nous sommes toutes les deux tellement occupées à gérer nos commerces.

— J'ai hâte de rattraper le temps perdu demain.

Puis elle se saisit d'un des vases de fleurs sauvages qu'elles avaient posés sur leurs tables et me l'offrit.

— J'ai fait un trop grand nombre de nos petits bouquets. Et si tu le prenais ?

Je la remerciai, chaleureusement. Elles avaient l'habitude de composer des petits bouquets avec tout ce qui poussait. Comme nous étions en octobre, il y avait quelques marguerites orange, un brin de lavande et une petite branche d'églantines, grosses et rouges. Elles avaient des dizaines de vases soliflores, mais je promis quand même de ramener celui-ci.

Maman revint pour dire que Florence était ravie d'accepter notre invitation à dîner. Au moment de partir, j'étais devant, la tête tournée, en train de dire quelque chose à ma mère, quand je me heurtai physiquement à quelqu'un. Je reculai brusquement en arrière et lui également, et nous éclatâmes de rire en même temps.

— Ian. Je suis désolée, je ne t'avais pas vu.

C'était l'inspecteur détective Ian Chisholm, mon béguin qui allait et venait. Aujourd'hui, il était particulièrement séduisant dans un pardessus gris et mon coup de foudre se ralluma instantanément.

Il avait ses mains sur mes épaules, là où il les avait instinctivement posées lorsque nous avions foncé l'un dans l'autre. Il les laissa là un moment et ses yeux bleu-vert sourirent aux miens.

— Lucy. Je suis content de te voir. Je venais juste apporter quelques informations à Miss Watt.

Je hochai la tête. Elle aimait être tenue au courant de l'évolution de l'affaire sur l'homme qui avait assassiné son fiancé, et je me disais que c'était une réelle gentillesse qui poussait Ian à prendre du temps sur son emploi du temps chargé pour la voir.

Je lui présentai ma mère qui lui serra la main, puis il pénétra dans le salon de thé tandis que nous retournâmes dans ma boutique. Avant d'entrer, Maman me regarda d'un air timide et me dit :

— C'est un de ces hommes intéressants dont tu me parlais ?

Fais confiance à ta mère.

— Eh bien, c'est vrai qu'il est intéressant, répondis-je.

— Et aussi jeune et beau, tout ce qu'un homme doit être s'il en est capable.

Je ris.

— Tu parles comme une héroïne de Jane Austen. De toute façon, il ne m'a même pas demandé de sortir avec lui.

— Je dirais, vu la façon dont il t'a regardée, qu'il a l'intention de le faire.

J'avais la même impression. Et je faisais mon possible pour que ça n'arrive pas. Ce n'est pas que je n'aimais pas Ian, c'était d'ailleurs tout le contraire. De plus, j'étais attirée par lui. Mais ma vie était déjà assez compliquée et la dernière chose dont j'avais besoin était qu'un agent des forces de l'ordre découvre les nombreux secrets cachés chez *Tricotti Tricotta*.

Comme je l'avais deviné, Eileen était parfaitement heureuse de gérer la boutique sans moi. Je fus choquée de voir à quel point l'endroit était mieux agencé depuis que j'étais partie il y avait un peu plus d'une heure. Les laines étaient parfaitement empilées dans leurs paniers et sur les étagères, et elle avait rangé les livres et les magazines pour qu'ils paraissent intacts. Je posai le petit vase de fleurs sur la surface immaculée de la caisse et expliquai à Eileen notre plan pour l'après-midi, si elle était certaine de pouvoir s'en charger.

— Oh, oui, ma chère. Passez un bon moment.

Je lui donnai mon numéro de portable, au cas où elle aurait besoin de moi, mais je doutais fort qu'elle ait besoin de m'appeler.

— Nous serons de retour avant dix-sept heures, lui dit Maman.

Puis elle expliqua qu'il y aurait quatre ou cinq élèves qui viendraient et qui avaient exprimé le désir de participer aux fouilles.

— Je leur ai dit de venir vers dix-sept heures, me dit-elle. C'est l'heure à laquelle vous fermez, je crois ?

— Oui, mais dis-leur de faire le tour par l'arrière et de sonner à l'appartement. Papa pourra les faire entrer. Comme ça, ils n'auront pas à traverser la boutique.

Maman avait l'air confuse.

— C'est tellement compliqué d'expliquer comment faire le tour par l'arrière et descendre l'allée. Je trouve plus simple de leur dire de venir à la boutique. Ça ne te dérange pas, hein ? Comme ça tu pourras les envoyer directement en haut.

— D'accord.

Alors que nous repartions par la porte, Maman prit de nouveau la parole :

— Je suppose que nous devrons leur offrir quelque chose à boire et peut-être une collation.

Elle réfléchit un moment et ajouta :

— Je vais envoyer ton père.

Je savais parfaitement qu'après cinq minutes passées à l'étage avec des étudiants potentiels, ils seraient tous les deux tellement plongés dans leur conversation qu'ils oublieraient tout du casse-croûte et de toutes les autres questions d'ordre pratique.

— J'irai les chercher, proposai-je.

Sur le chemin, Maman et moi nous dirigeâmes vers Cornmarket Street.

— J'aurais dû prendre rendez-vous dans un salon de coiffure, dis-je en réalisant qu'il allait être difficile de nous faire entrer toutes les deux dans un salon.

Elle gloussa, un son féminin qui ne ressemblait pas du tout à ma mère.

— J'ai pris la liberté de prendre des rendez-vous pour nous lorsque tu es venue m'inviter pour le thé. J'étais sûre que si tu pouvais prendre du temps pour le thé de l'après-midi, tu pourrais gérer une visite au salon.

— C'est génial, Maman.

J'étais heureuse qu'elle ait pris l'initiative. Même si elle avait une arrière-pensée, celle de me caser avec un étudiant en archéologie, ça me faisait plaisir de passer un après-midi avec ma mère. Qui savait combien d'autres me restait-il ?

Alors que nous marchions le long de Cornmarket Street, je remarquai combien de magasins avaient des étalages d'Halloween. Halloween n'avait jamais été une tradition britannique, mais, comme beaucoup de choses, c'était une tradition américaine qui était devenue populaire. Des petits enfants déguisés en lutins, faisant du porte-à-porte pour récolter des bonbons, que demander de plus ?

Bien sûr, pour des sorcières comme nous, Halloween était la veille de Samhain, l'une des huit fêtes wiccanes les plus importantes. Ma cousine, Violet Weeks, m'avait harcelée pour que je vienne à l'événement de Samhain de son assemblée, aux menhirs près de Moreton-under-Wychwood. J'avais dit que j'allais y réfléchir, mais si le démon n'avait pas ma peau d'ici là, je me disais que j'irais, et ainsi voir si je pouvais obtenir quelques idées sur la façon de vaincre un très ancien et puissant sorcier noir. Et, en passant, j'aimerais vraiment libérer Meritamun de sa prison-miroir.

La journée était froide et couverte, mais Cornmarket Street était toujours bondée de touristes, d'étudiants et de gens ordinaires qui vivaient ici. Oh, et quelques vampires, notai-je en apercevant Sylvia et Rafe qui marchaient dans la même direction.

J'étais heureuse d'avoir mes protecteurs morts-vivants et j'appréciais la façon dont ils réussissaient à nous surveiller, Maman et moi, sans jamais sembler regarder dans notre direction.

Nous arrivâmes à l'angle de Queens et Cornmarket, où se trouvait un groupe de touristes debout à la base de la Tour de Carfax en train de contempler les petits personnages autour de l'horloge qui sortaient quand elle sonnait.

— Un vrai gâchis, fit remarquer Maman pendant que nous passions devant. C'était une église médiévale, tu sais. Et ils l'ont démolie à l'époque victorienne pour faire de la place pour la circulation routière.

Maman n'était pas fan de démolir les vieilles choses pour faire place aux nouvelles.

— Je sais. Mais au moins, la plupart des bâtiments historiques sont protégés maintenant, lui répondis-je en mettant l'accent sur le positif.

Nous continuâmes à marcher en direction du château d'Oxford, où étaient exposés certains des anciens murs saxons de la ville. Cependant, je fus heureuse de constater que nous n'allions pas nous faire coiffer dans l'ancienne prison. Au lieu de cela, elle s'engouffra dans une rue latérale que je ne connaissais pas, et nous conduisit à un salon caché dans la vieille zone industrielle, où se trouvaient les brasseries.

Le salon avait des murs en brique, un cappuccino offert lorsque nous entrâmes, et des stylistes qui avaient l'air de savoir ce qu'ils faisaient. Ils nous firent nous asseoir côte à côte et Maman expliqua à son coiffeur qu'elle voulait quelque chose de facile à entretenir mais plus élégant.

Ma styliste, une femme de mon âge aux cheveux raides, leva une poignée de mes boucles et demanda :

— Que faisons-nous aujourd'hui ?

Mes cheveux étaient ce qu'ils étaient. Si je les gardais longs, ils ne frisaient pas tant que ça, mais ils demandaient plus de temps que je ne pouvais leur accorder pour avoir l'air soignés. La plupart du temps, je les coupais et utilisais suffisamment de produit pour dompter les boucles. Lorsque j'expliquai tout cela, la coiffeuse hocha la tête.

— Je vais couper les pointes et voir ce que nous pouvons faire pour dompter la bête, proposa-t-elle.

— Ça me va.

Je sentis des doigts froids remonter le long de mon cou et je jetai un œil par la fenêtre pour voir Rafe et Sylvia en train de regarder à travers la vitre. Je me sentais plus en sécurité en sachant qu'ils veillaient sur moi.

Quand nous eûmes fini de nous faire coiffer, Maman avait l'air d'avoir dix ans de moins. Ses cheveux mousseux encadraient son visage et le traitement hydratant qu'ils avaient reçu les faisait paraître plus épais et plus vigoureux. Comme nous étions dans le quartier, je l'emmenai au centre commercial Westgate.

Elle écarquilla les yeux devant le bâtiment.

— Ce n'était pas là il y a cinq ans ! s'exclama-t-elle.

La plupart des magasins de la rue principale y étaient représentés, ainsi que de nombreuses boutiques internationales. Maman fit le plein de pantalons et de chemises en coton adaptés au déterrage de squelettes dans le désert, puis je lui conseillai d'acheter quelque chose de joli. Je la convainquis d'entrer dans la boutique *Ted Baker*, où elle essaya plusieurs robes.

— Quand est-ce que je porterais ça ? demanda-t-elle en posant dans une robe bleu marine à fleurs qui lui allait à merveille.

— Quand Papa t'emmènera dîner à Oxford, lui répondis-je. Ça te fera du bien d'avoir un vrai rencard.

— Ça faisait bien longtemps que je n'avais pas fait de telles folies, avoua-t-elle.

Puis, avec un soudain signe de tête, elle ajouta :

— Je la prends.

En partant, elle insista pour que nous nous promenions dans le grand magasin *John Lewis* pour trouver quelque chose pour moi. Moi non plus, je n'avais besoin de rien mais, avec l'aide d'une vendeuse très serviable, je finis par essayer trois robes.

La première était bleu foncé avec des motifs de fleurs. Maman l'aimait bien, mais quand je regardai derrière moi, Rafe et Sylvia faisaient semblant de parcourir les rayons. Sylvia fit un mouvement de la main du type « peut-être, peut-être pas », mais Rafe secoua la tête.

La deuxième robe était verte, avec un décolleté et une jupe ample.

— Tu es magnifique, ma puce, dit Maman.

Même Sylvia acquiesça, mais Rafe secoua la tête.

Je mis la troisième robe. Elle était noire. De coupe simple, mais qui épousait la silhouette. Je pouvais m'imaginer me promener dans les rues de Paris dans celle-ci. Je sortis et mon regard alla droit sur celui de Rafe. Il observa la tenue et hocha la tête, une unique fois.

Nous retournâmes chez *Tricotti Tricotta*, les sacs accrochés à nos poignets, comme un duo de clientes ordinaires. Qui aurait pu savoir que l'une d'entre nous avait une malédiction mortelle sur sa tête ?

Au moins, si je devais mourir, je serais canon.

Maman passa par l'arrière pour rejoindre l'entrée principale de l'appartement, emportant mes sacs de courses avec elle, et j'avançai par la porte d'entrée de *Tricotti Tricotta*.

Eileen était debout sur une chaise à épousseter les coins du plafond.

— Vous n'avez pas à faire le ménage, lui dis-je.

Elle se retourna et me sourit.

— La propreté est voisine de la piété, ma chère.

Elle ne le formula pas comme une critique, mais je promis en silence de mieux m'occuper de l'époussetage et du balayage pour que cette femme beaucoup plus âgée ne finisse pas par monter sur les chaises et le faire elle-même.

Je remarquai que tout était beaucoup plus ordonné. Les paniers n'étaient jamais tout à fait alignés et pourtant, Eileen avait réussi à les placer en rangs parfaits.

— Avez-vous eu des clients ?

— Quelques-uns. Il y a eu une charmante jeune femme qui attend des jumeaux. Elle est venue avec sa mère qui va tricoter des modèles pour les deux bébés. Nous nous sommes tellement amusées à regarder les petits chaussons et les bonnets, ça me rappelle l'époque où mes enfants étaient bébés. C'était une sacrée belle vente, dit-elle, l'air satisfaite.

Je jetai un œil à la caisse enregistreuse et mes yeux s'écarquillèrent. La future maman et la grand-mère avaient dépensé plus de deux cents livres. J'étais ravie.

Puisque ma boutique fonctionnait si bien et qu'aucun client n'avait besoin de moi, j'ouvris mon ordinateur et commençai à chercher des recettes simples pour le dîner. Pendant que j'irais acheter les collations ce soir, je pourrais aussi bien acheter les ingrédients pour le dîner de demain.

— Un cordon bleu de poulet ? réfléchis-je à voix haute.

Je n'aimais pas particulièrement farcir et rouler des poitrines de poulet.

— Du bœuf Wellington ?

Je pourrais l'acheter déjà préparé chez le boucher du marché couvert et il ne me resterait plus qu'à m'occuper des pommes de terre rôties et des légumes. Ça semblait cependant être un plat assez lourd.

— Vous essayez de choisir une recette ? demanda Eileen.

J'expliquai mon dilemme, à savoir que ma mère avait invité les dames d'à côté, qui avaient plus de quatre-vingts ans, à dîner. Aucun de nous n'avait le temps de cuisiner correctement et, de plus, j'admis que ni ma mère, ni moi, ni mon père n'étions particulièrement bons cuisiniers.

— Et si vous me laissiez cuisiner pour vous ? proposa Eileen. J'adore cuisiner et maintenant que mon cher mari est décédé et que mes enfants sont grands et ont leur propre famille, je n'ai personne pour qui le faire. Je serais heureuse de le faire pour vous remercier de m'avoir donné ce travail, que j'adore déjà.

— Pas autant que j'adore vous avoir ici, lui dis-je, sincère.

— Je fais un excellent hachis Parmentier, si je puis me permettre. Il y a déjà les pommes de terre et les légumes dedans, bien sûr. C'est aussi très facile à manger, si elles ont des fausses dents. Et je peux préparer un *sherry trifle* pour le dessert, c'est un peu vieux jeu, je sais, mais là encore, les personnes âgées apprécient les desserts plus traditionnels. Qu'est-ce que vous en pensez ?

Je croyais m'être endormie et avoir rêvé de cette fée magique dans ma vie, voilà ce que je pensais. Il se trouvait que le hachis Parmentier était l'un de mes plats préférés. Et mon père était devenu fou du *trifle* quand il était étudiant ici à Oxford. Pourtant, j'hésitais.

— Eileen, je ne peux pas vous laisser faire ça. Ça fait beaucoup de travail et vous venez tout juste de commencer cet emploi à plein temps.

— C'est absurde. J'ai beaucoup d'énergie, et je vais en profiter. Maintenant, je ne veux plus entendre de bêtises de votre part, jeune fille.

Je souris, la remerciai et insistai pour lui donner l'argent afin de faire des courses avant de partir, au lieu de la rembourser après coup comme elle l'avait suggéré. Je me dis que je pourrais peut-être lui donner un congé supplémentaire à une date ultérieure pour compenser le temps qu'elle aurait sans doute passé à préparer le dîner pour des gens qu'elle ne connaissait même pas.

CHAPITRE 7

Tout juste avant dix-sept heures, Maman entra dans la boutique, l'air un peu confuse. Elle portait ses lunettes de lecture, ce qui n'aidait pas.

— Lucy, je ne suis pas sûre que tu aies assez de chaises, dit-elle.

Comme j'étais en train de compter des pelotes de laine Worsted super douces, il me fallut un moment pour comprendre de quoi elle parlait.

— De chaises ?

— Oui, pour notre réunion de ce soir. Je viens de compter les chaises à l'étage et je ne pense pas qu'il y en ait assez. Certains des étudiants diplômés devront peut-être s'asseoir par terre.

— Ce sont les mêmes étudiants diplômés qui vont passer l'été à vivre dans des tentes et à pelleter du sable toute la journée, pour découvrir des ruines antiques ? Tu penses vraiment que ça va les déranger de s'asseoir par terre ?

— Ma chérie, nous ne voulons pas leur donner une mauvaise impression.

Je n'avais pas l'intention de courir acheter ou louer d'autres chaises, et lui proposai alors autre chose :

— Et si vous utilisiez l'arrière-boutique, là où nous donnons les cours de tricot ? J'ai assez de chaises là-bas pour vingt personnes.

Elle me sourit, tout en clignant des yeux comme un hibou.

— Je savais que tu aurais la réponse. Tu es si douée pour les choses pratiques. Et n'oublie pas la pizza.

Je n'avais aucune idée de ce dont elle parlait, mais après presque trois décennies avec mes parents, j'étais devenue plutôt douée pour remplir les blancs.

— Tu veux que je commande assez de pizzas pour tous ceux qui viennent ce soir. Et ça fait combien ?

— Pas plus d'une douzaine, à mon avis. Je leur ai dit de venir à dix-sept heures.

— Est-ce votre mère ? demanda Eileen.

— Oh, je suis désolée, Eileen. Oui, c'est ma mère. Le docteur Susan Bartlett.

— C'est un plaisir de faire votre connaissance. Vous avez une fille adorable, et elle dirige une excellente boutique. Tous ses clients ne tarissent pas d'éloges à son sujet.

J'étais sûre que ça ne pouvait pas être vrai. Je me disais que la plupart de mes clientes étaient horrifiées de voir que je connaissais si peu de choses sur le tricot, la laine et à peu près tout ce qui avait avoir avec la boutique de tricot. Mais c'était gentil de sa part.

Ma mère cligna des yeux, puis remonta finalement ses lunettes sur le dessus de sa tête afin de pouvoir voir clairement.

— C'est un plaisir de vous rencontrer aussi.

Et, pour ne pas être en reste, elle ajouta :

— Lucy m'a dit à quel point vous avez été d'une aide précieuse, et ce dès votre premier jour. Elle est ravie de vous avoir embauchée.

Après s'être complimentées jusqu'à leur satisfaction mutuelle, les deux femmes reprirent ce qu'elles faisaient précédemment. Eileen retourna à la préparation des kits pour faire des pulls, et Maman remonta à l'étage, sans doute à son ordinateur.

J'étais sur le point de me saisir du téléphone et de commander des pizzas pour dix-huit heures, mais une de mes clientes habituelles entra. Elle était récemment devenue mère. Cette femme était une banquière professionnelle qui voyageait dans toute l'Europe et gérait un personnel international, mais s'occuper d'un bébé était, selon elle, le travail le plus difficile qu'elle ait jamais fait. Le tricot avait sauvé sa santé mentale.

— Cette année, je fais des cadeaux de Noël pour tout le monde, annonça-t-elle.

Ses yeux étaient un peu hagards et il me semblait bien qu'elle avait de la bave de bébé dans les cheveux. Le nourrisson était actuellement endormi dans sa poussette, mais je savais par expérience qu'il se réveillerait et émettrait un bruit à s'en briser les tympans pour un si petit être humain.

— Vous êtes sûre ? demandai-je. Il ne reste que deux mois avant Noël, et avec le bébé…

Je la laissai compléter le reste de la phrase avec quoi que ce soit que le bébé faisait qui l'empêchait de prendre des douches.

— Oui. Je suis trop ambitieuse et impatiente pour ne pas jongler avec les projets.

Elle me regarda comme un accro au chocolat bave sur une boîte de truffes parfaites.

— J'en ai besoin.

À ce moment précis, des sons inquiétants retentirent du landau. Une des raisons pour lesquelles cette femme venait dans ma boutique était le don que j'avais pour les bébés. Je m'approchai du landau et m'enquis :

— Puis-je ?

Elle hocha alors la tête avec une gratitude sincère.

— Vous permettez ?

Je pris le petit garçon avant qu'il ne passe d'un léger malaise à une crise nucléaire et, après quelques sanglots peu enthousiastes, il se blottit contre moi, ses petits doigts s'accrochant à mon pull.

Je commençai à le bercer et à lui parler doucement, nos respirations se synchronisèrent et il se rendormit.

— Elle a un vrai don, dit sa mère à Eileen.

Je me doutais bien que j'utilisais la magie sur les enfants sans m'en rendre compte.

— Avez-vous un cadeau particulier en tête ? la questionnai-je en gardant la voix basse.

— Laissez-moi faire, Lucy, dit Eileen en s'avançant. Je regardais ce magazine de tricotage de Noël qui est arrivé aujourd'hui. Il y a des projets pour chaque membre de la famille, et certains sont assez faciles.

Elle conduisit la banquière jusqu'aux magazines et me laissa avec le nourrisson, que je berçais avec satisfaction.

C'était tellement agréable et paisible que je pus oublier ma propre menace de mort pendant un moment, et profiter de ce petit paquet de vie chaud et respirant.

J'espérais pouvoir sauter la réunion de Papa et Maman, ici

dans la boutique, et monter pour travailler en secret sur mon grimoire. Je n'aimais pas ce sentiment de catastrophe imminente qui planait sur moi depuis que cette femme m'avait parlé de l'autre côté du miroir. Être menacée d'une mort prochaine perturbait mes projets de vie.

Nous fûmes étonnamment occupés pendant la dernière heure. À mon avis, un bus touristique avait dû arriver d'une région où il n'y avait pas de boutiques de tricot, car un certain nombre de femmes avec des accents nordiques similaires entrèrent et prirent le contrôle de la boutique. J'entendis l'une d'elles dire à Eileen :

— Nous n'avons rien d'aussi joli que ça à la maison.

— Ça, j'en suis sûre, fit Eileen en se jetant sur les dames comme un chat affamé se jetterait sur des souris particulièrement grasses et délicieuses.

J'aidai à les satisfaire, mais Eileen était bien meilleure que moi pour déplacer la marchandise. Je me demandais comment j'avais pu me débrouiller sans elle. J'ajoutai même des articles à l'inventaire qu'Eileen avait recommandés. Ce n'était que son premier jour et elle avait déjà considérablement amélioré mon entreprise.

La porte s'ouvrit à nouveau, presque à l'heure de la fermeture et, comme Eileen était occupée avec les dernières souris juteuses, je levai les yeux, prête à demander : « Je peux vous aider ? » avant de voir qu'il s'agissait du beau gosse de ce matin. Il m'adressa son sourire je-pourrais-te-manger-toute-crue.

— Bonjour, dit-il. Comment ça va ?

— Je vais bien.

Je vérifiai ma montre.

— Vous êtes un peu en avance.

Il s'approcha et appuya sa hanche contre ma caisse.

— Eh bien, c'est comme ça. J'avais un quart d'heure à perdre. J'aurais pu m'arrêter au pub au bout de la rue et boire une bière, mais le problème avec une bière, c'est qu'elle mène toujours à une autre bière, et alors j'aurais manqué la réunion.

Il leva les mains en signe d'impuissance.

— Je me suis dit que je pourrais venir et passer un peu de temps avec vous avant de commencer.

Je lui fis un signe de tête. Il était bien trop mielleux. Pourtant, j'étais contente de m'être faite coiffer. J'étais une femme, après tout.

— Aussi flattée que je sois, je travaille jusqu'à dix-sept heures. Mais vous pouvez vous rendre dans l'arrière-salle, c'est là que se tiendra la réunion. Je dirai à mes parents que vous êtes là.

— Pas de problème, répondit-il. Vous avez le Wi-Fi ? Je vais en profiter pour vérifier mes e-mails.

Je lui donnai le mot de passe Wi-Fi et il se dirigea vers l'arrière-salle.

Les dernières dames partirent en se dépêchant d'attraper leur bus. Très vite, mon ouïe fine perçut des bruits provenant de l'arrière-boutique, des bruits que je n'aimais pas du tout. En fait, je n'aimais pas que quiconque s'y trouve sans ma surveillance, à cause de la trappe qui menait aux tunnels sous Oxford, où ma grand-mère et ses amis habitaient. Je la gardais fermée de mon côté quand je ne souhaitais pas de visiteurs vampires, mais elle était assez simple à ouvrir de ce côté.

Eileen venait tout juste de faire sortir ses clientes

heureuses, alors je combattis l'envie de courir vers l'arrière-boutique et d'en faire toute une histoire.

J'attendis un moment puis j'annonçai, aussi décontractée que possible :

— Je vais juste vérifier qu'il a tout ce qui lui faut.

J'écartai le rideau de l'arrière-salle et, à ma grande horreur, je trouvai mon ami australien à quatre pattes, prêt à soulever la trappe. Avant que je puisse penser à moduler ma voix, je criai :

— Vous faites quoi, là ?

Il se retourna pour me fixer, toujours à quatre pattes, l'air imperturbable, et sourit.

— Je suis un archéologue. Nous sommes toujours en train de creuser pour trouver ce qu'il y a sous les choses. J'ai eu un peu de mal avec le loquet, mais je viens de l'avoir.

J'avançai pour me placer très fermement au milieu de la trappe, le bout de mes bottes pas loin de ses doigts.

— Il n'y a rien d'autre là-dessous que des égouts. Et des rats. Je n'ouvre jamais cette porte, car je ne veux pas d'odeurs dégoûtantes et de vermines encore plus dégoûtantes ici. J'apprécierais que vous laissiez cela tranquille.

Mon cœur battait la chamade et je me sentais mal. Je m'en voulais aussi d'avoir laissé quelqu'un venir ici sans surveillance.

Il se leva, lentement, et s'épousseta les mains. Derrière moi, j'entendis Eileen dire :

— Ça par exemple.

— Qu'est-il arrivé au tapis qui est toujours au-dessus de cette trappe ? lui demandai-je en me tournant vers elle.

Je le gardais là pour une raison précise.

Ses lèvres roses formèrent un O.

— C'était tellement poussiéreux que je l'ai sorti pour le frapper avec un balai et j'ai pensé le laisser dehors quelques heures pour l'aérer. Il est dans votre jardin. Je suis vraiment désolée, je vais aller le chercher tout de suite.

J'appréciais qu'elle soit aussi zélée pour son premier jour, mais je frémis tout de même en pensant à ce qui aurait pu se passer si l'étudiant australien s'était frayé un chemin dans les tunnels et était tombé sur Mamie ou un membre de sa famille.

— J'ai toujours voulu descendre là-dedans, dit-il. Il y a plusieurs entrées, vous savez. T. E. Lawrence est célèbre pour avoir fait passer un bateau à la rame dans ces tunnels. Il me semble que c'était un kayak. Ou peut-être un canoë. Vous savez, Lawrence d'Arabie.

— Oui, je sais. Ce n'est pas une rivière là-dessous, si ça l'a jamais été. Ce sont des égouts. Croyez-moi, vous n'avez pas envie d'y aller, que ce soit en canoë ou autrement.

Je n'étais pas certaine qu'il me croyait, mais j'étais presque sûre qu'il avait compris que s'il voulait explorer l'Oxford souterrain, il allait devoir trouver une autre entrée que celle de ma boutique. Je savais qu'il y en avait beaucoup ; c'était ainsi que les vampires se déplaçaient dans la ville les jours de soleil ou s'ils souhaitaient simplement rester hors de vue.

Eileen ramena le tapis et, avec d'autres excuses, le posa au-dessus de la trappe. Je n'avais pas l'intention de laisser l'Australien sans chaperon, et je lui proposai alors :

— Je pense qu'on peut se tutoyer. Comment tu t'appelles ? Et où en es-tu dans tes études ?

— Je m'appelle Pete. Pete Taylor. J'ai étudié pour mon premier diplôme à Sydney, en géologie, mais je suis venu à Oxford parce que je veux apprendre la stratigraphie, c'est-à-dire l'analyse de la couche et de l'ordre des strates géologiques lorsque nous documentons les découvertes. J'étudie les bonnes techniques d'enquête, d'interprétation et d'enregistrement des trouvailles. Ce qui est ce pour quoi tes parents sont célèbres. Je veux dire, le faire, directement sur le site. J'adore creuser et voir quelque chose qu'aucun œil humain n'a vu depuis des centaines, voire des milliers d'années. C'est tellement excitant.

— Chacun son truc, je suppose. J'ai fait des fouilles avec mes parents et tout ce dont je me souviens, c'est la chaleur, les insectes et le sable. Un été, on aurait dit que tout ce que je mangeais était croquant.

Nous fûmes interrompus par la voix d'Eileen :

— Et voici vos deux prochains invités.

Un autre homme d'environ mon âge, aux cheveux bouclés, aux lunettes épaisses et à l'air érudit arriva avec une femme à qui j'aurais donné la trentaine. Ses cheveux noirs étaient attachés en arrière et elle portait un jean et une chemise à carreaux. J'avais rencontré tellement d'étudiants comme eux quand ils travaillaient avec mes parents. J'avais eu le béguin pour quelques-uns des plus beaux qui, bien sûr, ne m'avaient jamais accordé la moindre attention.

L'homme à lunettes se présenta comme Logan Douglas et, pendant que Pete et lui se serraient la main, il dit :

— Je vous connais de quelque part.

Pete eut l'air surpris, puis secoua la tête.

— Vous m'avez probablement vu à l'un des pubs, répondit-il en me faisant un clin d'œil. Ça arrive.

Logan remonta ses lunettes.

— Non. C'était à Glastonbury. J'en suis sûr.

Pete lui tapa sur l'épaule d'un geste d'homme à homme.

— C'est vrai, le festival de musique, c'était ça. Bonne mémoire.

Je pouvais voir que l'autre était sur le point de dire autre chose, mais Pete se pencha vers la jeune femme et se présenta à elle. Son nom était Priya Sandeep. Elle étudiait pour devenir céramiste, ce qui consistait à passer ses journées à regarder des tuiles anciennes. La façon dont certaines personnes souhaitaient passer leur vie était incroyable. Et dire que Maman pensait que je gâchais mes capacités dans une boutique de tricot.

Je me rendis compte qu'Eileen était toujours là. Elle attendait sans doute la permission de partir. Je sortis avec elle dans la boutique principale. Je pouvais à peine trouver les mots pour exprimer ma gratitude.

— Merci beaucoup pour votre aide aujourd'hui, Eileen. Je ne sais pas ce que j'aurais fait sans vous.

— Ça a été un vrai plaisir.

Elle hésita, puis ajouta :

— Mon bus arrive une demi-heure avant l'ouverture du magasin. Ce matin, je suis allée prendre un café, mais je préfère venir un peu plus tôt pour faire les préparations. Si ça ne vous dérange pas.

— Oui, pas de problème.

Les matins étaient agités comme mes parents restaient ici, et j'arrivais à peine à descendre à temps.

— Je vais vous donner une clé de la boutique, lui dis-je. Vous pourrez entrer quand vous voulez.

Je pris la clé supplémentaire dans le tiroir et la lui offris.

— Comme c'est aimable, répondit-elle. À demain.

Lorsqu'elle partit, deux autres étudiants diplômés arrivèrent et je les envoyai dans l'arrière-salle, puis courus à l'étage pour rappeler à mes parents que la réunion qu'ils avaient organisée était sur le point de commencer. Ils étaient tous deux profondément plongés dans leur travail. Mon père tapait sur son ordinateur et ma mère semblait faire des recherches sur le sien.

Ils levèrent tous deux les yeux vers moi comme si je parlais une autre langue que la leur, puis, lorsque mes mots eurent fini de s'imprégner en eux, ils prononcèrent à l'unisson :

— Ah. La réunion.

— Les élèves sont déjà là ? demanda mon père.

— Combien sont venus ? renchérit ma mère.

— Il y en a cinq en bas actuellement et je n'ai aucune idée de combien il y en aura en tout.

— Nous allons descendre, dit mon père tout en regardant son écran comme s'il était triste de s'en séparer.

Je descendis avec eux et pendant qu'ils se rendaient dans l'arrière-boutique pour expliquer le projet aux étudiants intéressés, je téléphonai pour commander à cette pizzeria que j'aimais bien au marché couvert. La femme au téléphone m'expliqua qu'ils n'avaient pas de livreur ce soir, mais que si je pouvais venir les chercher, mes pizzas seraient prêtes en trente minutes.

J'allai chercher les pizzas et, en évitant une foule de jeunes hommes qui fêtaient une quelconque victoire sportive, je me dirigeai vers le pub *The Golden Cross*, à Cornmarket Street, où se trouvait un Pizza Express niché dans un bâtiment du XIIe siècle. Les murs étaient ornés de peintures médiévales que l'on pouvait regarder tout en grignotant sa Marinara.

Une ombre apparut à côté de moi et je sursautai.

— Tu m'as fait peur, dis-je à Rafe, qui vint se placer à côté de moi.

— Tu m'as demandé de te retrouver. Je peux te montrer le SMS, répondit-il comme si j'avais oublié que je lui avais envoyé un message.

— Je sais, mais même quand je t'attends, tu surgis de nulle part.

Il avait l'air amusé.

— C'est un talent propre aux gens comme toi, pas ceux comme moi.

— Peu importe.

Je n'arrivais pas à imaginer être capable de disparaître et réapparaître, mais je n'étais qu'aux toutes premières bases de la sorcellerie.

— J'ai besoin de ton aide pour comprendre ce miroir.

— J'ai fait des recherches, dit-il, et il y a des références à un culte de créatures des ténèbres puissantes qui tuent les sorcières blanches.

— Cette créature est-elle un sorcier noir ?

— C'est impossible d'en être certain. Mais je pense que oui. C'est un sorcier qui était certainement actif et connu à Salem pendant la chasse aux sorcières. Et était aussi probablement ici au Royaume-Uni lors des chasses. Il peut prendre de nombreux déguisements, personne n'a encore été capable de l'arrêter ou de le détruire.

— La fille dans le miroir a dit qu'elle y était piégée. Elle a une sorte de pouvoir qui lui permet d'atteindre d'autres sorcières, et elle s'est accrochée à moi.

Il avait une vraie façon d'érudit de regarder les choses.

— C'est intéressant. Je me demande si c'est parce que tu as récemment découvert tes propres pouvoirs et que cela lui a fait prendre conscience de ta présence. Un peu comme un plongeur qui se coupe et dont les requins sentent le sang. Ils coexistaient pacifiquement dans l'océan jusqu'à ce que le sang coule et marque le début de la chasse.

— Excellente analogie. Très réconfortante. Merci.

— Lucy, le sarcasme ne te sauvera pas.

— Qu'est-ce qui me sauvera ? C'est ça, la vraie question.

— Je travaille là-dessus.

— Je me sentirais beaucoup mieux si tu n'avais pas l'air si inquiet en disant ça.

Nous passâmes devant un jeune couple qui se tenait la main, clairement des étudiants. J'attendis qu'ils soient hors de portée de voix.

— Ce dont j'ai besoin, c'est d'une super sorcière. Quelqu'un de plus âgé, avec plus de pouvoir, et qui pourrait avoir une idée de comment m'aider à combattre cette chose.

Il baissa les yeux vers moi.

— Je connais peut-être quelqu'un.

— Mais ? Il y avait un « mais » implicite dans la façon dont tu l'as dit.

— Tu as été cachée jusqu'à présent, incognito, si tu veux. Une fois que tu seras entrée dans le cercle de cette puissante sorcière, tu en feras partie pour toujours.

Un frisson me parcourut la peau. J'avais l'impression qu'on me donnait le choix. Je pouvais soit être tuée par un horrible sorcier noir, probablement d'une manière très désagréable, soit être attirée dans une puissante assemblée de sorcières. J'aurais aimé qu'il y ait une troisième option. Et peut-être y en avait-il une.

— Et si je pouvais libérer cette fille ? C'est clairement une sorcière, elle aussi, et personne ne connaît son pouvoir mieux qu'elle. Et si j'arrivais à briser le sort qui la lie ?

— Comment vas-tu faire ça ?

C'est là que nous arrivâmes au point de blocage de mon grand plan.

— Je ne sais pas.

Il se tourna vers moi, aussi sombre et mystérieux que la cité antique derrière lui.

— As-tu au moins pratiqué ta magie ?

— Oui.

J'avais l'air sur la défensive, même à mes propres oreilles.

— Mais je suis occupée par la boutique et par ma vie.

— Eh bien, si nous voulons que cette vie continue, nous allons devoir trouver un moyen d'arrêter ce sorcier.

Je me sentais mieux maintenant qu'il utilisait le mot « nous ». Rafe n'était peut-être pas un sorcier, mais c'était un vampire très puissant. J'étais certaine qu'il pourrait m'aider s'il s'y mettait.

— Je veux que tu te protèges. Essaie de ne pas rester seule. Comment se débrouille ta nouvelle assistante jusqu'à présent ?

Je repensai à Eileen Percival, compétente et sûre, qui avait une raison de plus d'être heureuse que je l'aie engagée.

— C'est l'assistante parfaite. Je me sens complètement en sécurité avec elle.

— Bien. Et avec les clients qui vont et viennent, plus ton assistante, tu devrais te sentir suffisamment en sécurité pendant les heures d'ouverture du commerce.

Il leva un doigt en guise d'avertissement.

— Ne refais pas ça, sortir le soir, seule. Surtout pas dans les rues désertes.

— Je savais que je devais te retrouver.

— Oui, mais quand je suis apparu, tu as sursauté comme un lapin effrayé. Tu n'as pris aucune mesure défensive. Mince. J'allais vraiment devoir améliorer mon jeu.

— J'oublie toujours que je suis une sorcière.

— Eh bien, le sorcier noir ne l'oublie pas, lui, alors je te suggère que toi non plus.

Sa voix était sévère, et je savais que c'était parce qu'il était inquiet pour moi.

— Je vais essayer de parler à la fille dans le miroir ce soir, annonçai-je. Elle semble apparaître chaque fois que je récite le sort. Elle a dit que je devrais briser le miroir, ce qui pourrait la détruire aussi, mais il doit y avoir un autre moyen.

Je me mordillai la lèvre.

— Et je ferais mieux de rencontrer ta super sorcière.

— Je pense que ce serait sage.

Il se refondit dans l'ombre pendant que je pénétrais dans le restaurant chercher les pizzas. Rafe les porta durant le trajet jusqu'à la maison, et au moment où nous passâmes devant une épicerie Tesco Express, je lui dis que je ferais mieux d'entrer et de prendre des boissons non alcoolisées.

— Vous avez des assiettes et des serviettes ? demanda Rafe.

— Non. Merci de me le rappeler. Comment ça se fait que tu saches tout ?

— Quand on est là depuis aussi longtemps que moi, on apprend une chose ou deux.

Je pris quelques canettes d'eau gazeuse et de jus de fruits ainsi que des serviettes et des assiettes en papier, et nous transportâmes le tout jusqu'à ma boutique.

Rafe s'éclipsa et je pénétrai à l'intérieur, où Papa était en plein mode conférence. Six futurs étudiants étaient assis en un vague ovale, avec Papa et Maman à une extrémité étroite du groupe. Les étudiants avaient tous sorti leurs cahiers et paraissaient enthousiastes.

Alors que je posais les pizzas et le reste sur la table, aussi silencieusement que possible, Pete leva les yeux et me fit un clin d'œil. Je lui adressai un petit signe de la main. Puis, certaine que ma présence ne serait plus nécessaire, je montai à l'étage.

Nyx me suivit. Elle semblait passer son temps là où mes parents n'étaient pas, et elle avait même cessé de poser devant ma fenêtre. Maintenant, elle était dehors la plupart du temps. Je me disais que le miroir magique devait la faire paniquer, et je ne lui en voulais pas. Pourtant, son confort chaleureux me manquait et j'étais heureuse qu'elle ait décidé de venir à l'intérieur pour un moment. Dès que nous fûmes arrivées à l'étage, je lui donnai une boîte de thon et rafraîchis son eau.

J'aurais dû manger, moi aussi, mais j'étais trop énervée. Elle m'emboîta le pas à l'étage, jusqu'à ma chambre. Je fermai la porte et récupérai le sac en cuir contenant le miroir, que j'avais caché dans le tiroir de mon lit, derrière un roman. Par-dessus, j'avais empilé une lampe de poche que je gardais là au cas où les lumières s'éteindraient, un stylo, du papier et un paquet de mouchoirs. Elle observa le sac avec méfiance et, lorsque je sortis le miroir, elle arqua son dos et cracha, puis elle sauta sur le rebord de la fenêtre et se jeta dessus.

Je n'avais laissé la fenêtre ouverte que de quelques centimètres, mais elle était si impatiente de sortir qu'elle contracta son corps comme un tube de dentifrice. Elle sentait manifestement qu'il n'y avait rien de bon dans ce miroir.

J'aurais voulu pouvoir m'en éloigner. Moi non plus, je n'avais pas envie d'être près de cette chose. J'avais la très forte impression que ce n'était pas quelque chose que je pouvais fuir. Ça allait être un de ces défis que je devrais affronter de front.

Je pris une profonde inspiration et essayai de me recentrer, mais mon cœur battait si fort que j'avais le souffle coupé. Je récitai l'incantation sur le miroir. Comme précédemment, la lumière bleue se mit à rayonner et la jeune fille apparut dans la surface ondulée, comme une apparition au-dessus de la mer.

— Vous êtes encore en vie, dit-elle, stupéfaite.

— Oui. Et j'ai l'intention de le rester aussi longtemps que possible. Meritamun, dis-moi ce qui s'est passé quand tu as été capturée. Et comment détruire le miroir ?

— Je pense que c'est possible. Il faudrait un feu très chaud et le bon sort.

Elle avait l'air très triste en disant ces mots, mais elle leva le menton dans ce qui ressemblait à de la bravade. Puis une pensée me vint :

— Meritamun, si je détruis le miroir, que t'arrivera-t-il ?

— Je subirai le même sort.

L'horreur m'envahit.

— Tu veux dire que si j'arrive à détruire ce miroir, peut-être en le brûlant et en faisant fondre le bronze, tu brûleras avec lui ?

Elle acquiesça. Et une unique larme coula sur sa joue.

— N'hésitez pas. C'est mon destin. J'ai été un instrument du mal, ce n'est que juste que je périsse.

— Mais ce n'était pas ta faute. Tu es une victime involontaire du mal. Non, il doit y avoir un autre moyen.

— J'ignore quoi, dit-elle. Il vaut mieux que je sois détruite que de continuer à apporter la mort à mon peuple.

Elle commença à s'éteindre et je l'interceptai alors :

— Mais attends, il doit y avoir une autre solution. Ne pouvons-nous pas briser le sort original ? Celui qui t'a piégée ?

— Pour détruire le mauvais sort, il faudrait détruire mon maître.

Du moins, il me semble que c'était ce qu'elle avait dit, car elle s'effaça sur les derniers mots.

J'avais l'impression de jouer un petit rôle dans un film d'horreur. Des sorciers maléfiques et des vierges piégées ? Sérieusement ? Et, comme le personnage secondaire du film, je n'étais pas assez puissante pour les combattre.

Non seulement je n'avais pas particulièrement envie de mourir d'une mort atroce, mais je ne voulais pas non plus laisser cette pauvre fille maudite plus longtemps.

Je récupérai le livre de sorts de ma famille là où je le gardais caché, au fond de mon placard. D'accord, ce n'était pas une super cachette, mais le livre était ensorcelé, donc quiconque le volait devait briser un puissant sort pour y avoir accès. J'ouvris le livre et cherchai des sorts qui permettraient de libérer une sorcière piégée.

Il y avait une histoire intéressante, écrite à la main avec une encre délavée, sur une sorcière qui avait été piégée dans une bouteille au XIXᵉ siècle. Cela semblait assez proche en termes de similitude, et je me demandais si je pouvais libérer la sorcière en utilisant la même méthode. Je lus l'article avec impatience et découvris que la bouteille contenant la sorcière était exposée au musée Pitt Rivers, ici même à Oxford. Une note de la main de ma grand-mère disait : « *Vraisemblablement, la pauvre sorcière est toujours piégée à l'intérieur.* »

Eh bien, n'était-ce pas génial ? Si les sorcières locales ne pouvaient pas libérer leur vieille amie, quelle chance avais-je de faire sortir une sorcière d'un miroir vieux de trois mille ans ?

Rafe avait raison. J'allais devoir rendre visite à son amie, la super sorcière.

J'envoyai un SMS à Rafe pour lui demander de me présenter à son amie dès que possible. Il me répondit par un mot unique : « compris ».

Un peu plus tard, il m'envoya un nouveau message. « Demain à l'aube » et une adresse. Je cherchai l'adresse sur Google ; c'était situé à une bonne dizaine de kilomètres de la ville, dans un endroit appelé Moreton-under-Wychwood, qui ressemblait à un charmant village anglais. Mais je connaissais cet endroit. C'était là que vivaient ma cousine Violet Weeks et sa grand-mère Lavinia. J'allais devoir visiter le QG des sorcières. À l'aube.

Je feuilletai mon grimoire à la recherche d'un sort qui me protégerait du mal. La personne qui avait composé cet ouvrage était loin d'être un archiviste. C'était un fouillis de sorts et d'histoires, sans rime ni raison. Pas étonnant que je n'apprenais rien. J'avais l'impression que quelqu'un m'avait ordonné d'apprendre le latin, puis m'avait jeté les œuvres complètes de Virgile avant de me dire de les lire. Je ne savais pas par où commencer.

Et je n'avais pas hâte de conduire la vieille voiture de Mamie jusqu'à la maison de cette sorcière, à plus de dix kilomètres de là, dès les premières lueurs du matin. Je détestais conduire au Royaume-Uni. Je n'avais jamais réussi à me faire aux règles de conduite à gauche.

Pendant que je me tracassais, je reçus un autre SMS. Encore Rafe. Il me dit qu'il viendrait me chercher dans sa voiture à six heures du matin. Je n'aimais peut-être pas son côté autoritaire, mais je pouvais pardonner beaucoup de choses à un homme qui était prêt à me conduire avant même le lever du soleil.

Le point positif dans le fait de quitter la maison si tôt était que je n'aurais pas à expliquer mes actions à mes parents qui, avec un peu de chance, dormiraient pendant toute ma rencontre avec la super sorcière.

J'espérais cependant en être moi-même capable.

CHAPITRE 8

*J*e me couchai tôt, mais bien évidemment, je ne parvins pas à trouver le sommeil. Mes rêves étaient troublés par des visions de feu et de mort et par une sombre créature ténébreuse qui aurait pu être le fruit de mon imagination, mais je savais, par le sentiment d'effroi que j'éprouvais, qu'il s'agissait du sorcier maléfique.

Quand mon réveil m'extirpa de mes songes à cinq heures, ma stupéfaction était totale. Il me fallut un moment pour comprendre pourquoi mes yeux étaient ouverts dans l'obscurité totale. J'allumai la lumière et constatai que Nyx était rentrée dans la nuit et qu'elle était pelotonnée à côté de moi. Je la tapotai légèrement et lui dis de se rendormir.

Elle ne le fit cependant pas, elle me regarda à travers des yeux verts plissés tandis que je m'habillais d'un jean noir et d'une chemise en lin noire ample. J'enfilai des chaussettes foncées et des bottines noires en me demandant pourquoi je ressentais le besoin de m'habiller tout en noir juste parce que j'allais rendre visite à une sorcière. Si j'avais eu un chapeau

NANCY WARREN

pointu, je l'aurais probablement mis aussi, et si je savais monter sur un balai, ça m'aurait été utile. Je me drapai du châle rouge que le docteur Weaver m'avait tricoté, presque avec défiance. Puis je descendis les escaliers et me préparai du café. Du café fort. Je pourrais avoir à rencontrer une sorcière effrayante, mais il était hors de question que je le fasse sans une bonne dose de caféine dans mon corps.

Au moment où j'allais sortir de la maison, je me rendis compte que Nyx me suivait.

— Non, Nyx, chuchotai-je.

Je ne voulais pas que la chatte me suivre à un endroit où moi-même je n'avais pas envie d'aller.

Elle se glissa derrière moi, comme une ombre rampant sur le sol. Finalement, je sortis le miroir de mon sac et la chatte s'éloigna. Tandis que je me faufilais hors de l'appartement, j'entendis mon père ronfler.

Quand j'arrivai à notre point de rendez-vous, dans la ruelle, Rafe était déjà là dans sa Tesla noire et élégante. Je m'installai sur le siège passager, bouclai ma ceinture de sécurité et il démarra presque immédiatement. Il me lança un regard.

— Nerveuse ?

Lui, bien sûr, était bien réveillé. Moi, par contre, j'étais patraque et fatiguée après une nuit agitée et pleine de cauchemars. Pas trop fatiguée pour être nerveuse, cependant, et je hochai brièvement la tête.

— Ne la laisse pas t'intimider.

Tel fut son conseil. Super, comme c'était utile. Cela me rendait beaucoup moins nerveuse.

— Qui est cette super sorcière ? demandai-je.

— Margaret Twig est née en Ontario, au Canada. Son père était botaniste, il me semble, et la famille vivait dans la nature sauvage où il faisait ses études et écrivait des livres. Il lui a enseigné les plantes, et sa mère lui a tout appris des remèdes naturels, en grande partie glanés auprès des aborigènes de la région.

— C'est une compatriote nord-américaine, donc.

— Oui, mais elle est ici depuis des décennies. Elle est venue au Royaume-Uni pour étudier la médecine naturelle et se connecter avec le peuple de sa mère.

— Les sorcières de la famille.

— C'est exact. C'est la chef officieuse des sorcières de l'Oxfordshire.

Faire plus d'une dizaine de kilomètres avant l'aube, même sur de minuscules routes de campagne près d'Oxford, ne nous prit pas beaucoup de temps. Les phares de la voiture silencieuse éclairaient la route sinueuse devant nous et les masses sombres d'arbres qui devaient être les vestiges de la forêt originelle de Wychwood. Au-dessus, les arbres se rejoignaient en une canopée, et c'était donc comme si nous faisions la route dans un tunnel sombre.

Rafe conduisait comme s'il connaissait intimement ces routes, et à mon avis, c'était le cas. Sa maison était dans le coin. Ma géographie était un peu vague, surtout dans le noir, mais sa maison était près de Woodstock et nous avions traversé ce village. Nous étions maintenant à la campagne, avec peu de lumières depuis les fermes éparpillées. Un panneau en bois indiquait Shipton-under-Wychwood, je savais donc que nous nous rapprochions de Moreton-under-

Wychwood, d'où venaient mes ancêtres, et où vivait la sorcière Margaret Twig.

Une lumière rose et violette commençait à strier le ciel lorsque nous arrivâmes à un chalet bas en pierre des Cotswolds placé dans un grand champ avec rien d'autre autour. Une volute de fumée s'élevait de la cheminée. Je sortis de la voiture en serrant le sac en cuir tandis que Rafe faisait le tour du véhicule et, à ma grande surprise, il prit ma main dans la sienne. Même si sa main était froide, c'était un geste très réconfortant. Je me sentais un peu mieux en sachant qu'il était avec moi.

Nous empruntâmes un chemin de pierre et montâmes deux marches du même matériau. L'ancienne porte en chêne arborait un heurtoir en fer forgé noir, en forme de lutin. Rafe frappa intelligemment sur la porte et très vite, une femme l'ouvrit.

— Bonjour, dit-elle. Je suis Margaret Twig. Tu dois être Lucy ?

Je répondis par l'affirmative et elle nous fit signe d'entrer. Rafe et elle firent le truc à la française du baiser sur les joues.

Margaret Twig était un mélange déroutant d'excentricité et de sophistication. Elle était petite et maigre, avec des cheveux gris qui partaient en boucles en tire-bouchon sur toute la tête, des yeux bleus brillants dont les coins étaient relevés comme ceux d'un chat, un nez pointu et un menton particulièrement marqué.

— Vous n'avez pas eu de mal à trouver le chemin dans l'obscurité ?

Sa voix était basse et rapide, avec un accent nord-américain plat.

— Sans le moindre problème, répondit Rafe.

Elle était vêtue d'une combinaison une pièce à fleurs turquoise qui aurait été plus à sa place à Hawaï ou aux Caraïbes que dans la campagne anglaise. Autour de son cou, elle portait de nombreuses perles colorées. Je la trouvais fascinante et définitivement intimidante.

Les lumières étaient allumées et elle nous conduisit dans un couloir en dalles. Les plafonds étaient dotés de poutres en bois sombre et si bas que Rafe devait se baisser pour passer les portes. Nous entrâmes dans une grande cuisine à l'arrière de la maison. La pièce était un mélange de neuf et d'ancien. Une cuisinière Aga était collée contre un mur, envoyant une chaleur réconfortante dans l'air. Contre le mur opposé se trouvait une grande cheminée à l'ancienne, de la taille parfaite pour rôtir un bœuf, à laquelle étaient accrochés divers ustensiles en fonte. Un grand chaudron noir était suspendu au centre. Accrochée sur le côté de la cheminée, une balayette qui semblait prête à décoller et à voler. Dans un magazine de décoration, ces ustensiles auraient eu l'air élégants, en accord avec l'âge du chalet. Mais je me doutais qu'ils étaient régulièrement utilisés.

Elle m'interrompit dans mon observation et je dis alors, stupidement :

— C'est un chaudron ?

Ses yeux scintillèrent d'une manière dérangeante, comme si elle se moquait de moi.

— Oui, c'en est un.

Elle me pointa du doigt un garde-manger ouvert, rempli de bocaux d'herbes.

— Je garde les yeux de triton et les ailes de chauve-souris dans le garde-manger là-bas.

Je clignai des yeux, choquée, et elle se tourna vers Rafe.

— Elle n'a pas beaucoup de sens de l'humour, hein ?

— Sois gentille, Margaret, lui dit-il. Lucy essaie de briser une malédiction.

Elle se frotta les mains, l'air satisfaite.

— Oui, jetons un œil à cet objet ensorcelé dont on m'a tant parlé.

Je sortis le miroir et le lui tendis. Elle se rendit dans la cuisine et prit une paire de lunettes marron sur une étagère, puis les mit. Elle examina le miroir sous la lumière éblouissante de la cuisine.

— C'est magnifique, dit-elle. De quand as-tu dit qu'il datait, Rafe ?

— Environ 1500 avant notre ère. Charmant, n'est-ce pas ?

J'avais l'impression que nous étions au milieu d'un épisode d'*Antiques Roadshow* et qu'ils étaient sur le point de me dire ce que je pourrais obtenir aux enchères pour le miroir.

— Il est aussi maudit, énonçai-je un peu brusquement. Et apparemment, maintenant que je suis en possession de cette chose, un horrible démon va venir me tuer.

— Hmm, médita Margaret. Cela diminue un peu sa valeur.

Je n'arrivais pas à croire qu'elle plaisantait sur ça.

— Est-ce que tu sais lire l'égyptien ancien ? demanda Rafe.

Elle secoua la tête.

— Lucy, lis-lui les mots de l'incantation pendant qu'elle tient le miroir, et laisse-la les réciter elle-même, m'ordonna-t-il.

— Pourquoi ?

— Je suis curieux de voir si, dans les mains d'une autre sorcière, l'incantation activera la magie.

Il précisa à Margaret :

— Lorsque j'ai récité les mots, tout en tenant le miroir, rien ne s'est produit. Mais chaque fois que Lucy les récite... eh bien, tu verras.

Je devais reconnaître à Margaret qu'elle ne montra aucune hésitation à invoquer une malédiction mortelle. Elle tint fermement le manche du miroir et dit :

— Lis-moi les mots, je vais les répéter.

Je m'approchai et me plaçai derrière elle, mais pas assez près pour qu'une partie de moi soit reflétée.

Même si je connaissais l'incantation par cœur à présent, je n'avais pas envie de faire la moindre erreur. Je lui lus les mots, phrase par phrase, et elle les répéta. Quand elle arriva au dernier mot, il me sembla que nous retînmes tous notre souffle.

Rien ne se passa.

— Intéressant, dit Margaret. Il ne maudit pas les sorcières qui le touchent, seulement, vraisemblablement, celle à qui il était destiné.

Rafe était appuyé contre le comptoir en granit et nous observait.

— Tu avais déjà vu un tel sort ?

— Je ne veux pas faire de commentaire avant de l'avoir vu en action.

Elle me le tendit.

— Lucy ? Tu veux bien ?

J'avais une peur bleue que, maintenant que nous étions arrivés là, je lise les mots et que rien ne se passe, et que j'aie l'air ridicule devant cette femme excentrique mais plutôt merveilleuse. Ce qui était absurde, car la meilleure chose qui pouvait m'arriver était de découvrir que la malédiction s'était évanouie, qu'elle était passée à autre chose ou qu'elle était le fruit de mon imagination depuis le début.

J'inspirai et, avant que je puisse parler, Margaret toucha mon épaule. Lorsque je levai les yeux, elle plongea son regard dans le mien et le soutint.

— Concentre-toi. Je peux sentir tes nerfs s'agiter si fort qu'on dirait des carillons dans une tempête. Ne laisse pas ta peur se manifester ou les forces du mal s'en serviront contre toi.

Je déglutis et acquiesçai, et tentai de dompter ma peur.

— C'est ça, dit-elle de cette voix basse et plate. Inspire, et expire.

Je fis ce qu'elle me demanda, en suivant sa respiration beaucoup plus régulière, puis elle ajouta :

— Sois bénie.

Quand elle se recula, je me sentais plus calme et bien décidée à ne pas laisser ma peur être utilisée contre moi.

Je prononçai les mots de l'incantation d'une voix lente et claire. Je sentis le manche du miroir se réchauffer et s'accrocher à ma paume, puis la lumière commença à émaner, bleue et sinistre. Margaret se tenait derrière moi alors que la jeune femme émergeait, plus faible qu'avant.

— Meritamun, lui dis-je. Nous voulons t'aider. Voici Margaret, peux-tu la voir ?

J'inclinai le miroir mais la jeune fille répondit alors :

— Non. Je ne vois que vous.

— Et je ne vois rien d'autre qu'une plaque de bronze qui a

besoin d'un bon polissage, ajouta Margaret à voix basse. Demande-lui si son maître a un nom.

Bien sûr, pourquoi n'y avais-je pas pensé ? Je répétai la question et la jeune fille jeta un coup d'œil derrière elle, comme s'il pouvait être avec elle.

— Il est connu sous le nom d'Athu-ba. C'est un terrible démon, mais il prend de nombreuses formes. Il m'a trompée en venant à moi sous l'apparence de ma reine.

— Est-ce qu'il recherche les sorcières uniquement pour les détruire ? demanda Margaret.

Encore une excellente question, que je répétai docilement.

La sorcière dans le miroir sembla réfléchir à la question et répondit lentement, comme si elle n'y avait jamais pensé auparavant.

— Non. Je crois qu'il prend leur énergie pour en faire la sienne.

Il se nourrissait de sorcières et aspirait leur énergie pour l'utiliser contre nous. C'était horrible et je commençai à avoir la nausée. Avant que nous puissions l'interroger davantage, l'image vacilla et Meritamun disparut.

Margaret me prit le miroir et le regarda de plus près.

— Je suis navrée qu'elle ait été trompée de la sorte. Notre seul espoir est de détruire le miroir, ce qui la tuera, bien évidemment.

Elle avait l'air si terre à terre à propos de la mort d'une autre sorcière. Mais j'étais devenue étrangement attachée à cette pauvre jeune sorcière et je ne comptais pas aider à la détruire. Pas avant que nous ayons essayé d'éliminer le démon.

— Si nous détruisons le miroir et qu'on tue Meritamun, ça ne l'arrêtera pas, raisonnai-je.

Elle me regarda, la tête penchée sur le côté, comme si elle réfléchissait.

— Non, ça ne l'arrêtera pas. Tu veux dire que tu comptes te sacrifier pour sauver d'autres sorcières ?

Pas exactement. Je voulais sauver Meritamun, pas me détruire moi-même. Mais je voyais bien que c'était un dilemme.

— Je veux vaincre ce démon, voilà ce que je veux.

Je me tournai vers Rafe.

— As-tu déjà entendu parler de cet Athu-ba ?

Rafe était meilleur que la plupart des moteurs de recherche, et plus rapide. Il acquiesça.

— Athu-ba est un personnage un peu obscur de la mythologie égyptienne. Il a la tête d'une chèvre, ses bras sont des serpents et son corps est humain. Il me semble qu'on l'appelait le voleur d'âmes.

Rafe eut alors l'air pensif.

— Il était connu pour voler les âmes des Égyptiens avant qu'ils ne puissent atteindre l'au-delà.

Margaret réfléchit un moment.

— Qui était cette sorcière, exactement ? s'enquit-il.

— Meritamun. Elle a dit être la fille d'Amenemhat, le grand prêtre d'Amon.

— Il aime les femmes puissantes, alors. J'ai une idée. Avoir une identité différente demande beaucoup d'énergie. Je vais te préparer une potion révélatrice. Quiconque l'ingérera sera exposé tel qu'il est vraiment.

Ça avait l'air amusant de retirer le déguisement pour me retrouver face à face avec un démon suceur d'âme. J'étais si heureuse que nous soyons venus demander conseil à Margaret ! Je tournai les yeux vers elle.

— Et après quoi ?

— Après, tu dois le tuer. Évidemment.

Ma journée s'améliorait de minute en minute.

— Donc, je révèle ce démon dans toute sa gloire terrifiante, puis je le tue.

Je posai mes mains sur mes hanches.

— Comment ?

— As-tu beaucoup d'expérience en ce qui concerne les moyens d'infliger la mort ?

— Non !

— Dommage.

Elle se tourna vers Rafe.

— C'est une vraie débutante. Je ne sais pas comment nous allons empêcher sa mort.

— Tu es la sorcière la plus puissante que je connaisse, lui répondit Rafe en la regardant calmement. Si quelqu'un est capable d'arrêter ce sorcier, ou ce démon, ou quoi que ce soit, c'est bien toi.

Elle lui fit part d'un sourire crispé et arrogant.

— Eh bien, c'est vrai. La flatterie fonctionne toujours. Bien sûr, la magie repose en grande partie sur l'illusion. Laissez-moi réfléchir.

Elle se dirigea vers une étagère remplie de livres de cuisine et de volumes assortis et y prit un ouvrage ancien, relié en cuir, qui ressemblait au grimoire de ma famille. Elle récita une formule rapide et l'ouvrit. Alors qu'elle l'examinait, je compris que c'était son livre de sorts. Elle le feuilleta d'avant en arrière, lut quelques pages et hocha la tête.

Puis elle ouvrit un tiroir et en sortit un tablier de cuisine, en coton épais rayé bleu et blanc, comme celui d'un chef cuisinier. Elle pointa le chaudron du doigt et dit :

— Feu allumé, feu éclairé.

Les bûches sous le chaudron, que je pensais être pour le spectacle, s'animèrent. Pendant qu'il chauffait, elle se rendit dans son garde-manger et commença à récupérer des morceaux d'herbes et d'écorces séchées, quelques pots minuscules, ainsi que des flacons de liquide bouchés. Elle assembla tout cela sur le comptoir, puis y retourna et revint avec un flacon très ordinaire d'eau distillée qui semblait provenir d'une pharmacie.

Elle versa un peu d'eau dans le chaudron puis, tout en vérifiant de temps en temps sa recette, commença à ajouter divers ingrédients. Elle ne nous dit pas ce qu'elle faisait, et j'étais trop nerveuse pour le demander. Je sentis une odeur boisée, comme des champignons humides, alors que la concoction commençait à bouillir. Elle se pencha au-dessus de la marmite bouillonnante, la remua, puis fit venir un peu de vapeur vers son nez, ferma les yeux et inhala profondément.

— Oui, acquiesça-t-elle, oui, c'est ça.

Elle jeta un regard derrière elle, vers là où je me tenais.

— Viens, tu vas la remuer.

— Est-ce que ça va me transférer son pouvoir ? me demandai-je à voix haute.

— Non. Je suis juste fatiguée de rester plantée là à remuer un chaudron, c'est tout.

Ainsi, je pris la relève et observai la potion noire s'évaporer.

— C'est un sort ou une potion de révélation. Le sorcier viendra très probablement à toi sous un déguisement. Il pourrait être l'un de tes clients, un étranger que tu croises dans la rue ; il pourrait prendre l'apparence d'un vieil ami. Si tu arrives à lui faire boire un peu de ce liquide, tu verras immédiatement son déguisement.

L'idée que ce sorcier puisse se faire passer pour quelqu'un que je connaissais me donnait la chair de poule. Je pensai à ma mère, à son air si fort, mais c'était elle qui m'avait apporté le miroir.

— Pourrait-il se déguiser en ma mère ? fis-je, un froid terrible s'immisçant dans mon cœur.

Margaret réfléchit longuement à la question.

— Théoriquement oui, mais pas pour longtemps. Tu connais très bien ta mère et vous avez un puissant lien de sang, ça lui demanderait une énorme quantité d'énergie pour maintenir ce déguisement et il faudrait que tu sois très distraite pour ne pas t'en apercevoir. Cherche un léger vacillement sur les bords.

Je me sentis soulagée. Ça ne pouvait pas être ma mère, nous avions passé toute la journée ensemble hier et elle avait tout de ma maman. Son image n'avait pas vacillé une seule fois. Ni sa conviction que je perdais mon temps ici à Oxford.

Mais quelqu'un que j'avais rencontré ou que j'allais rencontrer allait se révéler être le mal.

— Et une fois que j'aurai découvert le sorcier, que devrai-je faire ?

Elle n'avait désormais plus l'air aussi confiante que lorsqu'elle avait choisi le sort de révélation, mais elle dit :

— J'ai une idée à ce sujet. Utilise le miroir. Renvoie son maléfice dans sa direction. Et pendant que tu fais ça, récite le sort que je vais te donner.

— C'est tout ? Je fais en sorte que ce monstre terrifiant se regarde dans le miroir ? Est-ce que je devrai aussi lui peigner les cheveux ?

— Lucy ! fit Rafe, brusquement.

Je n'avais pas pu m'en empêcher. Ma réaction sarcasme-peur était profondément ancrée en moi.

CHAPITRE 9

*L*e jour pointait, et dehors les oiseaux chantaient. Je regardai par la fenêtre de la cuisine et aperçus une forme féline noire assise sur le rebord de la fenêtre. L'animal me regardait fixement en clignant de ses yeux verts.

— Pourquoi votre chat ressemble-t-il au mien ? demandai-je.

Les yeux bleus de Margaret se plissèrent dans ma direction de la même façon que ceux de Nyx, puis elle se retourna et regarda par la fenêtre.

— Dis donc. Tu as un familier très dévoué.

Elle ouvrit la fenêtre à battants et Nyx entra.

J'étais surprise que ma chatte ait pu parcourir plus d'une dizaine de kilomètres sans même savoir où j'allais, mais, bien évidemment, Nyx avait ses propres pouvoirs. C'était cependant étrange qu'elle m'ait suivie alors que j'avais ce miroir. Je pensais qu'elle en avait peur.

Margaret la souleva et observa sa petite tête.

— Je crois que j'ai connu ta mère.

Nyx poussa un rot désinvolte. Margaret continua à tenir la

chatte dans ses bras tout en la caressant pensivement.

— Nous parlions de reflets, dit-elle. Oui, les miroirs reflètent. Mais quoi d'autre reflète ? Le passé. Un reflet n'est qu'une image. Elle n'est pas substantielle.

Je jetai un regard à Rafe pour voir s'il suivait ce flot de réflexions plutôt disparates, mais il se contenta de hausser les épaules, indiquant qu'il n'avait pas plus d'idées que moi sur ce que Margaret racontait.

— Je ne peux pas promettre que ça marchera, mais il y a une puissante magie dans ce miroir et l'astuce est de la retourner contre le sorcier.

Je devais avoir l'air confuse, car elle ajouta :

— C'est comme du judo. Utilise la force de ton adversaire contre lui.

J'avais le sentiment que mon combat contre le sorcier serait un peu plus intense que le judo, mais j'acquiesçai pour lui faire comprendre que je suivais.

— Le miroir est déjà enchanté, mais nous allons ajouter un petit sort spécial. Lorsque tu découvriras le sorcier, tout ce que tu auras à faire sera de le faire se regarder dans ce miroir pendant que tu lanceras un de tes propres sorts. C'est aussi simple que ça.

J'avais l'impression que ça serait très loin d'être si simple.

— Et si ça ne marche pas ? demandai-je.

— Alors tu mourras.

Je ne pouvais pas lui reprocher son honnêteté.

— Et Meritamun ?

— Qui ?

— La femme piégée dans le miroir. Elle n'est qu'une jeune sorcière et elle a été piégée malgré elle pendant des siècles, comme un instrument du mal de ce sorcier.

Margaret secoua la tête.

— Elle était au mauvais endroit au mauvais moment et a baissé ses défenses quand elle n'aurait pas dû.

La potion bouillonnait et soit je perdais ma sensibilité, soit l'odeur diminuait.

— Je ne veux pas la blesser. N'y a-t-il pas un moyen de la libérer ?

Elle plissa les yeux vers moi et c'était une sensation des plus étranges, de les voir, elle et Nyx, me regarder avec leurs yeux à moitié fermés, tous deux inclinés aux coins, des yeux de chats verts et d'autres bleus.

— Une partie de notre code est « Fais ce que tu souhaites, tant que cela ne fait pas de mal à autrui », expliqua Margaret. Très bien. Nous allons modifier un peu le sort.

Elle écrivit le sort, vérifia son grimoire à multiples reprises, puis hocha la tête.

— Ça devrait faire l'affaire.

Elle me tendit une feuille de papier à lettre parfaitement ordinaire. Son écriture était petite et précise. Je contemplai les mots inconnus.

— C'est quelle langue ?

Ayant grandi avec mes parents, je connaissais bien évidemment l'égyptien ancien, mais aussi le grec et le latin. Ce n'était aucune de ces langues.

— C'est du vieil anglais, dit-elle. Enfin, de l'anglais moyen en fait.

Je pus alors distinguer les racines anglaises des mots.

— Tu dis au sort de retourner à son créateur avec toute sa force et de libérer le vaisseau innocent.

— Merci. Vous croyez que ça va marcher ?

Son visage ne laissait rien transparaître. Il y eut un long silence.

— Honnêtement, je ne sais pas. Mais c'est le mieux que je puisse faire. Si j'étais toi, je me concentrerais sur le fait de bien manger, d'essayer de dormir beaucoup et de pratiquer ta magie tous les jours. Plus tu seras forte, plus le sort le sera à son tour.

C'était si difficile de pratiquer la magie quand j'avais des invités, mais je doutais qu'elle veuille entendre mes piètres excuses, alors je me contentai d'acquiescer. J'allais bien trouver un endroit et un moment pour m'entraîner, il le fallait.

— Tu me diras comment ça s'est passé, dit-elle à Rafe.

Ce qui fut loin de me mettre en confiance. Elle ne croyait pas que je resterais assez longtemps pour lui dire moi-même ce qu'il en était. Je rangeai le miroir dans son sac en cuir. Elle tenait toujours Nyx dans ses bras et, voyant leur ressemblance, je demandai :

— Est-ce que vous changez de forme ?

Elle rit.

— C'est réservé aux jeunes sorcières. Mon dos ne le supporte plus.

Je n'eus pas besoin de lui demander si elle s'était déjà transformée en chat ; cela se lisait littéralement sur son visage.

Elle me demanda de verser le liquide du chaudron dans un flacon en verre surmonté d'un bouchon. Elle me dit d'en remplir deux au cas où j'en laisserais tomber un. C'est ce que je fis. Une fois que je me retrouvai avec deux flacons en verre d'un liquide maintenant clair et presque inodore, j'étais plus que prête à partir.

Je remerciai Margaret Twig et elle me souhaita bonne chance.

Je tendis les bras.

— Viens Nyx, on va te ramener à la maison.

Les bras de Margaret se resserrèrent autour de l'animal. Elle secoua la tête et dit d'un ton sévère :

— Tu ne crois donc pas qu'il y a toujours un prix à payer pour un bon sort ?

Je reculai d'un pas, me sentant stupide.

— Je suis désolée. Je n'y avais pas pensé. Je n'ai pas beaucoup d'argent sur moi, mais bien sûr, dites-moi combien je vous dois.

Elle secoua la tête.

— Je ne veux pas d'argent, Lucy. Je garde ta chatte comme paiement.

Je fixai Nyx mais, comme Margaret, les yeux de la chatte ne laissaient rien transparaître. Je ne pouvais pas supporter l'idée de perdre Nyx, pas maintenant alors que j'étais en danger et que sa magie était clairement plus puissante que la mienne.

— Mais... mais, nous avons à peine pu passer du temps ensemble, pour l'instant. Je pensais que le lien d'une sorcière avec son familier était une relation profonde et personnelle, comme un mariage.

— Eh bien, tu peux vous considérer comme séparées, et bientôt divorcées.

Elle sourit et je vis que ses dents étaient petites, blanches et régulières. Comme un petit rongeur. J'espérais qu'elle se transforme en souris et que Nyx la chasse jusqu'à ce qu'elle fuie dans un trou.

Je restais plantée là, à essayer de trouver un argument

sensé, un moyen de récupérer ma chatte. J'envisageai même de lui rendre son sort et la potion, mais Rafe prit mon bras et commença à me tirer, physiquement, hors de la pièce.

— Merci, Margaret, la remercia-t-il. On reste en contact.

Puis le vampire m'emmena de force hors du chalet jusqu'à sa voiture. J'étais furieuse. Je remarquai à peine que des nuages noirs couvraient le ciel et qu'il commençait à pleuvoir.

— Arrête de me traîner. Je vais reprendre Nyx. Elle n'a pas le droit !

— Il pleut. Monte dans la voiture, m'ordonna-t-il.

Il ouvrit ensuite ma portière et resta debout à m'attendre. Nous eûmes une courte confrontation. La pluie mouillait ses cheveux et éclaboussait les épaules de sa veste, mais il ne bougeait pas. Son regard soutenait le mien et il y avait autant d'ordre que de demande dans ses yeux. Je savais que si j'essayais de faire demi-tour, il m'arrêterait, ce qui ne faisait qu'attiser davantage ma colère.

Avec un bruit de fureur, je me jetai sur le siège passager de la voiture. Quand nous fûmes tous les deux à l'intérieur de la Tesla, avec les portes fermées, je me tournai vers lui, rongée par la sensation d'être en colère et d'avoir été trahie.

— Comment as-tu pu la laisser voler Nyx ?

Il avait pris son regard froid et implacable.

— Lucy, c'est une sorcière très puissante. Elle est aussi capricieuse. Elle a décidé de t'aider, mais si tu l'énerves, elle pourrait rompre ce sort et te mettre encore plus en danger.

Et il me le disait maintenant.

— Mais Nyx est à moi.

— Nyx ne sera plus à toi si tu te fais tuer, dit-il brièvement. Occupons-nous de te sortir de ce pétrin en toute sécurité, puis nous nous occuperons de récupérer ta chatte.

Je me sentais un peu mieux qu'il semble penser qu'il y avait une possibilité de récupérer Nyx. Pourtant, je savais que mon familier allait me manquer. Surtout maintenant, alors que j'étais sous le coup de cette malédiction mortelle.

Il était encore tôt et, à ma grande surprise, Rafe proposa :

— Est-ce que tu aimerais prendre un petit déjeuner ?

— Un petit déjeuner ?

Ses yeux glacials s'apaisèrent.

— C'est un rituel commun, où les gens mangent quelque chose après leur réveil, avant de commencer leur travail de la journée.

Je répondis à son charme, comme je l'avais toujours fait. J'étais toujours en colère, mais plus contre lui.

— Est-ce que tu prends le petit déjeuner ?

Il fit une sorte de mouvement de va-et-vient avec sa tête.

— J'ai mangé tout à l'heure.

J'étais certaine qu'il voulait dire qu'il avait fait un retrait à la banque du sang et non qu'il avait été à la chasse pendant la nuit, mais ce qu'il y avait d'attirant et de repoussant chez Rafe, c'est que je n'étais jamais tout à fait sûre. J'étais toujours consciente qu'il y avait un animal assoiffé de sang sous la surface urbaine de l'expert en livres anciens.

Il m'emmena dans un petit café à Woodstock, le bourg des Cotswolds qui se trouvait près du palais de Blenheim. Le commerce était occupé par des étudiants sur le chemin de l'école, une table de femmes âgées qui semblaient revenir d'une marche rapide et un jeune homme qui avait une tasse de café devant lui et son ordinateur portable ouvert. Deux chiens ronflaient aux pieds des promeneurs.

Le lieu était confortable et joyeux, exactement ce dont j'avais besoin après l'épreuve harassante de la matinée.

J'avais incroyablement faim et, lorsque je me rappelai que Margaret m'avait conseillé de bien manger, je commandai un petit déjeuner anglais complet afin de prendre des forces. Deux œufs au plat, du bacon, des saucisses, des champignons frits, des tomates et des toasts. Oh, et un petit ramequin de haricots en accompagnement. Je demandai également un café.

J'aurais juré que je n'arriverais jamais à engloutir une telle assiette, mais je l'attaquai quand même avec enthousiasme. Je me sentais un peu bizarre de manger devant Rafe alors qu'il ne faisait que triturer une tasse de café, mais je voyais qu'il prenait plaisir à me regarder me restaurer.

J'avais la conviction que les sorcières étaient particulièrement sensibles aux émotions des autres et je ressentis, à nouveau, ce sentiment de tristesse ou de nostalgie tandis qu'il m'observait. Je l'imaginais se remémorant toutes les faveurs de la nourriture dont il n'avait plus besoin pour se sustenter.

Une fois que j'eus satisfait les premières sensations de faim, et pus ralentir un peu le rythme, je lui demandai :

— Tu penses qu'elle a raison ? Tu penses que ce sorcier se présentera sous la forme d'un vieil ami de confiance ou d'une nouvelle connaissance ?

Un des chiens s'était réveillé. C'était un épagneul noir et il s'approcha pour renifler Rafe. Il se pencha pour caresser le chien, qui tira la langue et le regarda avec adoration.

— Eh bien, je ne pense pas qu'il va se présenter comme un monstre terrifiant avec des cornes. Ce serait un peu trompeur, non ?

— C'est bon, pas besoin d'être sarcastique. C'est juste

qu'il y a tellement de nouvelles personnes dans ma vie. Je ne sais pas par où commencer pour tous les vérifier.

— Je commencerais aujourd'hui. Ça ne sert à rien d'attendre qu'il fasse le premier pas.

Ce qui était quelque chose qui me dérangeait.

— Pourquoi n'a-t-il pas encore agi ? Ça fait des jours que j'ai le miroir.

Il joua avec sa tasse de café en la faisant tourner sur la soucoupe.

— Peut-être qu'il aime l'idée de t'effrayer d'abord. Comme un chat avec une souris.

J'aurais préféré qu'il ne dise pas le mot « chat ». Ça me faisait penser à Nyx, coincée dans les bras de cette froide sorcière canadienne.

— Il pourrait aussi être en train de vérifier la configuration du terrain. À quel point es-tu puissante, en tant que sorcière ? As-tu des amis puissants ? Fais-tu partie d'une assemblée ?

Je déchantai légèrement.

— Donc, découvrir que je suis une sorcière débutante sans amis puissants, et sans assemblée, sera une bonne nouvelle pour le sorcier maléfique qui cherche à me tuer.

Il s'approcha et prit ma main.

— Tu as des amis. N'oublie jamais ça.

Je sentis une boule d'émotion se resserrer dans ma poitrine.

— Merci, réussis-je à prononcer.

Il sembla hésiter, puis prit de nouveau la parole :

— Je crois aussi que tu es beaucoup plus puissante que tu ne le penses.

Je faillis m'étouffer avec mon café.

— Tu as vu la pagaille que je mets, rien qu'avec les sorts les plus simples ?

Il balaya mes paroles d'un geste de la main.

— Les sorts ne sont pas tout. N'importe qui peut mémoriser un livre de sortilèges. Il y a un pouvoir en toi. Pourquoi crois-tu que le démon malfaisant souhaite se débarrasser de toi ? Il ne liquide pas chaque hippie mécontente qui attache un cristal autour de son cou et se dit sorcière. Il t'a ciblée pour une raison.

— Une erreur sur la personne ? demandai-je avec espoir.

Il secoua la tête.

— Tu es issue d'une lignée de sorcières très puissante. La sorcière dans le miroir a été attirée par ton pouvoir. Même Margaret l'a reconnu.

J'émis un son grossier, comme un grognement, indiquant mon incrédulité.

Il leva un sourcil.

— Pourquoi penses-tu qu'elle a pris ta chatte ?

— Ne me lancez pas là-dessus. Qui vole le chat d'une autre personne ?

— Nyx est bien plus qu'un animal de compagnie. C'est ton familier, et elle est puissante. Il m'est apparu que Margaret a l'habitude d'être la sorcière la plus puissante et la plus vénérée de l'Oxfordshire. Peut-être qu'elle a confisqué ta chatte pour limiter ton pouvoir.

— Eh bien, c'était une mauvaise idée, en particulier quand je suis sous le coup d'une malédiction mortelle.

— Tu devrais accepter le compliment. Elle pense clairement que tu es capable de battre ce sorcier même sans ta chatte.

— Eh bien, je préférerais le faire avec ma chatte, merci beaucoup.

— Ne perds pas ta concentration. Débarrassons-nous de ce démon, puis nous nous occuperons de ton familier.

Il utilisa de nouveau le terme « nous » et j'aimais plutôt ça. Je me rappelai que Rafe était aussi très puissant. Et je ne doutais pas qu'il était de mon côté.

Je le regardai et il était fort probable que mes yeux se soient plissés comme ceux de Nyx et de Margaret lorsqu'elles réfléchissaient à quelque chose.

— Quel méfait tu mijotes ? demanda-t-il en voyant mon expression.

— Tu n'arrêtes pas de dire que tu es de mon côté, mais tu n'as rien dit sur la façon dont tu comptes m'aider.

— Eh bien, cette affaire appartient aux sorcières.

Je ne le croyais pas.

— Tu me surveilles la nuit, n'est-ce pas ?

Il leva les yeux, visiblement décontenancé. Je savais que j'avais raison. Si un vampire était capable d'avoir l'air embarrassé, c'était bien ce qu'il était actuellement.

— Disons que, comme je me promène à Oxford la nuit de toute façon, j'ai mis ton appartement sur mon itinéraire, répondit-il finalement.

D'une certaine manière, je pense que je le savais. Pourtant, c'était réconfortant de se dire qu'il était là, à me protéger.

— Donc, si je crie, tu viendras à mon secours ?

Il ne prononça qu'un mot :

— Oui.

Et bon sang ce qu'il avait teinté cet unique mot de beaucoup d'assurance.

CHAPITRE 10

$\mathcal{A}$près le petit déjeuner, je me sentis mieux à tous points de vue. En dehors du fait que je savais que Nyx allait me manquer, je sentais au moins que j'avais une sorte de plan de protection et d'armement. Margaret Twig pouvait exiger un paiement très élevé pour ses services, mais mon instinct me disait qu'elle m'avait donné la magie la plus puissante qu'elle pouvait.

Je jetai un coup d'œil à ma montre et vis qu'il était huit heures trente. J'étais agréablement rassasiée et le monde semblait moins effrayant avec un estomac plein. Je pouvais même porter mon attention sur des questions aussi banales que ma boutique de tricot.

— Je ferais mieux d'y aller. J'aimerais me brosser les dents avant d'ouvrir la boutique.

— Bien sûr, dit-il en se levant.

J'attrapai mon sac à main pour payer le petit déjeuner mais il m'arrêta.

— C'est moi qui régale.

J'aurais pu contester puisqu'il n'avait rien mangé ni bu,

mais Rafe était vieux jeu, chevaleresque et très riche. Je lui laissai l'addition.

Il me déposa au bout de Harrington, ce que j'appréciai car je ne voulais pas que mes parents, ou quiconque, voient un homme me déposer chez moi le matin. J'étais sur le point d'entrer par la boutique quand je réalisai que les lumières étaient allumées à l'intérieur. Je doutais que Papa et Maman aient pu oublier d'éteindre les lumières hier soir après leur réunion. J'entrai, prête à les éteindre, et sursautai quand une voix joyeuse me dit :

— Bonjour.

Je mis ma main sur ma poitrine.

— Eileen. Vous m'avez fait peur.

— J'ai dit que je viendrais au petit matin, si vous vous souvenez bien. Mon bus arrive tôt.

Elle était assise dans le fauteuil des visiteurs, en train de crocheter une petite poupée.

— Oui, je m'en souviens.

Je l'observai faire de la magie avec le crochet.

— C'est si joli, dis-je en m'approchant.

— Ce sont des marionnettes. Je les fabrique pour mes petits-enfants. Ils adorent jouer avec les petites poupées. Parfois, je fais aussi de petits animaux. C'est l'idéal pour utiliser les pelotes de laine restantes.

La poupée avait un petit corps dodu en laine bleue, des cheveux en laine jaune, de minuscules yeux en forme de boutons et une bouche et un nez cousus. Eileen était en train de confectionner une petite robe pour elle. Je m'imaginai un panier de ces petites poupées et des patrons pour les fabriquer dans notre vitrine. J'avais besoin de quelque chose d'adorable pour attirer les visiteurs, maintenant que Nyx ne serait plus à la fenêtre. Je fus soudainement envahie par la tristesse et la colère à cause de ce que ce sorcier maléfique et Margaret Twig m'avaient pris, à eux deux.

Je devais cacher le miroir mortel, me brosser les dents et, après une matinée à mélanger des potions, j'avais besoin d'une douche.

— Je vais monter quelques minutes. Je reviens tout de suite.

— Vous êtes sortie tôt, ce matin.

Elle balaya son regard de haut en bas sur mon corps d'une manière qui disait « on fait la marche de la honte, à ce que je vois ».

J'avais envie de lui dire que le fait que je me présente à huit heures et demie du matin n'était pas ce dont ça avait l'air, mais, premièrement, elle n'était pas ma mère et, deuxièmement, j'aurais encore plus l'air d'une traînée si je lui donnais des excuses.

— Oui, j'avais un rendez-vous tôt, me contentai-je de dire.

Ce qui était vrai.

Elle posa son crochet et se leva. Aujourd'hui, elle était vêtue d'une jupe bleue, un chemisier blanc impeccable avec une broche en camée attachée à la gorge, avec par-dessus un cardigan bleu à motifs de roses tricotées. Elle se dirigea vers la caisse et ramassa un sac en tissu visiblement lourd qu'elle me tendit.

— Si vous allez à l'étage, pourriez-vous peut-être y emmener le repas ?

Oui. Nous recevions les Miss Watt à dîner ce soir et Eileen avait gentiment accepté de cuisiner. Je m'approchai et jetai un œil dans le sac. À l'intérieur se trouvaient un grand plat à gratin rectangulaire, recouvert d'une feuille d'aluminium, un autre bol en cristal de *trifle*, de la salade en sachet et deux baguettes si fraîches qu'elles étaient encore chaudes.

— Je n'arrive pas à croire que vous vous soyez donné tout ce mal. C'est incroyable, et beaucoup trop de nourriture pour cinq personnes. Peut-être aimeriez-vous vous joindre à nous pour le dîner ?

Je soupçonnais secrètement qu'elle avait fait exprès de préparer un repas extra-large pour que je l'invite à se joindre à nous. Je me demandais si Eileen se sentait seule maintenant que son mari était décédé et que ses petits-enfants grandissaient.

— Comme c'est gentil de me le proposer. Mais je cuisine toujours trop. Je pense que c'est pratique d'avoir des restes, et on ne sait jamais quand on aura envie d'inviter quelqu'un.

Elle me lança un regard en coin.

— Peut-être, votre jeune homme ?

Je refusai de tomber dans ce piège. Je n'étais pas prête à discuter de ma vie amoureuse ou, dans mon cas, de mon absence de vie amoureuse, avec ma nouvelle assistante.

— Eh bien, répondis-je, si vous changez d'avis, vous savez que la nourriture ne manque pas et que vous serez la bienvenue parmi nous.

— Merci, ma chère, mais j'ai promis à ma fille de garder ses petits ce soir.

J'apportai le repas à l'étage et le plaçai au réfrigérateur. Mes parents semblaient s'être levés, avoir pris leur petit déjeuner et être partis pendant que j'étais sortie. Ils m'avaient laissé un mot.

« Chère Lucy, nous avons une réunion matinale ce matin. Nous avons invité Pete, Logan et Priya à dîner ce soir. J'espère que ça ne te dérange pas d'avoir quelques invités supplémentaires à table. Bisous, Papa et Maman. »

Comment avais-je pu oublier que mes parents invitaient toujours des archéologues vagabonds et des étudiants diplômés à partager notre repas ? Je remerciai silencieusement Eileen d'avoir préparé deux fois plus de nourriture que ce que j'avais imaginé. Grâce à elle, je n'avais pas besoin de paniquer et de courir en acheter plus. Il en restait encore beaucoup.

J'utilisais rarement la table de Mamie, et j'avais même pensé à transformer la salle à manger en bureau à la maison, mais j'étais désormais contente de l'avoir. La table pouvait confortablement accueillir six personnes et avec la rallonge supplémentaire, elle pouvait en accueillir huit, ce qui était exactement le nombre que nous allions avoir pour le dîner. Parfait.

Comme je savais que mon assistante était déjà en bas, je m'empressai de prendre une douche et de changer de vêtements. À neuf heures moins cinq, je retournai dans mon magasin, cette fois avec un pull tricoté main que Hester m'avait fait. Hester était une éternelle adolescente pénible et narquoise, mais elle savait tricoter. Que ce fût par simple ennui ou parce qu'elle avait été encouragée par les autres vampires, je n'en avais aucune idée, mais elle m'avait confectionné un magnifique pull noir et blanc avec un col mou qui allait bien avec une jupe en jean, des collants noirs et des bottes courtes.

Lorsque j'entrai, prête à ouvrir la boutique, je remarquai que mon pot de lavande et d'églantier avait disparu. À sa place se trouvait un magnifique vase en cristal contenant trois roses parfaites. Je m'approchai et les sentis, leur parfum était divin.

— Quelles superbes roses.

— Merci, Lucy. Je suis fière d'avoir la main verte.

Je regardai autour de moi.

— Mais qu'est-il arrivé à la lavande et aux marguerites ?

Eileen avait à moitié froncé le nez avant de prendre conscience de ce qu'elle était en train de faire et de le redresser.

— Ces choses poussent dans les fossés, ma chère, dit-elle avec son sourire placide. La rose est une vraie fleur, cultivée par les gens civilisés. Si le bon Dieu avait voulu que nous enfouissions notre nez dans les fleurs sauvages, il aurait fait de nous des abeilles.

C'était une logique particulière, mais je n'allais pas refuser des fleurs parfaites qui semblaient provenir d'un fleuriste hors de prix.

Au lieu de cela, je tournai le panneau « fermé » sur « ouvert » et déverrouillai la porte d'entrée. Le panier de laine dans la vitrine avant donnait encore l'impression que Nyx y avait dormi. La chatte adorait se prélasser derrière la fenêtre de devant dans diverses poses adorables, dignes d'Instagram. Une vague de tristesse m'envahit et j'espérai que Margaret prendrait bien soin d'elle.

Je m'approchai et réarrangeai les pelotes de laine afin de ne pas me rappeler de Nyx chaque fois que je verrais ce panier.

Je levai soudainement la tête lorsque j'entendis quelque chose. C'était fou, mais j'avais l'impression de pouvoir entendre son miaulement. Le son était si clair que je sortis même et regardai avec attention toute la route, mais il n'y avait aucun signe de mon chaton. C'était un vœu pieux.

Heureusement, nous fûmes assez occupées ce jour-là pour ne pas avoir le temps de regretter ma chatte. Du moins, pas trop. Eileen continua à être une employée modèle en cumulant les ventes additionnelles de mes clients comme une pro. Une pauvre femme vint pour une aiguille à tricoter de plus grande taille et repartit avec des dizaines de kilos de laine, de patrons et d'aiguilles à tricoter de différentes tailles.

Ce n'était que le deuxième jour d'Eileen et j'envisageais déjà de lui donner une augmentation.

En dehors de mes vampires, je n'avais jamais vu une tricoteuse aussi accomplie. Quand je la complimentai sur son pull bleu, elle répondit :

— J'avais beaucoup de temps pour rester assise à tricoter à l'hôpital, quand mon mari était malade.

Je hochai la tête pour lui montrer que je comprenais. Ce qu'il y avait d'amusant avec le tricot, c'était que les gens s'y mettaient pour toutes sortes de raisons, mais quand un être cher était malade, c'était un moyen éprouvé de garder ses mains occupées et d'apaiser son esprit.

Eileen partit à dix-sept heures, emportant avec elle mes remerciements les plus sincères pour son aide à la boutique et pour le repas qu'elle nous avait préparé.

Je me précipitai à l'étage et mis la table. Puis je redescendis et pris les roses du magasin. Elles faisaient un magnifique centre de table sur la vieille table en chêne de ma grand-mère. J'installai la rallonge et mis la main sur une de ses vieilles nappes. C'était de la dentelle au crochet, sans doute une confection d'un de ses amis morts-vivants.

Je plaçai le hachis Parmentier au four pour le réchauffer,

versai la salade dans un saladier en bois et ajoutai la vinaigrette maison qu'Eileen avait également fournie. Les Miss Watt arrivèrent exactement à dix-huit heures. J'étais heureuse qu'elles soient là les premières, car je pus leur expliquer que ma mère et mon père avaient invité trois étudiants diplômés en archéologie à se joindre à notre festin.

Au lieu d'être offensées, elles semblaient toutes deux soulagées. Les rapports étaient manifestement tendus entre elles, et j'imaginais qu'elles se disaient que plus il y aurait de personnes présentes, moins elles seraient amenées à se parler. Je me sentais si triste, mais je n'avais aucune idée de la façon dont je pouvais les aider. La première chose que j'allais faire après leur départ serait de chercher dans mon grimoire un sort de réconciliation.

La prochaine personne à arriver fut Pete, l'Australien. Il s'était coiffé et portait une chemise bleue propre, dont les manches étaient retroussées pour montrer ses avant-bras bronzés et très attirants. Il avait avec lui deux bouteilles de vin australien, qu'il me présenta avec un grand sourire.

— Ça m'a fait très plaisir d'être invité. Sinon, ça aurait été une autre nuit au pub pour moi.

J'étais surprise.

— Tu ne manges pas dans la salle à manger de l'université ?

— Oh si ! mais pas tous les soirs. Ça devient vite ennuyeux.

S'il cherchait de l'agitation, il n'était pas venu au bon endroit. Je lui expliquai à voix basse que deux vieilles dames se joignaient à nous pour le dîner.

— Ne t'inquiète pas, me répondit-il alors sur le même ton. Je suis doué avec les vieilles filles.

À ma grande surprise, il n'avait pas menti. Il rejoignit les deux Miss Watt dans le salon et se présenta.

— Et d'où venez-vous en Australie ? demanda Mary Watt, essayant clairement de le mettre à l'aise.

— Je suis de Sydney, vous connaissez ?

— J'avais un ami cher qui venait d'Australie, murmura Florence Watt.

Puis son visage se froissa et elle éclata en sanglots.

Mary et moi échangeâmes un regard. Le fiancé décédé de Florence avait passé quelques années en Australie. Je me sentis soudain personnellement responsable du fait que mes parents avaient invité cet homme de Downunder pour détruire la soirée avant même qu'elle ne commence. Cependant, Pete se montra à la hauteur.

— Je suis désolé, dit-il. C'est difficile de perdre un être cher. J'ai perdu mes deux grands-parents l'année dernière.

Je pensais qu'il allait pleurer à son tour, et tenir compagnie à Florence, mais il fit bonne figure.

Florence tendit la main pour saisir la sienne et je me dis, étrangement, que cela devait lui faire du bien de prendre conscience qu'elle n'était pas la seule personne en deuil. Ils commencèrent à parler ensemble à voix basse, et Mary se leva et me fit signe de la suivre à la cuisine.

Elle soupira, visiblement à bout de nerfs.

— Ça a été épouvantable. Pauvre Florence. Je ne sais pas ce qui la fait la plus souffrir, perdre l'homme qu'elle aimait, ou qu'il l'ait trompée. Elle est tombée amoureuse de ce fantasme.

— Je sais. À mon avis, ça va prendre du temps.

Mary se saisit d'un torchon et le plia plus proprement.

— Elle m'en veut toujours, tu sais.

Ayant vu les deux sœurs ensemble, et lu leurs émotions, j'étais certaine d'une chose.

— Non. Elle ne vous le reproche pas. Il y a une tension entre vous parce qu'elle a dit des choses qu'elle regrette et qu'elle ne pourra jamais retirer. Elle ne sait pas comment vous dire qu'elle est désolée. Elle pense que ce qu'elle a fait est impardonnable.

Ce fut au tour de Mary d'avoir l'air d'être sur le point de pleurer.

— Bien sûr que je lui pardonne. Je savais qu'elle ne pensait pas ces choses terribles qu'elle a dites.

— Alors, je pense que c'est à vous d'amener le sujet. Dites-lui que vous n'avez rien pris de tout ça au sérieux et que vous êtes sincèrement désolée de ce qui s'est passé.

— Et je le suis. J'aurais aimé de tout mon cœur qu'il soit l'homme qu'elle voulait qu'il soit.

— Je sais.

Elle plia le même torchon une fois de plus.

— Mais, peut-être qu'elle, elle l'ignore. Tu es très sage pour quelqu'un de si jeune, Lucy.

La sonnerie annonçant les nouveaux arrivants retentit, me sauvant ainsi de répondre. Je me précipitai en bas et fis entrer Logan et Priya. Logan avait apporté une caisse de bières et Priya m'offrit une autre bouteille de vin. Je les fis monter tous les deux, en me demandant si mes parents allaient se souvenir qu'ils avaient organisé un dîner. Si ce n'était pas le cas, ce soir ne serait pas la première fois que je recevrais en leur absence, en leur nom.

Mais, alors que je commençais à penser qu'ils ne viendraient pas, ils entrèrent, en se déversant en excuses. Ils avaient assisté à une conférence donnée par un ami cher avec lequel ils étaient allés à l'université, puis ils étaient retournés à son bureau où ils s'étaient plongés dans son dernier article sur l'extension de la fiabilité de la datation au radiocarbone. Naturellement, ils avaient complètement perdu la notion du temps. Je fus un peu surprise de voir qu'ils avaient traîné le professeur Hamish Ogilvie avec eux pour le dîner. C'était un Écossais maigre aux cheveux roux qui rougissait facilement.

— Je suis désolé de débarquer chez vous comme ça, mais Susan a insisté, s'excusa-t-il.

Une fois de plus, je bénis Eileen. Je pus lui dire en toute sincérité :

— Vous êtes le bienvenu. Nous avons beaucoup de nourriture.

— Je n'ai pas eu le temps de faire un saut au magasin pour acheter du vin, dit-il, un peu penaud. Ça vient de mon stock privé.

Il me présenta, de sous sa veste en tweed, une bouteille de scotch beaucoup plus vieille que moi.

Lorsque je pris le whisky, j'entendis la voix de Margaret Twig dans ma tête.

« *Le sorcier viendra très probablement à toi sous un déguisement. Il pourrait être l'un de tes clients, un étranger que tu croises dans la rue ; il pourrait prendre l'apparence d'un vieil ami.* »

J'imaginais qu'il pourrait aussi prendre l'apparence du vieil ami de mes parents. J'aurais aimé le dater au radiocarbone.

Au lieu de cela, j'emportai le whisky dans la cuisine et pendant que Papa et Maman présentaient leur ami, je me glissai dans ma chambre, pris un des flacons de potion révélatrice et le glissai dans ma poche.

CHAPITRE 11

*L*ogan et Priya se régalaient de bière, et Pete avait ouvert une des bouteilles de vin rouge australien. Le groupe était joyeux quand ma mère, mon père et Hamish se joignirent à eux. Hamish insista pour ouvrir le scotch qui, je le savais, était l'une des faiblesses de mon père, et même ma mère accepta de prendre un petit verre.

J'étais heureuse de voir que tout le monde passait un bon moment. Je me rendis dans la cuisine pour apporter les dernières touches au dîner et glisser une petite potion révélatrice dans la nourriture.

Toutes ces personnes étaient nouvelles dans ma vie. Et ils étaient là, chez moi, à dîner. N'importe lequel parmi eux pourrait être le sorcier. Je retirai le bouchon du flacon et reniflai. L'odeur était identique à de l'eau. Je la goûtai et, à part un léger soupçon de cannelle, elle n'avait aucune saveur que je puisse détecter. Après m'être assurée que personne ne venait, je la déversai sur le hachis Parmentier.

J'avais l'impression de faire quelque chose de mal, mais Margaret m'avait promis que la potion était inoffensive pour tout le monde sauf pour un sorcier déguisé et, même pour celui-ci, tout ce que le liquide ferait serait de révéler sa vraie nature.

Je me dis que quiconque entrait dans ma maison pour me tuer n'était pas quelqu'un dont je devais m'inquiéter.

Pete apparut soudainement dans la cuisine.

— Que puis-je faire pour aider ? s'enquit-il.

— Merci, lui répondis-je. Tu veux bien ajouter une neuvième chaise autour de la table ?

Je lui donnai un autre set de couverts, qu'il saisit, et il repartit.

J'étais en train de préparer la salade quand il revint. Je lui pointai du doigt les deux baguettes.

— Tu pourrais couper le pain. Mets-le dans ce panier.

Je fus heureuse de voir qu'il se lava d'abord les mains avant de prendre le couteau et de commencer à couper le pain.

— Quelqu'un t'a bien élevé, le complimentai-je.

— Avec cinq enfants dans ma famille, et une maman qui travaillait, nous avons tous appris à être utiles dans la cuisine.

Il lança un regard vers l'endroit où la fête battait son plein, puis le reporta sur moi.

— Je suppose que toi aussi, tu as appris à être utile en cuisine.

Je souris.

— Ils ne font pas exprès d'être des cas désespérés, mais mes parents ont des cerveaux tellement gigantesques qu'il n'y a pas de place pour les questions pratiques dans leur tête. C'est une chance que je ne sois pas moi aussi devenue une intellectuelle, sinon nous n'aurions jamais mangé.

Il rit.

— Tu n'es pas comme les autres filles.

Heureusement, j'avais déjà versé le liquide sur le hachis Parmentier et quand je vérifiai le dessus, il n'y avait aucune trace de potion. Pete n'avait aucune idée à quel point j'étais atypique.

— Je ne suis pas sûre de savoir comment le prendre.

Il y avait quelque chose entre le flirt et la plaisanterie entre nous que je ne pouvais pas nier. Je savais aussi qu'un homme aussi beau que lui ne devait pas manquer de compagnie féminine. Il rit.

— Je le dis comme un compliment. Je te trouve très intéressante.

— Merci, lui répondis-je. Toi aussi, tu es plutôt intéressant. Pour un archéologue.

Il grimaça.

— Je sais. Je devrais devenir footballeur professionnel. C'est comme ça qu'on attire les filles.

Ce fut mon tour de rire.

— Je suppose que ce n'est pas un problème pour toi.

— Peut-être, mais je n'ai pas toujours celles que je veux.

Je ne savais pas du tout quoi répondre à cela, mes talents de dragueuse étaient tristement rouillés, si tant est que j'en avais jamais eu. Heureusement, Priya choisit ce moment pour entrer et demander le chemin des toilettes. Je lui indiquai la direction et suggérai à Pete de commencer à poser le repas sur la table. Les personnes présentes dans le salon se saisirent de leurs verres respectifs et se dirigèrent vers la table à manger.

Le hachis Parmentier plut à tout le monde. Personne ne s'avéra être végétarien, ou allergique aux pommes de terre, ou toute autre chose dont je m'étais inquiétée. Eileen était aussi bonne cuisinière qu'elle me l'avait laissé croire, comme je le découvris dès ma première bouchée. Le hachis Parmentier était délicieux, le vin coulait à flot et, malgré le curieux mélange de personnes, il n'y eut aucun blanc.

J'essayais de suivre le rythme mais, en réalité, j'étais bien plus intéressée par le fait de savoir si l'un de mes invités allait se transformer en monstre sous mes yeux. J'avais glissé le sac en cuir, contenant le miroir, sous ma chaise et j'étais à cran, prête, si le professeur d'archéologie, l'un des étudiants diplômés, ou même l'une des Miss Watt, se révélait soudainement être le sorcier meurtrier.

J'étais certaine que la potion n'avait aucun goût, mais, après quelques bouchées de son hachis Parmentier, Pete sembla s'arrêter pour vraiment goûter celle qu'il avait sur la langue. Puis, il leva les yeux vers moi avec un regard très interrogateur. Je souris innocemment et baissai les yeux sur mon assiette. *Pitié, faites que ce ne soit pas lui*, me dis-je dans ma tête. Mais s'il était un sorcier déguisé en mouton australien, j'étais prête.

Mais Pete ne se transforma pas en autre chose qu'un Australien charmant et légèrement bronzé, Priya était plus calme que les autres, mais je présumai qu'elle était juste plus réservée. Logan devint plus loquace à mesure qu'il buvait, et les taches de rousseur de Hamish devinrent plus prononcées à mesure que la bouteille de scotch se vidait.

Les Miss Watt étaient toujours les Miss Watt.

Mes parents étaient toujours mes parents.

J'étais soulagée, bien sûr, mais aussi un peu déçue. Je m'étais préparée à cette confrontation, et plus j'attendrais, plus mes nerfs seraient mis à rude épreuve.

Une fois le dîner terminé, nous passâmes au dessert. Le

trifle était délicieux, et Hamish raconta une histoire amusante sur sa nounou en Écosse qui avait condamné tout ce qui était anglais sauf le *trifle* qui, disait-elle, était la seule chose que les Anglais faisaient bien.

Mary et Florence Watt échangèrent un regard.

— C'est toi qui racontes, Florence, dit Mary.

— Non, Mary, rétorqua Florence, tu la racontes tellement mieux que moi.

Je pris alors conscience que je n'aurais pas besoin d'un sort de réconciliation. Tout ce dont ces chères dames avaient besoin, c'était d'une soirée en agréable compagnie pour se rendre compte de l'affection qu'elles avaient l'une pour l'autre.

Finalement, Florence et Mary racontèrent l'histoire ensemble, sur comment elles avaient toutes les deux appris à faire de la crème anglaise, et tous les grumeaux en pagaille, et les pots brûlés, tout en intercalant des paroles comme : « et n'oublie pas quand notre pauvre mère t'a fait promettre de continuer à remuer le pot pendant qu'elle allait chercher le courrier, et que tu as oublié, et quand elle est revenue il y avait de la crème anglaise brûlée partout dans la cuisinière ».

Nous rîmes tous de bon cœur. Puis je servis le café et le thé, encore une fois avec l'aide de Pete.

— Tout s'est bien passé avec ton hachis Parmentier ? demandai-je pendant que nous étions à deux dans la cuisine. J'ai trouvé que tu avais une drôle de tête.

Il me regarda à nouveau, de la même façon.

— Non. Il y avait une saveur étrange que je n'ai pas pu reconnaître. Probablement une épice qu'on ne trouve pas à Oz.

J'acquiesçai.

— Ça devait sans doute être ça.

Priya et Logan partirent rapidement après le dîner.

— Tu viens, Pete ? dit Logan.

— Vas-y, répondit l'intéressé. Je vais aider Lucy à faire la vaisselle.

Logan nous lança un regard complice et hocha la tête.

— Je vous verrai demain, alors.

Les Miss Watt furent les prochaines à partir, et je pouvais voir qu'elles étaient toutes les deux beaucoup plus heureuses qu'elles ne l'étaient en arrivant.

— Merci pour cette charmante soirée, Lucy, me remercia Florence.

Quand Florence alla dire au revoir à mes parents, Mary prit mes deux mains dans les siennes.

— Merci. Je vais suivre ton conseil et parler avec Flo.

Elle tourna les yeux vers sa sœur.

— C'est le moment.

Papa et Maman étaient en pleine conversation avec Hamish, tandis que Pete et moi faisions la vaisselle. Il était de bonne compagnie, et j'étais heureuse d'avoir de l'aide. Quand nous eûmes fini de tout ranger, il me proposa :

— Tu me raccompagnes ?

Je haussai les sourcils à son intention.

— Ce n'est pas plutôt le garçon qui raccompagne la fille ?

Il me répondit en imitant mon geste.

— C'est un peu sexiste, non ? Bref, nous sommes chez toi. J'adorerais te raccompagner jusqu'à ta chambre, mais ton père et ta mère sont juste là. Je n'ai pas envie de perdre un voyage en Égypte.

J'étouffai un rire.

— D'accord, acceptai-je. Juste histoire de prendre l'air.

Je dis à Papa et Maman que je partais faire un tour, mais ils étaient si occupés par leur conversation que je ne pense pas qu'ils m'aient entendue. J'enfilai un manteau, m'assurai que j'avais ma clé pour rentrer, puis Pete et moi sortîmes dans la nuit.

Il faisait froid et calme dans la ruelle. Les feuilles et les rues étaient mouillées par les pluies précédentes, mais il faisait désormais sec. Je levai les yeux et aucune étoile n'était visible, la lune partiellement obscurcie par les nuages. Elle avait l'air effrayante, comme si des toiles d'araignée noires parcouraient sa surface, comme une lune d'Halloween.

— Si je vais aux fouilles avec tes parents, y a-t-il une chance pour que tu sois là ? demanda Pete.

Je secouai la tête.

— Je ne suis pas archéologue. Je dirige cette boutique de tricot. C'est mon travail.

— Oh, eh bien, même si tes parents me choisissent pour faire partie de l'équipe, nous ne partirons pas avant plusieurs semaines. Est-ce que je pourrais te revoir ?

Les beaux gosses n'avaient pas l'habitude de me demander de sortir avec eux. Mon pas-si-spectaculaire petit ami de deux ans m'avait trompée, donc je n'étais pas trop confiante en ma capacité à sortir avec quelqu'un d'autre. Je ne voulais absolument aucun malentendu.

— Tu me proposes un rencard ?

Il rit, ses dents blanches brillant dans la nuit.

— C'est une manière un peu vieux jeu de le dire, mais

oui. Je te propose un rencard. Que dirais-tu d'un dîner, demain ?

OK, donc apparemment, des beaux gosses me demandaient bel et bien, occasionnellement, de sortir avec eux. Pete était facile à vivre et habile en cuisine. Et qui sait combien de temps il me restait avant d'avoir à affronter le démon de la mort ? Une virée nocturne me semblait être une bonne idée.

— Ça me plairait bien.

Nous étions en train de remonter Ship Street, et nous tournâmes à gauche sur Turl en direction de Broad Street. Je n'avais pas demandé à Pete quelle faculté il fréquentait, mais nous nous dirigions vers Balliol et Trinity. La nuit était calme et froide et les rues étaient presque désertes. Ça me faisait du bien de baisser ma garde. Pete ne s'était pas transformé en un monstre fou après avoir ingéré la potion magique, alors je savais que je pouvais lui faire confiance. Il m'emmena à droite sur Broad Street et nous passâmes devant le Sheldonian, avec son cercle de têtes de pierre dont le noir quasi total donnait un air sinistre.

— Ils les appellent les Empereurs, dit-il avant de rire. J'ai appris ça en écoutant un guide touristique.

Nous passâmes devant la bibliothèque Bodleian, puis la faculté.

— Voudrais-tu entrer pour un dernier verre ?

Ses yeux étaient emplis de taquinerie et de promesses, mais je secouai la tête.

— Je dois rentrer. Mais j'ai hâte d'être à notre rencard de demain.

S'il était déçu, il ne le montrait pas. Au lieu de cela, il mit une main sous mon menton et dit :

— J'ai hâte d'y être aussi. Tu es une fille très intéressante, Lucy Bartlett.

Puis il m'embrassa.

— Très intéressante.

Puis il observa la route paisible de haut en large.

— Je te raccompagne chez toi ?

Je ris.

— Oxford est une ville assez calme. Je pense que ça ira.

— Bonne nuit, alors. À demain.

— Bonne nuit.

Il me salua pendant qu'il entrait dans la faculté, et je fis de même en retour, avant de retourner dans la direction où nous étions venus. Je n'avais pas parcouru beaucoup de mètres avant qu'un autre homme vienne marcher à mes côtés. Celui-là n'était pas chaud et sexy ; il était froid et furieux.

— Que fais-tu dehors tard dans la nuit, toute seule ? Tu n'as rien écouté de ce que je t'ai dit ?

— Quand ai-je été seule ? le défiai-je en m'arrêtant et me tournant pour lui faire face. Je sentais que tu nous suivais à chaque étape du chemin depuis la seconde où nous avons quitté la maison. En fait, j'aurais aimé avoir un peu d'intimité.

— Pour que tu puisses embrasser un parfait inconnu ?

— Ça te pose un problème ?

Le feu et la glace se faisaient la guerre dans ses yeux tandis que j'observais sa passion se battre avec la réalité de notre situation. J'étais mortelle et il était un vampire. Comment cela pourrait-il bien se terminer ?

— Pour une femme dont la vie est en danger, tu agis de façon déplorable, dit-il finalement.

— Pour info, j'ai versé la potion révélatrice sur leur dîner. Et devine quoi ? Aucun d'eux n'est le sorcier maléfique.

— Ou la potion n'a pas marché.

Je n'y avais pas pensé.

— Qu'est-ce que tu veux dire ?

Il enroula un bras autour de moi et me tira hors du chemin d'un cycliste ivre.

— Tu l'as mise dans quelque chose de chaud ?

— Margaret n'a pas dit que je ne pouvais pas.

J'étais tellement frustrée par ces prétendues règles que je n'apprenais qu'après les avoir transgressées.

— J'ai saupoudré la potion sur un plat qui venait de sortir du four. Je ne l'y ai pas remis.

Il haussa les épaules.

— Peut-être que la potion est sensible à la chaleur. Ou alors, elle a pu être neutralisée par la pomme de terre.

Je lui lançai un regard noir. Ou plutôt, je lui donnai le traitement complet. Je m'arrêtai de marcher, puis reculai d'un pas. Je mis mes mains sur mes hanches. Oh, je ne plaisantais pas quand je le fusillais du regard, et il le savait.

— Je n'ai jamais dit ce que nous avions mangé pour le dîner. Comment savais-tu pour la pomme de terre ?

C'était vrai, j'avais versé la potion sur la pomme de terre cuite, sur le hachis Parmentier. Mais j'étais certaine de n'avoir jamais dit à Rafe ce que nous allions manger ce soir.

Tout d'un coup, il eut l'air embarrassé et mal à l'aise.

— J'ai peut-être regardé par la fenêtre.

J'ajoutai de l'indignation à mon regard furieux.

— Tu ferais mieux de ne pas prendre l'habitude d'épier par mes fenêtres.

Il avait l'air consterné par mon insinuation pas très subtile.

— Je ne suis pas un voyeur, si c'est ce que tu insinues. Je

savais que tu étais occupée à divertir, et je voulais m'assurer que tu étais en sécurité.

Je savais que ce serait stupide de ma part de critiquer la seule personne en qui je pouvais avoir confiance pour garder un œil sur moi. De plus, je ne pensais pas vraiment qu'il lorgnait par la fenêtre de ma chambre la nuit. Juste au cas où il le ferait, je décidai de m'assurer que les stores étaient complètement fermés et de porter mon pyjama le plus discret au lit.

— Je suis désolée, m'excusai-je. Ça a été une journée très longue et stressante.

Il n'eut pas l'air très compatissant.

— Tu ferais mieux de t'y habituer. Tant que nous ne nous serons pas occupés de ce sorcier, chaque jour devrait être stressant pour toi.

Heureusement, à ce moment-là, nous étions arrivés chez moi.

— Merci de m'avoir raccompagnée chez moi, lui dis-je. Je peux me débrouiller à partir d'ici.

Sa main toucha brièvement mon visage.

— Bonne nuit, Lucy. Fais attention à toi.

CHAPITRE 12

*M*es parents et moi étions assis en train de prendre le petit déjeuner quand l'appel retentit.

Ils avaient le regard lourd et, franchement, la gueule de bois. J'étais allée me coucher et les avait laissés avec Hamish dans le salon avec la bouteille de scotch. Le roulement de leur voix m'avait bercée jusqu'au sommeil. Je n'étais pas sûre de l'heure à laquelle Hamish était finalement parti, je m'étais endormie bien avant.

Ils burent avec reconnaissance le café supplémentaire que j'avais préparé et nous étions tous sur nos divers appareils électroniques, à lire les informations, les réseaux sociaux ou tout ce qui nous intéressait, lorsque le téléphone portable de mon père sonna. Il sursauta au bruit et décrocha. Il écouta un moment, la perplexité se transformant en horreur, puis dit :

— J'arrive tout de suite.

Son visage était désormais dénué de couleur et ses yeux

étaient écarquillés lorsqu'il tourna les yeux vers Maman, puis vers moi.

— Logan Douglass a fait une crise cardiaque la nuit dernière.

— Quoi ? dîmes ma mère et moi en même temps. Est-ce qu'il va bien ?

Papa secoua la tête.

— Ça a été fatal.

Je n'arrivais pas à y croire. Je l'avais vu il n'y avait que quelques heures à peine, hilare, s'apprêtant à rentrer chez lui, son bras autour de Priya.

— Tu veux dire qu'il est mort ?

— J'en ai bien peur, Lucy.

Ma mère posa une main sur sa tête.

— Mais il allait parfaitement bien hier soir. Il était en bonne santé et clairement en train de s'amuser.

Papa haussa les épaules, visiblement désemparé.

— Parfois, ça peut frapper un jeune comme ça. Une faiblesse jusqu'alors inconnue du cœur ou du système circulatoire, c'est toujours une tragédie.

Bien évidemment, mon esprit s'emballa. Je repensais à cette potion que j'avais donnée à tous mes invités, une potion que Margaret Twig avait concoctée. C'était une puissante sorcière dont je ne connaissais rien. M'avait-elle donné, non pas une potion révélatrice, mais quelque chose qui pouvait être toxique ? J'avais à la fois chaud et froid. Outre mon chagrin causé par la mort du pauvre Logan, je me demandais si une autopsie révélerait ce que contenait cette mystérieuse potion. Ma mère exprima la pensée qui résonnait dans ma tête.

— Est-ce que ça pourrait être quelque chose qu'il a mangé ?

Elle me regarda, les yeux écarquillés.

— Il a dû prendre son dernier repas, ici.

Mon esprit n'arrêtait pas de rebondir. Même si la potion de Margaret était sans danger, je n'avais pas cuisiné ce hachis Parmentier. J'avais permis à une employée que je connaissais à peine de cuisiner pour ma famille et mes collègues.

Je me sentais nauséeuse. Complètement nauséeuse. Avais-je tué quelqu'un par inadvertance ? La seule chose à laquelle je pensais était de contacter Margaret et de découvrir exactement ce qu'elle avait mis dans cette potion. Je me maudis d'être aussi idiote. Pourquoi l'avais-je prise pour argent comptant, sans jamais vérifier ses dires ?

Je devais être à la boutique dans moins d'une demi-heure, mais j'envoyai quand même un SMS à Rafe pour lui dire que je devais retourner voir Margaret. Naturellement, je ne savais même pas comment la joindre. Elle avait probablement une adresse e-mail et un numéro de téléphone, mais sans surprise, je n'avais ni l'un ni l'autre.

À mon grand soulagement, il me répondit presque immédiatement. Il était retenu à la Bodleian jusqu'à dix heures, puis il dit qu'il passerait me prendre.

Quand j'arrivai à la boutique, Eileen était déjà là. Le simple fait de voir sa présence placide me calma énormément. L'atelier n'avait jamais été aussi bien rangé et elle était assise sur le siège des visiteurs, en train de crocheter une autre poupée. Elle leva les yeux quand je franchis la porte depuis mon appartement.

— Bonjour, Lucy. Comment s'est passé votre dîner d'hier soir ?

Je dus frissonner de façon visible car elle se rapprocha.

— Mon Dieu, que s'est-il passé ? On dirait que vous avez vu un fantôme.

Oh, comme elle était proche de la vérité. J'avais vu Logan hier soir. Ce matin, il était probablement un fantôme.

— Le dîner était merveilleux, répondis-je. Et votre repas était délicieux, je ne peux pas vous remercier assez. Mais, malheureusement, un des étudiants qui était venu dîner hier soir est mort dans la nuit.

Elle eut l'air très contrariée, naturellement, puisque c'était elle qui avait préparé le dîner.

— Savez-vous comment il est mort ?

— Non. J'imagine qu'il y aura une autopsie et une enquête, mais Papa pense que c'est peut-être un anévrisme ou quelque chose comme ça. Un de ces accidents qui tuent des gens jeunes et en bonne santé.

Son visage était plissé d'inquiétude.

— Je suis sûre que ce n'était pas mon plat. Bien sûr, s'il y avait un problème, vous seriez tous tombés malades. Et personne ne meurt d'une intoxication alimentaire aussi rapidement. Du moins, je ne pense pas.

N'étant une experte ni de la mort ni des intoxications alimentaires, je ne trouvai rien à dire.

Je marchai jusqu'à la porte d'entrée et n'eus pas le courage de tourner le panneau sur « ouvert ».

— Je suis dans un état lamentable. Je me demandais si cela vous dérangerait de surveiller la boutique pendant une heure ou deux ce matin ? J'ai juste besoin de m'éloigner et de me vider la tête.

— Bien sûr, dit-elle de son ton maternel. J'ai apporté de la maison une petite bouilloire que j'ai installée dans l'arrière-boutique. Et si je vous faisais une bonne tasse de thé ?

C'était si gentil de sa part, alors qu'elle devait savoir que j'avais de quoi faire du thé à l'étage. Mais j'appréciai le geste.

— Non. J'ai déjà pris trop de café ce matin. Mais, merci.

Je n'eus pas l'occasion d'en dire plus, car il était temps d'ouvrir la boutique, ce qu'Eileen fit, puisque j'étais incapable de le faire moi-même. Elle était si efficace que j'étais persuadée que la boutique pouvait fonctionner sans moi.

Je réussis à passer la première heure de la journée tant bien que mal. Ce fut un peu flou. Je doutais avoir servi le moindre client. Je pensais être restée assise derrière le comptoir, à faire semblant de faire l'inventaire ou une autre tâche importante, tout en fixant l'écran vide de mon ordinateur. Nous n'étions pas très occupées, et Eileen s'occupa efficacement des quelques clients que nous reçûmes.

À dix heures, je m'excusai et la quittai. Rafe vint me chercher dans la ruelle derrière l'appartement. Comme Eileen, il vit mon visage et dit :

— Lucy, que s'est-il passé ?

J'étais surprise qu'il ne soit pas au courant. Rafe semblait toujours tout savoir. Mais il était clairement à la fois surpris et choqué par la nouvelle de la mort de Logan.

— Et tu soupçonnes Margaret ?

— Je ne sais pas. Tout ce que je sais, c'est que j'ai versé sa potion sur la nourriture et qu'en quelques heures, une des personnes qui en a mangé est morte.

Il hocha la tête. Puis il démarra la voiture et nous quittâmes l'allée.

— Je suis sûr que je n'ai pas besoin de te rappeler que

huit autres personnes ont consommé la potion et qu'elles vont parfaitement bien.

— Mais que faire s'il avait une sorte de faiblesse, comme une sorte de réaction allergique à ce qu'elle a mis dans ce truc ? Et si ça apparaissait à l'analyse toxicologique ? Je serais une meurtrière.

— Je ne peux pas imaginer que Margaret mettrait quoi que ce soit de dangereux ou de toxique dans cette poudre, mais je pense que tu as raison de dire qu'il vaudrait mieux lui dire ce qui s'est passé et peut-être lui demander conseil.

C'était quoi, ce truc qu'il avait pour Margaret ?

— Lui demander conseil ? D'abord, elle vole ma chatte, puis elle tue mon invité. Le seul conseil que j'aimerais obtenir de Margaret est ce que je dois faire pour la garder hors de ma vie.

Il me regarda de travers.

— Et pourtant nous sommes en route pour la voir en ce moment-même.

— Seulement parce que je veux des réponses. Et que Nyx me manque.

Le trajet jusqu'au petit village de Margaret fut un peu plus long maintenant qu'il y avait beaucoup plus de trafic sur la route, mais nous réussîmes quand même à nous garer dans son allée de gravier tandis que le soleil du matin scintillait si joliment sur les hortensias en train de faner.

Le temps de remonter le chemin, Margaret se tenait devant la porte ouverte. Cette fois, elle portait de la soie rouge à motifs de grosses fleurs noires.

— Je viens d'apprendre la nouvelle. Ce pauvre garçon.

— Margaret, l'interpellai-je en remarquant une forte

odeur de menthe en entrant dans le couloir dallé et frais. Qu'y avait-il dans cette potion ?

Elle eut l'air un peu décontenancée par ma question.

— Juste un peu de ci et un peu de ça. Je ne donne pas mes recettes.

Je gardai mon calme avec grand effort.

— Y avait-il quelque chose dans cette potion qui aurait pu tuer Logan ?

Elle semblait toujours perplexe et je dis alors :

— Il a dîné chez moi, hier soir. J'ai saupoudré un peu de la potion sur le hachis Parmentier et le lui ai donné à manger. Et ce matin, il était mort.

— Grand Dieu. Tu es donc l'une des dernières personnes à l'avoir vu en vie ?

— Oui. Et il avait l'air d'aller bien. Il était en parfaite santé. C'était un étudiant en archéologie. Il voulait aller sur les fouilles avec mes parents. Il avait vingt-six ans. Et maintenant il n'est plus là.

Elle nous conduisit dans sa cuisine et je vis que son chaudron bouillonnait d'un mélange qui sentait fortement la menthe et, maintenant que je m'approchais, d'autres herbes parfumées. J'identifiai de la camomille, de la lavande et du gingembre, et le reste était trop flou pour mes sens.

— Logan était un sorcier, dit-elle.

J'eus l'impression qu'une décharge électrique m'avait traversé le bras.

— Non, ce n'en était pas un. C'était un étudiant en archéologie.

— Et un sorcier, ajouta-t-elle, patiemment. Vraiment, Lucy, tu saurais tout ça si tu venais au repas-partage, ou au moins si tu rejoignais notre groupe Facebook fermé. C'est comme ça que j'ai appris la mort de Logan, ce matin.

Rafe n'avait rien dit, se contentant d'observer nos échanges. Ce ne fut qu'à ce moment-là qu'il prit la parole :

— Qu'as-tu entendu d'autre ?

Elle secoua la tête.

— Ce jeune homme n'est pas mort de causes naturelles.

— Quoi !

Je m'imaginais en prison en train d'expliquer que j'avais aspergé la nourriture de Logan d'un mystérieux liquide donné par une sorcière locale bien connue et que je n'avais pas pris la peine de vérifier le contenu de la potion.

Alors que mon esprit revenait sans cesse à la partie où je me retrouvais tenue responsable du décès, celui de Rafe allait clairement dans une autre direction.

— Que penses-tu qu'il lui soit arrivé ? demanda-t-il.

Elle me jeta un bref regard. Puis elle se détourna et commença à remuer le contenu du chaudron bouillonnant avec une cuillère en bois à très long manche.

— Son assemblée à Glastonbury a perdu l'un de ses membres les plus anciens et les plus forts à cause du sorcier noir. Logan, bien que jeune, était un médium assez puissant. Je pense qu'il a eu la vision que le sorcier noir était à Oxford et qu'il est peut-être venu pour essayer de l'arrêter.

Mon cœur me donnait un peu l'impression d'être un glaçon. Je voulais m'asseoir, mais il n'y avait pas de chaise, alors je m'appuyai contre le comptoir froid en granit pour me soutenir.

— Vous voulez dire que ce type effrayant qui me traque a tué Logan ?

Elle leva les yeux, toujours en train de mélanger. La vapeur avait fait monter le rouge à ses joues.

— En tant que théorie, ça a plus de sens pour moi qu'un anévrisme.

Elle remua la marmite bouillonnante encore un moment. Malgré moi, j'étais attirée par ce qu'elle faisait. J'inspirai.

— Ça sent merveilleusement bon.

Elle sourit, et ses joues se gonflèrent comme des pommes.

— C'est un tonique pour les femmes enceintes. Il soulage les nausées matinales, les douleurs et les maux qui accompagnent cette condition. Bien sûr, j'y ai mis un petit supplément de magie pour calmer l'anxiété à laquelle les femmes enceintes sont toujours confrontées.

Je continuais à regarder autour de moi, dans l'espoir de voir ma chatte.

— Où est Nyx ? demandai-je finalement.

Elle retira la cuillère et tourna le dos à la potion avant de répondre.

— Elle est en disgrâce. Elle m'a griffé le visage et le cou quand j'ai essayé de la prendre dans mes bras ce matin.

Elle dégagea l'écharpe de soie rouge et noire qu'elle portait, enroulée autour de son cou, et je pus voir de légères traces de griffures. Je présumai que Margaret devait être particulièrement allergique car les égratignures étaient couvertes de quelque chose qui ressemblait à des bulles.

— Nyx ne m'a jamais griffée, affirmai-je.

Margaret replaça le foulard.

— Elle n'est plus ta chatte, dit-elle froidement. Et elle ferait mieux d'apprendre que c'est moi sa maîtresse, maintenant.

Pendant que nous quittions le chalet de Margaret, je

regardai derrière moi et, depuis une fenêtre en hauteur, je vis Nyx. Nos regards se croisèrent et la chatte leva sa patte et commença à taper sur la vitre, demandant à être libérée. J'attirai l'attention de Rafe sur mon familier emprisonné.

— Cette horrible vieille sorcière a piégé Nyx. Nous devons la sortir de là.

Rafe se saisit de la main que je pointais avec impatience, et la serra dans la sienne.

— Pour l'instant, tu as besoin de Margaret, tu as besoin de sa force, de sa magie, et de sa coopération. Une fois que cette confrontation sera terminée, nous pourrons réfléchir à récupérer ta chatte. Compris ?

C'était à peu près ce qu'il avait dit la veille. Il ne savait pas à quel point ma chatte me manquait, mais je concédai qu'il avait peut-être raison. Grâce à Margaret, je savais que Logan était un sorcier.

De plus, je me consolai en me rappelant les bulles près de l'endroit où elle l'avait griffée. Il semblait bien que Margaret fût allergique à son animal volé.

— La bonne nouvelle, c'est que la potion magique de Margaret n'a pas tué ton ami, dit Rafe en partant.

— Et la mauvaise nouvelle est que le même sorcier noir qui est après moi a tué Logan sans même avoir à se battre, répondis-je.

CHAPITRE 13

*I*l me rappela qu'il n'était jamais loin et il ajouta, en outre, qu'il avait recruté certains des autres membres du club de vampires tricoteurs pour garder un œil sur moi.

— À tout moment, de jour comme de nuit, tu n'es jamais seule. Un seul cri et quelqu'un apparaîtra, dans l'instant.

C'était réconfortant, bien que quelque peu déconcertant, de savoir que tout un nid de vampires était à ce point à mon écoute. Mais je le remerciai et repris le travail. J'aurais aimé savoir que Logan était un sorcier qui était peut-être à la recherche de la créature qui me traquait. Ça aurait été telle-ment agréable d'échanger des confidences avec quelqu'un comme moi, et peut-être de partager des informations. Je me demandais comment Logan avait su pour le démon, et si Meritamun avait été impliquée dans sa mort.

Lorsque je rentrai à la boutique, je me rendis compte que le club prenait au sérieux les tâches de surveillance. Je clignai des yeux lorsque je trouvai Sylvia en pleine conversation avec Eileen sur son dernier projet, un pull-over tricoté. Elle semblait avoir des difficultés à comprendre comment tricoter le col.

Lorsque j'entrai, elle tourna les yeux vers moi, comme si elle avait du mal à me situer, puis elle dit :

— Lucy, c'est ça ? La nouvelle propriétaire de la boutique ? Je disais à Eileen, ici présente, combien j'aimais venir ici quand votre grand-mère la tenait.

Elle regarda autour d'elle comme si elle n'avait pas vu l'endroit depuis des années, alors qu'elle venait ici au moins deux fois par semaine pour des réunions, et qu'elle vivait juste en bas.

Elle avait été actrice, et ne manquait jamais une occasion de montrer ses talents de comédienne. Elle soupira alors, avec un mélange de nostalgie et de douceur.

— *Tricotti Tricotta* ne changera jamais. C'est à vous, maintenant, Lucy, de continuer cette belle tradition.

— Oui, répondis-je en clignant des yeux. Enfin, ma grand-mère était une femme merveilleuse. Je ne pourrai jamais la remplacer.

— Non. Mais vous ferez de votre mieux, je le sais.

Puis elle sourit gracieusement à mon assistante.

— Eileen m'a aidée à exécuter ce motif diaboliquement difficile. Je devenais folle, et avais fini par penser que je ne finirais pas mon pull avant Noël. J'ai vraiment envie de le porter.

Sylvia s'embêtait rarement avec des patrons, c'était donc un véritable sacrifice actif pour elle de faire semblant d'être confuse et de se laisser guider par une simple mortelle. Elle réussit à faire durer sa visite un peu plus longtemps, puis elle partit. Ce n'est que quelques instants plus tard que l'un des vampires tricoteurs masculins, Alfred, entra. Il réussit à avoir l'air légèrement déconcerté, comme s'il n'avait jamais tenu une paire d'aiguilles à tricoter de sa vie, alors que je l'avais personnellement vu réaliser en une soirée une paire de gants exquis avec un motif compliqué de coquillage. Il nous sourit à toutes les deux, vaguement, sans rien montrer qu'il me reconnaissait lorsque son regard se posa sur mon visage. Eileen s'avança.

— Puis-je vous aider ?

Je l'écoutai, quelque peu amusée, raconter que sa femme était morose et qu'elle l'avait envoyé chercher de la laine supplémentaire car elle n'en avait plus. Il fit un excellent travail en prolongeant sa visite, car il ne se souvenait pas du type de laine dont elle avait besoin, du type de pull qu'elle était en train de confectionner, ni même de sa couleur. Eileen sortit très obligeamment presque tous les prospectus que nous avions dans le magasin et lui montra une variété de laines différentes. Finalement, il décida de choisir un tout nouveau modèle et suffisamment de laine pour le tricoter entièrement. Comme je me doutais que c'était un projet qu'il comptait réaliser lui-même, je me contentai d'apprécier simplement la transaction.

Et c'est ainsi que ça se passa pour le reste de la journée. À peine un vampire était-il parti qu'un autre entrait, pour fureter ou passer le temps en posant des questions, tout en faisant s'éterniser l'expérience d'achat et la patience d'Eileen aussi longtemps que possible. Même si je n'avais pas l'impression d'être en danger en plein milieu de la journée dans un magasin public, j'appréciais leur gentillesse. D'autant plus que la plupart d'entre eux avaient interrompu leur sommeil pour prendre leur service.

Ma mère craignait que je n'aie pas beaucoup d'amis, mais

elle avait tort. Ils étaient peut-être un peu particuliers, mais ces vampires tricoteurs se comportaient sincèrement comme des amis.

Vers quinze heures, je levai les yeux quand la porte s'ouvrit, pour voir, non pas un autre de mes amis tricoteurs morts-vivants, mais le commissaire Ian Chisholm, qui avait l'air légèrement plus sérieux que d'habitude.

Mon estomac se noua lorsqu'il s'avança directement vers moi et prononça « Lucy » de son ton sec de policier.

— Ian, répondis-je.

Je me figeai alors. Je ne pouvais pas dire que j'étais contente de le voir, ni demander si je pouvais l'aider, puisqu'il savait que je savais pourquoi il était là. Alors mes mots s'évanouirent et je le regardai. Il ramassa obligeamment la balle de parole que j'avais laissée tomber, mouillée et mâchouillée, à ses pieds.

— Il faut que je te pose quelques questions, à titre professionnel, annonça-t-il.

J'acquiesçai, avec l'impression d'être vide et malade à l'intérieur. Même si Margaret m'avait assuré que c'était le sorcier maléfique, et non sa potion, qui avait tué Logan, je n'étais pas complètement convaincue. Je demandai à Eileen si elle pouvait surveiller la boutique pendant un petit moment et, bien évidemment, elle dit qu'elle le ferait. Ses yeux faillirent sortir de sa tête quand elle réalisa que j'allais être interrogée par la police. J'espérais seulement que mon lien avec un crime ne lui ferait pas reconsidérer sa décision de travailler pour moi. Je me disais qu'en plus de tout ce qui se passait en ce moment dans ma vie, perdre Eileen serait le plus grand désastre de tous.

J'EMMENAI Ian à l'étage et lui demandai s'il voulait boire quelque chose, mais il refusa. Mes parents étaient sortis et même Nyx était absente, donc l'endroit était curieusement calme et silencieux.

— J'ai cru comprendre que tu as organisé un dîner ici, la nuit dernière, dit-il.

Je grimaçai.

— Je n'appellerais pas tout à fait ça comme ça. Maman a invité les Miss Watt à dîner et a ensuite fait de même avec trois des étudiants diplômés qui ont l'intention de participer aux fouilles archéologiques en Égypte.

— Tu as entendu ce qui s'est passé ?

J'acquiesçai.

— Mon père a reçu un appel ce matin lui annonçant que l'un de ces trois étudiants était mort.

Il n'ajouta rien et se contenta de me regarder. Je savais que c'était un truc de policier pour que je continue à parler et, avec moi, ça marchait toujours.

— Je me sens vraiment mal. J'imagine que le repas qu'il a pris ici hier soir est le dernier qu'il a mangé.

Il hocha la tête.

— Peux-tu me dire ce que tu as servi au dîner ?

Bien évidemment, je lui dis, et que nous avions tous mangé la même chose. Je pris une grande inspiration.

— Comment est-il mort ?

Il secoua la tête.

— Nous l'ignorons. Il n'y a pas de marques sur le corps. Aucun signe physique évident de maladie ou de traumatisme.

Nous devons considérer cette mort comme suspecte jusqu'à ce que nous trouvions autre chose.

— Je comprends.

J'aimais bien Ian. J'aurais aimé pouvoir lui dire tout ce que je savais, mais c'était un homme du monde physique. Il voyait tout en noir et blanc, le crime et la victime, la culpabilité et l'innocence. Comment lui dire que des créatures antiques causaient des ravages ? Que j'étais une sorcière et que Logan avait été un sorcier ?

Je ne pouvais pas. C'était sans espoir.

— Comment t'a-t-il semblé hier soir ? demanda-t-il.

Je me remémorai la soirée.

— Il était joyeux. Tout le monde l'était. Il a apporté de la bière et certains autres du vin et du scotch, et ça s'est transformé en une de ces soirées étonnamment amusantes compte tenu de l'étrange brochette de personnes présentes.

Je dirigeai Ian vers la table à manger, toujours avec ses neuf chaises serrées les unes contre les autres.

— Il s'est assis juste là, dis-je en désignant l'endroit où, hier soir, Logan avait raconté des histoires et ri avec le reste d'entre nous.

Je m'interrompis un instant avant de reprendre :

— Tu me feras savoir ce que tu auras découvert sur Logan ? Je me sens mal qu'il soit mort le soir même où il a dîné chez moi.

— Si ça peut te consoler, tous ceux à qui j'ai parlé m'ont fait des remarques et m'ont dit que tu avais organisé une soirée divertissante. Au moins tu as fait de sa dernière soirée une bonne soirée. Dis-moi tous ceux qui étaient là, et où ils étaient assis.

Je m'exécutai. Bien que j'aurais dû le renvoyer à mes parents pour les noms de famille des étudiants.

Il hésita, puis demanda :

— Y avait-il de l'animosité entre Logan et les autres hier soir ?

— Bien au contraire. Priya et lui sont partis ensemble. Je ne sais pas si c'était une histoire d'amour ou s'ils étaient juste amis, mais ils semblaient proches.

— Connaissait-il l'une de ces personnes avant ?

— Je ne sais pas. Je crois qu'il a reconnu Pete, l'Australien, de quelque part. Mais je n'en ai vraiment aucune idée.

Il acquiesça.

— Ce n'est que la procédure de routine, qu'as-tu fait la nuit dernière ? Après le dîner ?

— Eh bien, dis-je, Logan et Priya sont partis après le dîner. Vers vingt-et-une heures, je crois. Puis les Miss Watt sont parties à leur tour. Peut-être à vingt-et-une heures trente, ou vingt-deux heures.

— Et l'autre étudiant ? Pete, je crois que tu as dit qu'il s'appelait.

C'était ridicule, mais je sentais le feu monter dans mes joues. Je ne voulais pas rougir devant Ian. Lui et moi n'avions même jamais eu de rencard, alors me sentir gênée de lui dire que j'avais passé du temps seule avec un autre homme était ridicule. Mais je pouvais bien me dire ça tant que je voulais, je sentais quand même la chaleur d'un rougissement grimper à mes joues.

— Pete est resté plus tard. Il m'a aidée à faire la vaisselle. Mes parents et leur ami, Hamish Ogilvie, étaient dans l'autre pièce et discutaient encore.

— Et à quelle heure Pete est-il parti ?

— Vers vingt-trois heures.

— Et ensuite, qu'as-tu fait ?

— Je suis retourné avec lui à sa faculté, le Barnaby College.

Il tourna les yeux vers moi.

— La même faculté où Logan était logé ?

— Je crois que oui. Mais bien sûr, je n'ai pas vu Logan. Il était parti plus tôt.

— Et y es-tu entrée avec Pete ?

Sa voix était posée, avec seulement une légère inflexion interrogative, mais je sentais qu'il était très intéressé par ma réponse. J'étais heureuse de pouvoir lui dire que non, je n'étais pas entrée.

— Je suis retournée chez moi à pied.

— Laisse-moi résumer. Tu as quitté ta maison, tu as raccompagné Pete à sa faculté, puis tu as fait demi-tour et es revenue ?

Ça avait l'air très bizarre quand il le disait comme ça. Je levai les bras, impuissante.

— Nous avions tous bu, ça semblait être une bonne idée sur le moment. Je pensais qu'un peu d'air me ferait du bien. C'était une soirée très agréable pour une promenade. Alors, oui, j'ai marché jusqu'à la faculté et je suis revenue.

— Et c'est tout ce que tu as fait ?

Eh bien, s'il voulait tous les détails de ma soirée, je supposais qu'il pouvait les avoir.

— Pete m'a embrassée, avouai-je.

J'ignorais s'il était agacé ou amusé par ma réponse. C'était difficile à dire quand il était en mode détective sérieux.

— Je vois, dit-il. Et cela s'est passé à l'extérieur de la faculté ?

— Oui. Comme je te l'ai dit, je ne suis pas entrée à l'intérieur.

— Et ensuite tu es rentrée chez toi.

— Oui.

— As-tu vu quelqu'un ?

J'hésitai. Pendant un peu trop longtemps. J'avais envie de lui dire que oui, j'étais rentrée seule mais ce n'était pas vrai.

— Rafe s'est trouvé être présent dans la même rue hier soir. Je suis tombée sur lui par hasard et nous sommes rentrés ensemble.

— Je vois. Tu étais bien escortée, donc.

— En effet.

Il leva alors les yeux vers moi. Il avait une façon de me regarder qui me donnait envie de lui confier tous mes secrets. Ça devait être ce qui le rendait si bon dans son travail. Son regard vert mousse était déterminé.

— Y a-t-il quelque chose que tu puisses me dire qui pourrait nous aider dans notre enquête ?

En dehors du fait que Logan avait apparemment été un sorcier et qu'il poursuivait un très mauvais personnage surnaturel, je n'avais aucune information. Et d'une manière ou d'une autre, je ne pensais pas qu'impliquer Ian Chisholm dans les sorcières et les magiciens allait être particulièrement utile pour quiconque.

— Non. Je suis désolée, décidai-je alors de répondre.

Il secoua la tête, l'air perplexe.

— Je ne sais pas ce qu'il y a chez toi, Lucy, mais tu sembles t'attirer les catastrophes.

Oh, il n'avait pas idée à quel point.

Une pensée me traversa subitement l'esprit.

— As-tu parlé à Pete, aujourd'hui ?

— Oui. Pourquoi cette question ?

— Je voulais m'assurer qu'il allait bien. C'est tout.

— Il avait bonne mine quand je lui ai parlé, dit-il. Mais tu pourras lui demander toi-même comment il va. Il m'a dit que vous deviez dîner tous les deux ce soir.

Je plaquai ma main sur ma bouche.

— Oh, mon Dieu, c'est vrai. La journée a été tellement folle, j'avais presque oublié.

Si un sourire pouvait être sarcastique, celui qu'il m'adressa l'était.

— Je ne pense pas qu'il ait oublié, lui.

Puis il partit. Et je me demandai ce que cela était censé signifier.

JE SAVAIS que si le démon égyptien avait tué Logan, cela voulait dire qu'il se rapprochait de moi, alors je gardai le miroir et la potion que Margaret avait préparée pour moi à proximité pour le reste de la journée, mais heureusement, personne n'apparut pour essayer de me tuer.

Je considérais cela comme une victoire, ça et le fait que les ventes étaient en hausse. Tous les vampires qui venaient perdre du temps chez *Tricotti Tricotta* finissaient par être poussés par Eileen, la super vendeuse, à acheter quelque chose. Généralement, plus que ce qu'ils avaient l'intention d'acheter. J'étais contente qu'ils soient tous si riches, sinon j'aurais pu me sentir coupable.

Ma grand-mère me manquait. De tous les moments où elle aurait pu être absente, c'était le pire. J'avais besoin de son calme, de son bon sens et de ses conseils. Elle avait été une sorcière, elle saurait ce que je traversais, et m'aurait peut-être aidée à jeter des sorts pour me protéger. Mes parents étaient formidables et je les aimais, mais je ne pouvais pas leur dire la vérité sur ce qui se passait. Et en plus, personne ne donnait d'aussi bons conseils que ma grand-mère.

Elle m'aurait fait me sentir mieux. Je m'étais toujours dit que j'aurais bénéficié de plus d'attention de la part de mes parents si j'avais été vieille de deux mille ans, enveloppée dans un linceul et qu'ils m'avaient déterrée au lieu de me donner naissance. Ce n'est pas que je leur en voulais ; c'étaient des gens merveilleux, juste un peu obsédés par l'archéologie.

En plus de Mamie, Nyx me manquait. Même si je savais que tous mes amis vampires me surveillaient de près, j'étais suffisamment une sorcière pour que la présence de mon familier me manque. Elle n'était peut-être qu'un jeune familier débutant, mais j'étais moi-même une jeune sorcière débutante, donc nous étions compatibles. Je détestais l'imaginer coincée dans le chalet en pierre de Margaret Twig. J'aurais parié que Margaret ne lui donnait pas le thon spécial qu'elle aimait tant.

Dès que je me serais occupée de ce sorcier maléfique, je prévoyais de faire du kidnapping de chatte.

Après le départ de Ian, j'entrai chez *Tricotti Tricotta* pour trouver Eileen en train d'expliquer à Silence Buggins que Lucy serait bientôt de retour. Ces deux-là offraient un spectacle très étrange. Eileen avait l'air d'une matrone rassurante entièrement vêtue de rose, et Silence semblait sortir d'une photographie victorienne. Je ne pouvais que supposer que les gens d'Oxford pensaient qu'elle était une actrice ou peut-être un membre d'une secte religieuse qui insistait pour que les femmes soient couvertes de tissus naturels du cou jusqu'au sol.

Le silence était, comme d'habitude, remplacé par une tempête de bavardages. Eileen avait un léger air hébété sur le visage et je me disais que même sa patience infinie devait être mise à rude épreuve.

Eileen me vit la première.

— La voilà, dit-elle. Notre Lucy est de retour.

Silence se retourna et avait clairement l'air soulagée. J'ignorais quel était le signal utilisé par mes gardes du corps vampires pour appeler à l'aide, mais j'avais l'impression qu'elle avait été sur le point de tirer la sonnette d'alarme qu'ils avaient choisie, quelle qu'elle soit.

— Bonjour, dit-elle. Je suis si heureuse de vous voir.

Elle posa sa petite main blanche sur sa poitrine.

— J'ai eu beaucoup de mal avec ce morceau de tricot. Mais votre assistante m'a gentiment aidée à tout régler.

— J'en suis ravie, répondis-je. Et vous êtes entre de bonnes mains, elle tricote bien mieux que moi.

Ce qui ne voulait pas dire grand-chose, bien sûr, presque tout le monde qui s'était déjà saisi d'aiguilles ou d'une pelote de laine était meilleur tricoteur que moi.

Un groupe de jeunes filles d'une douzaine d'années entra à ce moment-là avec leurs mères. Silence les regarda avec une suspicion palpable, comme si elles pouvaient soudainement se transformer en tueuses. Lorsque, au contraire, l'une des mères expliqua que les filles voulaient apprendre à tricoter, Silence annonça :

— Je pense que je vais m'installer sur ce beau fauteuil et travailler sur mon tricot. Ensuite, si je rencontre à nouveau des problèmes, l'une de vous, gentilles dames, pourra m'aider.

Je lui répondis qu'il n'y avait pas de problème et suggérai à Eileen d'aller faire une pause pendant que je m'occupais des tricoteuses débutantes. Elle toisa Silence du coin de l'œil.

— Peut-être que je vais sortir prendre l'air.

En partant, elle jeta un regard par la fenêtre, comme si elle espérait profondément que Silence ne serait pas là à son retour.

Silence semblait porter un réel intérêt aux adolescentes.

— Oh, quelles charmantes jeunes demoiselles, les complimenta-t-elle. Vous devez être très fières. Et quel beau passe-temps que le tricot. C'est tellement féminin.

Les mères acquiescèrent et la remercièrent, puis conduisirent leurs enfants vers l'endroit où je triais certains des modèles de tricot les plus faciles. Grâce à Eileen, je pus leur suggérer de commencer par un carré simple, mais une fois qu'elles auraient fait ça, il serait aisé de passer à une écharpe.

Silence avait écouté.

— Oui, dit-elle alors. Les écharpes sont très importantes, en particulier lorsque le temps se refroidit. Regardez comme leur peau est fine. Et leurs gorges ne sont toujours pas marquées, on ne voit pas une ride.

Je n'aimais pas la façon dont ce vampire victorien regardait ces gorges jeunes et douces et pensait probablement au goût délicieux de leur sang jeune et doux. Je gardais toujours une bonne réserve d'aiguilles à tricoter en bois massif et quelques grosses aiguilles supplémentaires que j'avais aiguisées du temps où j'étais particulièrement nerveuse à cause des vampires. Je m'assurais qu'elles étaient à portée de main, juste au cas où.

J'ignorais s'il avait un sixième sens ou s'il pensait nous avoir infligé Silence assez longtemps, mais au moment où cette dernière se leva de sa chaise pour « aider » les filles à choisir un modèle simple, Rafe apparut. Je soupirai de soulagement et relâchai ma prise sur les aiguilles en bois aiguisées.

À la vue de Rafe, Silence ramassa son tricot.

— Eh bien, je ferais mieux d'y aller.

Son apparition avait dû la déconcerter car, au lieu de sortir par la porte d'entrée, elle commença à se diriger vers la pièce du fond, qui menait à la trappe des tunnels. Je courus après elle et lui dis :

— Mademoiselle, la porte est par là.

Elle eut l'air surprise, puis rit, d'un son aigu et artificiel.

— Oh, comme je suis étourdie. Certains jours, j'ignore si j'arrive ou si je pars.

Quand elle fut partie, je poussai un soupir de soulagement.

Les filles et leurs mères étaient en train d'étudier joyeusement des modèles et de discuter des couleurs d'une écharpe. Au moins une des mères semblait être une tricoteuse expérimentée, alors je les laissai faire et dis à Rafe :

— Je crois que Silence avait un petit creux.

Il regarda par la fenêtre, où elle avançait à pas rapides vers Rook Lane. Je savais qu'il y avait une entrée pour les tunnels au bout du chemin. Il n'y avait plus qu'à espérer qu'elle fasse un tour à leur banque de sang privée avant de revenir ici.

— Je n'aurais pas dû la laisser prendre le relais, mais elle voulait être utile. Tu sais comment elle est.

— Je sais. Et j'apprécie l'intention, mais elle regardait ces deux filles comme si elles étaient un casse-croûte nocturne particulièrement savoureux.

— Je vais lui en toucher deux mots.

Il me demanda comment je tenais le coup et je lui répondis, très honnêtement, que mes nerfs étaient à bout. En fait, à mon avis, ils avaient dû exploser, comme des ballons trop gonflés.

— Je veux que tu restes à l'intérieur ce soir, me recommanda-t-il à voix basse. J'essaie d'en savoir plus sur le meurtre de Logan. Le rapport d'autopsie initial est loin d'être concluant. Ils n'ont pas pu trouver de marque sur lui. C'est une magie très puissante.

— Je ne peux pas rester ici ce soir. J'ai un rencard.

Il leva les yeux au ciel.

— Tu penses vraiment que c'est le bon moment pour commencer une relation ?

Je répondis par le même mouvement.

— Tu crois vraiment que tu es en position de me donner des conseils de drague ?

Il me fixa longuement d'un regard sévère et inébranlable.

— Où a lieu ce rencard ?

— Je ne sais pas.

— D'accord. Je vais trouver quelqu'un pour garder un œil sur toi.

— Oh super, c'est exactement ce dont j'ai besoin. Un chaperon. On se croirait dans les années cinquante.

Il me regarda d'un air perplexe.

— Les années cinquante ?

— Oui. Les années 1850.

J'étais tentée d'annuler le dîner. L'idée d'être espionnée par un mort-vivant était suffisante pour couper l'appétit de quiconque. En particulier s'il envoyait Silence Buggins. Mais je repensai alors à Pete et à combien il devait être triste en ce moment. Nous pourrions au moins parler de sa perte. J'avais l'impression de lui devoir ça.

Rafe se saisit d'un magazine de tricot et, tout en faisant semblant de le feuilleter, demanda :

— Où est ton assistante ?

— Je pense que Silence lui a presque littéralement échauffé les oreilles. J'ai dit à Eileen d'aller faire une petite pause café. Elle devrait bientôt revenir.

Il acquiesça et commença à observer les étagères comme s'il pensait à commencer un projet de tricot. J'imagine que c'était plutôt mignon qu'il veuille à ce point veiller aussi bien sur moi, mais c'était aussi quelque peu pesant. Le carillon de la porte retentit et je me retournai pour accueillir mon nouveau client et, à ma grande surprise, mes yeux se posèrent sur le monsieur plus âgé qui avait postulé pour être mon assistant, il n'y avait pas si longtemps. Compte tenu de ses allergies à la laine et aux chats, j'étais surprise de le voir de retour chez *Tricotti Tricotta*. Lui aussi avait l'air un peu surpris.

— Monsieur Cruikshank. Comment allez-vous ?

Il semblait aussi stressé et malheureux qu'avant. Il était bien habillé, comme un comptable qui se rendrait au travail, et portait toujours son attaché-case.

— J'ai pris la liberté de prendre un décongestionnant avant d'entrer, m'expliqua-t-il.

Il scruta la boutique de long en large, sans doute à la recherche de ma chatte mais, à mon grand désarroi, elle n'était pas là.

— Je peux vous aider ? m'enquis-je.

— Oui. Ma femme a dit que je n'avais pas fait assez d'efforts lors de notre entretien. Elle pense que je devrais apprendre à me vendre.

Quand il prononça les mots « me vendre », il leva le poing et mima le geste de frapper à une lourde porte. Je l'imaginais être obligé de pratiquer ce geste devant sa femme, qui était sans doute horrible.

Rafe se retourna pour le regarder et plissa les yeux. Avant que je puisse lui dire que j'avais déjà engagé une assistante, Rafe me prit de court :

— Et si tu servais une tasse de thé à monsieur Cruikshank, Lucy ? Je vais m'occuper de surveiller la boutique. Il pourra s'entraîner à passer des entretiens avec toi.

Je me retournai pour fixer Rafe et le vis détourner aussitôt les yeux vers le sac où je gardais le miroir et les potions que Margaret m'avait données. Pensait-il sérieusement que cet homme à l'allure insignifiante et à la tête de mule était un sorcier maléfique ? Mais bien sûr, il est vrai que si le mal pouvait choisir une apparence, la meilleure ne serait-elle pas celle d'une personne aussi peu menaçante que le pauvre Ned Cruikshank ?

L'homme plus âgé se sentit ragaillardi.

— J'apprécierais grandement une tasse de thé. C'est tellement dur de chercher du travail. Surtout à mon âge.

Je mis la bouilloire en marche et préparai du thé. Eileen avait apporté, non seulement une bouilloire, mais deux tasses à thé en porcelaine pour nous, toutes deux ornées de roses.

Monsieur Cruikshank me fit parcourir son CV, ligne par ligne, en détaillant les responsabilités supplémentaires qu'il avait exercées, en commençant comme comptable junior et en gravissant les échelons jusqu'à la direction. J'intercalai quelques questions, lui permettant ainsi de développer ses réponses. Il commença à devenir visiblement plus confiant à mesure que je l'encourageais.

Je glissai un peu de la potion révélatrice dans son thé, posai le sac avec le miroir sur mes genoux et récitai le sort dont Margaret m'avait fait part. J'étais contente que Rafe soit dans l'autre pièce, car l'idée d'affronter un sorcier maléfique qui avait déjà tué un homme, tout juste la nuit dernière, était terrifiante.

Mais, monsieur Cruikshank ne se transforma pas en un monstre quelconque en buvant le thé. L'unique changement discernable fut qu'il devint petit à petit un individu plus confiant.

— Je vous engagerais sur-le-champ si j'étais un cabinet comptable à la recherche d'un professionnel expérimenté, lui assurai-je au bout d'un quart d'heure.

Pendant qu'il me parlait, la voix de Ned Cruikshank était devenue de plus en plus nasale, comme s'il était enrhumé. Il éternua alors, posa sa tasse de thé sur le côté et dit :

— Merci, Lucy. Je me sens tellement mieux maintenant. Je sais exactement ce que je vais faire.

Je lui souris.

— Je soupçonne que ça n'aura rien à voir avec le fait de travailler dans un magasin qui vend de la laine.

Il gloussa.

— Non, certainement pas. Vous m'avez énormément aidé. Je vois désormais à quel point je suis accompli. Ce que je vais faire, c'est me porter volontaire pour une œuvre de charité qui apprécierait mes compétences en comptabilité. Je n'ai pas besoin d'argent, j'ai une bonne pension. Ma femme veut simplement que je quitte la maison.

— Je pense que c'est une excellente idée, approuvai-je. Vous aiderez vraiment les gens qui en ont besoin, et vous utiliserez vos compétences et votre expérience.

Il semblait si content de lui après cet élan de bravoure qu'il était comme un homme neuf en quittant la boutique.

Je secouai la tête à l'intention de Rafe, même s'il voyait clairement que monsieur Cruikshank n'était pas un monstre.

Rafe partit dès le retour d'Eileen et le reste de la journée se déroula sans incident, si l'on oubliait le flot constant de vampires qui venaient prendre de mes nouvelles.

À l'heure de la fermeture, je fis un calcul mental et obtins pour résultat que j'avais reçu dans la boutique plus de vampires que de vrais humains.

CHAPITRE 14

*J*e remontai à l'étage et y trouvai ma mère seule, occupée à travailler sur son ordinateur. Elle leva les yeux et les cligna plus d'une fois avant de réaliser qu'elle portait ses lunettes de lecture, et les mit sur le dessus de sa tête.

— Lucy, ton père a un dîner d'affaires qui va probablement se prolonger. Je me suis dit que nous pourrions sortir toutes les deux. Dîner ici est bien trop macabre avec ce pauvre garçon qui a pris son dernier repas avec nous hier soir.

— J'aimerais bien, Maman, mais j'ai déjà quelque chose de prévu pour ce soir. Mais je peux annuler si tu préfères.

Quand je lui expliquai que Pete m'avait invitée à dîner, son visage s'illumina.

— Il est si charmant, et c'est un archéologue, en plus.

J'étais certaine que le fait qu'il soit archéologue l'emportait sur sa gentillesse aux yeux de ma mère. J'insistai sur le fait que je pouvais annuler si elle ne voulait pas être seule, mais elle m'assura qu'elle avait beaucoup de travail à rattraper. Le frigo ne manquait pas de nourriture, donc tout irait bien pour elle.

Elle retourna à son ordinateur pendant que je montais à l'étage pour me doucher et me préparer pour ma soirée.

J'enfilai mon meilleur jean et après avoir hésité, j'optai pour l'exquis tricot de soie bleu nuit à col en V, avec les manches en cloche que Sylvia m'avait tricoté. Elle m'avait dit de le porter pour un rencard, et c'était un rencard. Je fixai le collier de diamants, l'accessoire parfait, comme elle le savait sans doute. Je pris un selfie afin de pouvoir le lui montrer à son retour de Dublin.

Je coiffai mes cheveux comme la styliste du salon me l'avait montré, appliquai un peu de maquillage, puis je me demandai si je devais prendre mes potions et le miroir avec moi. Je savais déjà que Pete n'était pas le sorcier maléfique, puisqu'il avait mangé la nourriture saupoudrée de potion la veille et qu'il allait bien. De plus, le miroir et la potion étaient encombrants, je devais donc prendre un sac plus grand, ce qui était gênant. Cependant, je serais à l'extérieur, et en public. J'allais être vulnérable.

Donc, au lieu du petit sac beaucoup plus mignon, je devais maintenant en prendre un grand. J'allais ressembler à l'une de ces étudiantes de faculté qui trimballe ses livres.

Au moins, je m'intégrerais au troupeau.

Pete m'avait dit qu'il viendrait me chercher pour notre rencard et, étant donné que j'avais reçu des instructions strictes de ne pas sortir seule, j'avais accepté. Quand la cloche retentit, je dis au revoir à Maman, qui était si profondément impliquée dans ses recherches qu'elle remarqua à peine que je lui parlais. Je la regardai avec une exaspération affectueuse.

— Maman, n'oublie pas de manger quelque chose.

— Je n'oublierai pas, dit-elle vaguement avant de me faire signe de partir d'une main.

Je me précipitai en bas et, quand j'ouvris la porte, Pete siffla d'approbation.

— Tu es superbe.

— Tu me flattes.

Mais quelle femme n'avait pas envie qu'on lui dise qu'elle est belle, même si c'était en exagérant la vérité ?

Pete avait l'air aussi beau que d'habitude, même si j'avais l'impression qu'il s'était fait couper les cheveux et qu'il s'était rasé de près. Il portait une chemise bleu vif avec un jean et une veste en cuir usée par le temps.

— Où aimerais-tu aller ? J'ai trouvé quelques restos, en ligne, mais il me semble que c'est ta ville à toi.

Je réfléchis rapidement. Si je devais être sous le regard attentif d'un ou deux vampires, je pourrais leur faciliter la tâche en suggérant un endroit où ils ne seraient pas aussi manifestement hors de leur élément.

— Tu connais le pub *Eagle and Child* ? demandai-je.

— *The Bird and the Baby* ? répondit-il en donnant au pub son nom familier et amusant. Bien sûr.

— Il y a une super ambiance, et les plats sont bons.

— Vendu à la dame au beau pull bleu.

Pendant que nous marchions, je gardais une main sur mon sac, prête à sortir le miroir, comme un bandit du Far West prendrait son arme s'il était menacé. Pete maintint une conversation légère à la limite du flirt, mais je sentais une tension en lui. Ou peut-être réagissait-il à la tension que je pouvais moi-même sentir dans tout mon corps.

Nous étions sur le point de traverser Beaumont Street, en direction de l'Ashmolean, et attendions que le feu change, lorsque nous fûmes assaillis par une ruée de personnes et qu'un jeune homme passa devant moi, me bousculant. J'avais la main dans mon sac, et agrippai le miroir presque instantanément, quand je me sentis me faire percuter. Je criai et trébuchai en arrière pour me rendre compte que Pete m'avait poussée derrière lui et qu'il arborait une posture droite et agressive afin de me protéger de tout danger.

Dans la seconde qu'il me fallut pour réagir, je me rendis compte que nous n'étions pas en danger. C'était juste un jeune homme avec un T-shirt portant l'inscription « futur mari » et un boulet en plastique autour de la cheville, déjà bien éméché. Plusieurs de ses camarades coururent derrière lui en riant.

Pete se tourna alors vers moi, et sourit.

— Saletés d'enterrements de vie de garçon. Tu vas bien ?

L'Australien *va-comme-ça-peut* était de retour.

— Tu m'as presque jetée à terre.

— Désolé. J'ai passé trop de temps dans des endroits louches. Je réagis au quart de tour.

Je réajustai la sangle de mon sac sur mon épaule.

— Je suis contente de savoir que je suis en sécurité, au cas où un de ces enterrements de vie de garçon tournerait au drame.

Il rit et passa un bras autour de mes épaules, et nous fîmes le reste du trajet jusqu'au pub sans incident.

L'*Eagle and Child* attirait des étudiants, des touristes et des habitués, il était donc généralement très fréquenté. J. R. R. Tolkien et C. S. Lewis avaient l'habitude de s'asseoir dans ce pub et de discuter livres. C'était peut-être pour cela que j'avais choisi ce pub. Les fantômes de Gandalf et de Bilbo Baggins nous rappelaient de manière réconfortante que des créatures plus petites et plus faibles pouvaient vaincre le grand mal.

Nous fîmes le tour du pub avant de croiser un couple qui venait de partir. Nous nous enfonçâmes avec gratitude dans leurs sièges encore chauds, en poussant les verres et les assiettes vides sur le côté. Nous étions dans une alcôve lambrissée et lorsque je posai les yeux sur le mur, Tolkien lui-même me regardait gravement depuis une photographie.

— Qu'est-ce que tu aimerais boire ? me demanda Pete.

Je choisis un verre de vin blanc, en me promettant de m'en tenir à un seul verre, car il fallait que je garde l'esprit clair.

Il se rendit au bar pour commander des boissons, et pendant son absence, une jeune femme avec un tatouage de serpent autour du bras débarrassa la table et l'essuya.

Je balayai le pub du regard, la main posée sur mon sac. Personne n'avait l'air suspect, et personne ne semblait me prêter attention, à part un homme seul qui venait d'entrer. J'observai Rafe regarder les autres clients comme je venais de le faire, avant de faire la queue au bar.

Pete revint avec nos boissons.

— J'aime cet endroit, dit-il. C'est exactement comme ça qu'on imagine à quoi ressemble un vieux pub anglais.

Il leva sa pinte.

— Et la sélection de bière vaut le coup.

Il entretint la conversation, charmant et séducteur comme toujours, mais son regard était agité, occupé à regarder tout autour de lui aussi souvent qu'il me regardait moi. Je n'avais peut-être pas eu autant de rencards que certaines filles, mais je savais quand un homme était inté-ressé. Il y avait une certaine intensité dans leur regard quand celui-ci se posait sur vous. Je le ressentais quand Rafe me regardait, je le ressentais assurément quand Ian Chisholm faisait de même, comme un héros de soap opera regarde la femme dont il est amoureux, celle qui est soit sur le point de le trahir ou de mourir. Pete avait l'air de jouer l'attirance plutôt que de la ressentir.

Nous examinâmes le menu et Pete dit que selon lui, le *fish and chips* devait être appétissant. J'avais du mal à me concentrer sur le menu, alors je lui répondis que j'approuvais l'idée et que j'en prendrais aussi. Il retourna commander notre repas et je remarquai que deux autres membres du club des vampires tricoteurs étaient entrés. Alfred, très élégant dans un pull-over vert forêt qu'il avait commencé à tricoter la semaine dernière, et Christopher Weaver dans l'un de ses gilets exotiques tricotés à la main qu'il possédait à ne plus savoir compter, porté sous une veste de costume noire avec un jean.

Pendant que nous attendions notre repas, je lui dis combien j'étais navrée pour Logan.

Son vernis de charme facile à vivre glissa pendant une fraction de seconde et je pus apercevoir une colère véritable dans son regard. Puis le masque revint.

— C'est terrible, dit-il. J'ai entendu dire que l'on soupçonnait une crise cardiaque. Est-ce que tu as pu obtenir quelque chose de plus ?

Je secouai la tête.

— La police m'a interrogée, donc ils envisagent toutes les possibilités.

Il acquiesça et sirota sa bière, son regard balayant la pièce.

— J'ai eu l'impression que vous vous connaissiez tous les deux, autrefois.

— Pas vraiment. Nous nous sommes croisés par hasard, à un festival de musique.

Il ramena la conversation sur mes parents et la fouille. Tout cela était très charmant et superficiel, mais je devenais de plus en plus irritable, à ignorer qui était ami et qui était ennemi. Le repas arriva et tandis que nous croquions dans le délicieux poisson pané et qu'il me racontait un récit quelque peu amusant de ses premières fouilles, je perdis soudain toute patience. Je me penchai vers lui et posai ma main sur la sienne.

Il était si surpris qu'il arrêta de parler et se mit à me fixer. Bien. J'avais toute son attention.

— Qu'est-ce qui se passe, Pete ? Qui es-tu, en réalité ?

Il posa les yeux sur moi d'un air interrogateur.

— Qu'est-ce que tu veux dire ?

— Tu as passé plus de temps à observer le pub de long en large ce soir, qu'à me regarder, ce qui n'est guère flatteur pour notre premier rencard. Tu as à peine évoqué la mort mystérieuse de ton collègue hier soir, et sur le chemin, quand cet homme ivre a trébuché devant moi, tu as agi comme un agent des forces spéciales. Alors, qu'est-ce qui se passe ?

— Je ne te veux aucun mal, dit-il à voix basse.

— Je le sais déjà, lui assurai-je.

Il acquiesça.

— Ouais. C'était quoi ce truc que tu as mis dans la nourriture hier soir ?

Je me souvins du regard qu'il m'avait adressé lorsqu'il avait goûté le hachis Parmentier pour la première fois. Il était le seul à avoir remarqué quelque chose de bizarre, pour autant que je puisse dire.

Je ne voulais pas trop lui en dire, parce que je ne savais

pas qui il était ni ce qu'il savait. Je plaçai mes mains sur le côté, paumes vers le haut.

— Juste un petit truc censé m'aider à distinguer les amis des ennemis.

Il se rapprocha.

— Tu as un ennemi très puissant, mais tu le sais déjà, non ?

J'étais si heureuse que quelqu'un d'autre soit au courant pour le sorcier noir. Du moins, j'espérais que c'était à ça qu'il faisait référence.

— Que sais-tu à ce sujet ?

Il prit une gorgée de sa bière. Elle était encore pleine aux trois quarts ; il avait bu avec autant de parcimonie que moi.

— C'est une histoire plutôt longue. Je suppose que je vais te faire confiance.

Je hochai la tête.

— Je vais te faire confiance aussi.

— OK. On va se parler franchement. Je n'ai pas rencontré Logan au festival de musique de Glastonbury. J'ai rendu visite à son assemblée, à la recherche d'informations.

— Son assemblée ? Donc tu es un...

— Sorcier. Ouais.

Je pris un moment pour digérer l'information, même si j'avais mes soupçons depuis qu'il m'avait regardée bizarrement, après avoir ingéré de la potion magique.

— Et Logan ?

Il acquiesça.

— Logan aussi.

Je n'étais peut-être pas douée en maths, mais même moi, je pouvais comprendre que le fait que trois sorciers se retrouvent à un dîner de huit personnes était contre toute attente et qu'il était très peu probable que ce soit une coïncidence.

— Vous travailliez ensemble ?

— Non. Il ne se souvenait sincèrement pas d'où il m'avait rencontré, sinon il ne l'aurait jamais mentionné. Je lui ai passé un savon à ce sujet après coup.

Il baissa les yeux sur son assiette.

— Aujourd'hui, j'aurais aimé ne pas l'avoir fait.

— As-tu une idée de la façon dont il est vraiment mort ?

Je me penchai plus près encore.

— A-t-il été assassiné ?

Je m'étais accrochée à l'espoir qu'il aurait pu être l'un de ces jeunes malchanceux qui meurent de causes naturelles.

— Je pense que nous devons supposer qu'il a été assassiné par la même personne qui souhaite ta mort.

J'avais été prévenue par le miroir, mais ce n'était pas son cas.

— Comment sais-tu que quelqu'un en a après ma vie ?

Sa mâchoire se crispa et une fois de plus, je vis un homme dangereux et en colère.

— Ça fait quelques années que je traque ce sale meurtrier. Il a assassiné mon mentor, une femme merveilleuse et sage, qui était le cœur de notre communauté. Je n'ai pas pu la sauver, mais juste avant sa mort, elle m'a dit qu'elle craignait qu'il ne se dirige vers Glastonbury. Quand je suis arrivé, il était trop tard. As-tu lu l'article sur la mort mystérieuse du leader occulte ? Ils ont fait croire qu'il était fou et qu'il s'était suicidé, mais ce n'était pas vrai. Ensuite, un puissant médium a eu une vision de ta mère en Égypte.

— Ma mère, répétai-je.

— J'avais besoin de me rapprocher du docteur Susan Bartlett, pour voir si c'était vrai.

— Donc tu as prétendu être un archéologue ?

— Je suis archéologue, c'est la vérité, mais j'ai dû faire des pieds et des mains pour obtenir une place ici. Mon plan était d'aller en Égypte et de faire du bénévolat. Je pensais que si je me présentais et que je ne me souciais pas d'être payé, ils ne verraient pas d'inconvénient à m'y envoyer. Mais ensuite, j'ai entendu dire que tes parents venaient ici.

— Donc tu es venu à Oxford délibérément pour rencontrer mes parents.

— C'est vrai. Logan aussi, mais au début, nous ignorions que nous suivions le même but. Logan n'était pas du tout un étudiant en archéologie, il a utilisé la magie pour obtenir son accréditation. Je me demande si c'est comme ça que l'ennemi l'a repéré ?

— Donc Logan essayait de venger la mort d'un autre sorcier ?

— C'est exact. Le chef occulte était son beau-père, celui qui lui a tout appris. Ce qui est bizarre, c'est que nous pensions tous les deux que ta mère était la cible. Mais, sans vouloir offenser ta mère, il ne faut pas la côtoyer longtemps pour comprendre qu'elle est beaucoup de choses, mais pas une sorcière. C'est hier soir, quand j'ai su que tu avais jeté un sort à cette nourriture, que j'ai compris que c'était toi, la sorcière de la famille. Tu dois être la vraie cible.

Je poussai mon assiette sur le côté.

— Ma mère a du sang de sorcière en elle, elle est juste profondément convaincue par le rationnel et refuse d'accepter cette partie d'elle-même.

— Est-ce qu'elle sait pour toi ?

Je ris.

— Elle m'a sermonnée, l'autre jour, en me disant que les fantômes, les sorcières ou les lutins n'existaient pas.

— C'est horrible d'avoir un parent qui ne reconnaît pas qui on est vraiment.

Je frottai un grain de sel tombé sur la table.

— Ils m'aiment, et ils ont fait de leur mieux.

— Mais tu ne peux pas t'attendre à une quelconque aide de leur part. Lucy, tu ne peux pas combattre cette chose seule, qui d'autre as-tu ?

Les trois vampires qui nous observaient en ce moment même me revinrent en tête. Je n'en parlai pas à Pete, car je me doutais qu'il ne serait pas aussi tolérant envers les vampires que j'avais appris à l'être.

— J'ai reçu de l'aide, et un sort magique, d'une sorcière puissante qui vit près d'Oxford, lui expliquai-je.

Je me sentais agacée chaque fois que je pensais à la façon dont elle m'avait pris Nyx.

— Mais elle ne m'a pas donné le sort gratuitement, elle me l'a fait payer.

Il n'avait pas l'air si surpris que ça.

— Parfois, cela rend la magie plus puissante. Surtout si le prix est élevé.

Alors le sort devait être très puissant.

Pete fit sauter une autre frite, pleine de ketchup rouge sang, dans sa bouche. Moi, de mon côté, j'avais perdu mon appétit.

— Donc, le pauvre Logan est mort en essayant de me sauver.

Ses yeux devinrent aussitôt sérieux. Plus sérieux que je ne les avais jamais vus.

— Non, Lucy. Il est mort en essayant de venger la mort de son beau-père. Tu n'es pas responsable de tout ça.

Alors pourquoi je me sentais aussi mal ?

Même si le pub était plein à craquer et bruyant, je me rapprochai quand même et baissai le volume de ma voix.

— Ça t'est venu à l'esprit que toi aussi, tu es en danger ?

Son attitude insouciante avait complètement disparu et je vis en face de moi un homme beaucoup plus grave.

— Oui, bien sûr que ça m'est venu à l'esprit.

J'avais réfléchi.

— Je ne pense même pas que tu devrais rester dans la résidence universitaire, lui dis-je. S'il a eu Logan, il peut t'avoir.

— Et que proposes-tu que je fasse ? Que je m'enfuie ? dit-il avant de secouer la tête. Pas question.

— Et si tu restais avec la puissante sorcière ? Margaret Twig ? Je ne l'aime pas, mais au moins tu serais en sécurité là-bas.

— Et à des kilomètres de toi. Non. Souviens-toi, nous sommes plus forts ensemble qu'individuellement. De plus, nous avons le léger avantage de savoir qu'il va venir.

Un couple s'approcha trop près. J'attrapai mon sac et Pete se leva à moitié, mais ce n'était que des touristes venus regarder les photos.

— Regarde, Ed. C'est Tolkien, juste là. Et l'homme sur cette photo là-bas, c'est C. S. Lewis. Je ne sais pas qui sont les autres, mais on les appelait les Inklings. Imagine, rêver de livres sur les nains, assis dans un pub. Certaines personnes ont de la chance.

Ils avancèrent avec leurs verres pleins à la recherche d'un endroit où s'asseoir.

— Mais le sorcier sait que nous savons, continuai-je. Logan n'était pas un puissant sorcier, alors pourquoi le tuer ? Je pense qu'il joue avec nous, qu'il essaie de nous faire peur.

— Je ne pense pas qu'il soit au courant pour moi, songea Pete. C'est un atout que nous avons encore dans nos manches.

Je n'en étais pas certaine. Cette chose maléfique, quelle qu'elle soit, me semblait extrêmement redoutable.

J'avais l'impression d'être constamment surveillée, et qu'elle ne faisait qu'attendre son heure. La tension de l'attente, et le fait de se demander quand l'attaque aurait lieu, commençaient à me monter à la tête.

— Sais-tu quelque chose sur la mort de Logan ? le questionnai-je, toujours à voix basse. Quoi que ce soit qui pourrait nous aider ?

Il secoua la tête.

— Je n'ai entendu la nouvelle que lorsque son corps avait déjà été déplacé. J'ai réussi à entrer par magie dans sa chambre, mais il n'y avait rien. Ses affaires ne semblaient pas avoir été dérangées.

— Il avait dormi dans son lit ? demandai-je.

Il plissa les yeux, et je pouvais voir qu'il se concentrait. Il secoua de nouveau la tête.

— Non. Le lit était encore fait.

— Tu as parlé à Priya ?

Il refit le même geste.

— Je ne savais pas quoi dire.

— Tu as ses coordonnées ?

Il sortit son téléphone.

— Ouais.

— Logan a quitté mon appartement avec Priya. Peut-être a-t-elle vu ou entendu quelque chose ?

Il acquiesça.

— Je vais lui envoyer un SMS tout de suite.

Il envoya le message et nous poussâmes tous les deux nos assiettes à moitié entamées vers le bord de la table.

— Je vais nous chercher des cafés, annonçai-je.

Avant qu'il ait pu protester qu'il allait les chercher, j'étais déjà debout. Je me dirigeai vers le bar, qui était entouré d'une foule suffisamment importante pour que je puisse me tenir à côté de Rafe sans que quiconque puisse le remarquer. Comme je savais qu'il avait une ouïe phénoménale, je maintins le ton de ma voix juste au-dessus d'un murmure. Je lui expliquai que Pete était un de mes semblables et que nous allions essayer de rendre visite à Priya.

— Je pense que tu devrais rentrer directement chez toi, dit-il. Il y a une énergie étrange, ce soir.

CHAPITRE 15

*J*e me retournai pour le fixer, oubliant alors mon intention de donner l'impression que nous étions de parfaits inconnus qui se trouvaient par hasard dans le même bar.

— Je pensais que je ressentais ça uniquement parce que j'étais à bout de nerfs. Je le ressens aussi.

Rafe jeta un œil par-dessus ma tête, et balaya le bar du regard, comme Pete l'avait fait toute la soirée.

— Je pense qu'il va frapper, et bientôt. Il a déjà réussi à entrer dans une faculté et à tuer. Je veux que tu en restes le plus loin possible. C'est trop dur de t'y garder en sécurité.

— Mais, Priya pourrait savoir quelque chose. Tout ce qui pourrait nous aider à vaincre ce mal ne peut que renforcer notre armement.

Je savais qu'il était sur le point de discuter davantage, mais à ce moment-là, Pete s'approcha de moi et dit :

— Laisse tomber le café. J'ai eu des nouvelles de notre amie. Elle veut que nous nous rencontrions.

Il jeta un regard curieux, et que je considérai comme plutôt masculin et possessif, à Rafe, puis nous partîmes.

Une fois dehors, dans le calme relatif de Giles Street, il demanda :

— C'était qui, ce type ?

— Quel type ?

Il s'arrêta de marcher et se retourna, puis posa ses mains sur mes épaules et me maintint immobile.

— Ne joue pas à ça avec moi. Ce type avec qui tu parlais au pub. Vous vous êtes échangé des regards toute la soirée.

Si j'avais pu douter qu'il avait les capacités extrasensorielles d'un sorcier, ce n'était maintenant plus le cas.

— C'est un ami, lui avouai-je. On peut lui faire confiance.

Les yeux de Pete étaient rivés sur les miens.

— Ce n'est pas un sorcier.

— Non. En effet.

— Alors, c'est quoi son truc ?

J'hésitai, mais je n'avais pas le droit de dire à un étranger relatif qu'il avait partagé le pub avec des vampires. Peut-être qu'après tant de siècles de méfiance de la part des humains, les sorciers étaient tout aussi méfiants à l'égard d'autres êtres qu'ils ne comprenaient pas. Je ne pouvais pas risquer qu'il répande la rumeur sur les vampires locaux et les mette en danger. Je ne parvins donc à répondre qu'une seule chose :

— C'est un expert en manuscrits anciens.

Puis je soupirai en réalisant que je devais lui en dire plus si je voulais qu'il m'aide.

J'avais gardé l'existence du miroir pour moi, juste au cas où il se révélerait indigne de confiance, mais il avait raison, je ne pouvais pas combattre cette chose toute seule. Je racontai donc à Pete l'histoire du miroir, comment ma mère avait été poussée à me l'apporter, et que j'avais demandé à Rafe son avis, à la fois sur l'âge de l'objet et sur la signification des mots en ancien égyptien. Je fus, à vrai dire, complètement honnête. Je me retins juste de lui faire part d'un unique fait important... Que Rafe était un vampire.

— Où se trouve ce miroir ? demanda Pete.

Cette fois, je mentis. D'un côté, j'avais le sentiment de pouvoir lui faire confiance, mais de l'autre, j'étais prudente.

— Je l'ai laissé à la maison.

J'ignore s'il me crut ou non, mais il se contenta d'acquiescer.

— Priya a dit qu'elle nous retrouverait au café du coin. Je pense qu'elle est trop effrayée pour aller loin.

— Je ne lui en veux pas.

Nous fîmes le reste du trajet en silence, n'ayant tous les deux plus à prétendre que nous n'étions pas extrêmement vigilants. Mes oreilles n'étaient pas aussi fines que celles de Rafe, mais mon ouïe l'était plutôt. Chaque bruit de pas, chaque toux ou conversation à voix basse, me faisaient me retourner pour en repérer la source. Mais les seules personnes dehors ce soir étaient des touristes, un groupe de femmes ivres et hilares en talons, en train de célébrer un enterrement de vie de jeune fille, et des étudiants.

Lorsque nous arrivâmes au café, nous nous arrêtâmes à la fenêtre pour regarder à l'intérieur. Étant donné que le café était situé très près d'une des facultés, la plupart des tables étaient remplies d'étudiants assis devant des ordinateurs portables ouverts, certains avec des cahiers ou des manuels à côté d'eux. Priya était assise vers le fond, en train de fixer le portable devant elle. Même si ses doigts bougeaient sur les touches, elle n'avait pas l'air de porter son attention sur l'écran. J'avais l'impression qu'elle n'avait ouvert l'ordinateur que pour avoir quelque chose sur quoi se concentrer. Son visage semblait tiré et épuisé.

Personne d'autre dans le café n'eut l'air ne serait-ce que suspect ou intéressé par nous lorsque nous entrâmes. Seule Priya leva les yeux et agita la main pour nous adresser un demi-salut.

Nous nous avançâmes et elle se redressa, plutôt maladroitement, lorsque nous nous approchâmes. Je ne la connaissais pas très bien, mais je suivis mon instinct et la pris dans mes bras. Elle se tint à moi pendant un moment et je pouvais sentir qu'elle avait besoin de ce soutien. Après cela, Pete l'étreignit également, puis nous nous assîmes.

Un serveur barbu portant un T-shirt faisant la promotion d'une rencontre d'aviron arriva et Pete et moi commandâmes un café tandis que Priya choisit un thé à la camomille. Elle cherchait clairement quelque chose qui l'aiderait à dormir ou du moins qui ne la tiendrait pas éveillée.

Quand le serveur partit, et qu'il ne resta plus que nous trois, je dis :

— Priya, toutes mes condoléances pour Logan.

Elle acquiesça et cligna des yeux rapidement, mais elle ne put empêcher les larmes de couler de ses yeux.

— Je n'arrive pas à y croire. Il allait bien quand nous sommes rentrés de chez toi. Il avait un peu trop bu, mais il n'était pas ivre ou quoi que ce soit. Il plaisantait et avait tellement hâte d'aller sur le lieu de la fouille. Puis, ce matin, il était mort. Je ne sais pas ce que je vais faire.

Elle enfouit sa tête dans ses mains.

— La police a dit que j'étais la dernière personne à l'avoir vu vivant. Pourquoi est-ce que je me sens si coupable ?

Elle leva les yeux comme si nous connaissions la réponse.

— Je me sens coupable, moi aussi. Parce qu'il a pris son dernier repas dans mon appartement.

— Il voulait que je reste pour la nuit, et j'ai refusé.

Elle éclata en sanglots.

— Peut-être que si j'étais restée, il irait bien. Je l'aurais entendu s'étouffer, ou j'aurais remarqué qu'il avait des problèmes, et j'aurais pu appeler à l'aide. Je suis même formée aux premiers secours.

Pete et moi nous échangeâmes un regard. Comment lui dire que nous ne pensions pas qu'elle avait été la dernière personne à le voir vivant ? L'honneur revenait plutôt à son assassin.

Pete s'approcha et prit une de ses mains dans la sienne.

— S'il est parti aussi vite, il n'y a probablement rien que tu aurais pu faire.

Elle renifla et utilisa l'une des serviettes du distributeur sur la table pour se moucher.

— C'est ce que la police a dit.

— La police ? répéta Pete, comme s'il était surpris qu'ils l'aient interrogée.

Elle acquiesça.

— Parce que c'était une mort si soudaine et qu'il était si jeune, et parce que c'est moi qui l'ai trouvé.

Elle s'effondra de nouveau en larmes. Pete se débrouillait à merveille en l'interrogeant gentiment et je le laissai donc faire, en essayant d'ouvrir mes autres sens pour entendre ce qu'elle ne disait pas.

Son corps entier semblait tendu et malheureux. Ce qui faisait parfaitement sens avec son choc et son chagrin. Elle pouvait jouer la comédie, bien sûr, mais elle avait aussi passé le test du hachis Parmentier.

— Que voulait savoir la police ? demanda Pete.

J'eus le sentiment qu'elle était reconnaissante que quelqu'un lui pose ces questions, et lui donne une chance de parler de son expérience dramatique. Il était également évident que Pete et elle, ainsi que Logan, étaient devenus très amis. Je pouvais voir qu'elle lui faisait confiance.

Elle se saisit d'une autre serviette et s'essuya les yeux.

— Ils m'ont demandé comment je l'avais trouvé. Nous avions convenu de nous retrouver pour le petit déjeuner. Il n'est pas venu dans ma chambre comme il l'avait dit, mais je me suis dit qu'il avait la gueule de bois ou qu'il faisait la grasse matinée, alors je suis allée le réveiller. Sa porte était fermée à clé et quand j'ai frappé, il n'a pas répondu. J'ai dû demander au portier de me laisser entrer.

Elle eut l'air embarrassée.

— J'ai dû mentir et dire que j'étais sa petite amie. Mais, quand il n'a pas répondu après que j'ai frappé, j'ai eu un mauvais pressentiment.

Pete me lança un regard et je hochai imperceptiblement la tête. Il se débrouillait très bien pour la faire parler à lui tout seul. Je me disais que la meilleure chose à faire était de rester silencieuse.

— Quand le portier a ouvert la porte, Logan était allongé sur le sol. J'ai d'abord pensé qu'il était tombé du lit, qu'il s'était évanoui ou quelque chose comme ça. Nous l'avons appelé et j'ai secoué son bras, puis il est tombé sur le dos et ses yeux étaient encore ouverts. Je crois que j'ai su tout de suite, mais j'ai vérifié son pouls pour être sûre. Puis le portier a appelé le 999.

— Que portait-il ? demanda Pete.

Bien, c'était la question qui me trottait dans la tête. J'ignorais si Pete était capable de capter mes questions si je me concentrais dessus assez fort, ou s'il suivait le même raisonnement que moi.

Elle sembla légèrement surprise par la question.

— La police aussi me l'a demandé. Il était complètement habillé. Il portait les mêmes vêtements que ceux qu'il avait pour dîner chez toi, répondit-elle en tournant les yeux vers moi.

— Donc il ne s'était pas couché ?

— Je ne sais pas. Il aurait pu se lever tôt et s'habiller avec les mêmes vêtements qu'il portait la veille.

Elle se tourna vers Pete.

— Il le faisait souvent.

— As-tu remarqué quoi que ce soit d'étrange ? demanda Pete. Qui sortirait de l'ordinaire ?

— Tu veux dire, à part un étudiant de vingt-quatre ans mort sur le sol ?

— Désolé, ouais, à part ça.

— Le portier a demandé s'il avait fumé. Évidemment, il est interdit de fumer dans les dortoirs, et de toute façon, Logan ne le faisait pas.

Elle regarda Pete :

— Non ?

— Pas à ma connaissance.

— Je suis sûre que non. Mais le portier avait raison, il y avait une légère odeur de fumée dans l'air. Et une marque de brûlure sur le sol.

Les poils de mon cou se dressèrent si fort qu'on aurait dit des épines de porc-épic.

— Une trace de brûlure ? répétai-je. Tu veux dire comme une brûlure de cigarette ?

Ce qui était merveilleux quand on avait affaire à des archéologues, c'est qu'ils étaient très précis. Ils étaient formés pour différencier, par exemple, le bois pétrifié du charbon de bois, ou les marques de fumée des marques de vraies flammes. À mon avis, elle devait être en train de faire remonter l'image mentale et elle essayait de juger à quoi elle ressemblait exactement.

— Ça ne venait pas d'une cigarette. En fait, ce n'était pas trop une brûlure, mais plutôt une roussissure. Comme si on laissait tomber un morceau de papier brûlant sur un plancher en bois, disons, et qu'il se consumait tout seul. La marque de brûlure avait aussi une drôle de forme, comme une étoile.

Le serveur revint avec notre commande et nous fîmes une pause le temps d'ajouter le sucre et la crème et de remuer nos boissons. Je sirotai le liquide chaud dans la tasse en céramique à bord épais et je pensai aux marques de roussissement en forme d'étoile.

— Est-ce que c'était le même portier qui t'a laissée entrer, quand tu es rentrée hier soir ? demanda Pete.

— Non, c'était un autre. Ce qui est bizarre, parce que le portier de ce matin a dit qu'il était de service à ce moment-là. Il ne trouve pas qui nous a laissés entrer.

Je lançai un regard intense à Pete, qui continua :

— Le portier a-t-il fait une pause ? Ou s'est-il endormi ?

— Tu parles comme la police. Il dit que non, mais, bien sûr, il pourrait l'avoir fait.

— À quoi ressemblait-il, le portier d'hier soir ? questionna alors Pete, qui devait peut-être encore lire dans mes pensées.

Elle haussa les épaules.

— À un portier. Il devait avoir la cinquantaine. Un homme blanc, chauve, d'âge moyen. Il n'y avait rien de remarquable chez lui. Je dirais qu'il était de taille et de corpulence moyennes, et était vêtu d'un uniforme de portier. Je serais incapable de le distinguer dans une foule.

Plus aucune question ne me venait en tête et à mon avis, Pete était dans le même cas.

Nous sirotâmes nos cafés jusqu'à ce que Pete lui demande quels étaient ses projets.

— Tu comptes toujours venir sur la fouille avec nous ?

Elle secoua la tête.

— Honnêtement, je ne sais pas. Ça m'a vraiment secouée.

— Et vous étiez proches tous les deux, n'est-ce pas ?

Ses yeux se remplirent à nouveau de larmes.

— Oui. Enfin, ça ne durait pas depuis longtemps, mais nous étions vraiment enthousiastes à l'idée de faire les fouilles ensemble. Je ne suis pas sûre d'être capable de faire ça seule.

— Eh bien, ne prends pas de décisions hâtives. Accorde-toi quelques jours pour récupérer.

Elle baissa les yeux sur sa montre.

— Il faut que j'appelle mes parents. J'ai juste besoin de parler à quelqu'un qui m'aime.

— Viens, dit Pete. Lucy et moi allons te raccompagner et nous assurer que tu es bien enfermée dans ta chambre, en sécurité.

Elle avait l'air pathétiquement reconnaissante d'avoir été escortée. Et mon affection pour Pete ne fit que grandir pour l'avoir proposé. En rentrant, elle lui dit que les parents de Logan étaient déjà à Oxford. Ils avaient identifié le corps et, dès qu'il leur serait rendu, ils ramèneraient Logan à Glastonbury pour l'enterrer.

Je ressentais tellement de tristesse pour ce jeune homme brillant, parti avant son heure. J'étais déterminée à combattre cette chose avec tout ce que j'avais, non seulement pour moi, et cette pauvre sorcière piégée restée coincée dans le miroir pendant toutes ces années, mais aussi pour Logan.

Après avoir vu Priya confortablement installée et en sécurité dans sa chambre, Pete et moi retournâmes à Harrington Street.

— Qu'en penses-tu ? C'était le portier ?

— Tu veux dire le faux portier ? C'était forcément lui. Ça semble être le génie de cette chose, elle peut se transformer en quelque chose de complètement inoffensif, comme un portier de faculté.

Je repensai à cet homme plus âgé qui avait postulé pour le poste d'assistant. Ned Cruikshank était exactement comme ce portier. Un homme d'âge moyen, sans signe distinctif, de taille et de corpulence moyennes. La seule chose remarquable chez lui avait été son allergie à la laine. J'arrivais à imaginer qu'un sorcier maléfique puisse se faire passer pour un jeune retraité aux manières délicates, mais pourquoi ajouter une allergie à la laine dans une boutique de tricot ? Ça n'avait pas de sens.

Monsieur Cruikshank aussi avait bu la potion révélatrice, sans effet. Franchement, je commençais à me demander si la potion marchait vraiment. Et si, en échange de ma chatte adorée, Margaret m'avait donné un bocal d'eau avec quelques herbes bouillies dedans ? Si c'était le cas, elle m'aurait fait courir plus de risques qu'auparavant.

— Tu es plongée dans tes pensées, dit Pete, à côté de moi.

— Désolée. Je me sens juste tellement confuse. Je ne sais pas vers quoi me tourner. Je ne peux pas rester là à attendre que cet horrible truc maléfique m'attaque. Il doit y avoir un moyen de se lancer à sa poursuite.

— Je t'écoute.

Je réfléchissais. J'arrêtai de marcher et me tournai vers lui.

— De quoi vit-il ? Apparemment, il n'y avait aucune marque sur ce pauvre Logan.

Je pensais, bien sûr, aux vampires et au fait qu'il était évident qu'ils se nourrissaient de leurs victimes en suçant leur sang. Meritamun avait dit que la chose maléfique aspirait le pouvoir et l'esprit de vie des sorcières. Mais comment ? Cela avait-il un rapport avec ces marques de brûlure ?

— Je vais te présenter la seule sorcière qui le connaît vraiment. Elle s'appelle Meritamun et, eh bien, tu verras.

Après avoir jeté un rapide coup d'œil dans la rue pour m'assurer que nous étions seuls, je sortis le miroir de mon sac. Lorsque je touchai le manche, je sentis qu'il était déjà chaud. Quand je l'extirpai du sac, j'eus le souffle coupé. Il émettait déjà une lumière bleue et je n'avais pas encore récité le sort.

Les yeux de Pete s'écarquillèrent et son visage prit une teinte bleutée face au reflet de l'étrange lumière qui émanait du miroir.

— Alors ça, dit-il.

Je fus prise d'une certaine panique.

— Je ne l'ai encore jamais vu faire ça. Avant, j'ai toujours dû réciter cette incantation pour qu'il prenne vie. Que penses-tu que cela signifie ?

Il me regarda, déconcerté au plus haut point.

— Je ne sais pas. Je n'avais jamais vu ce miroir auparavant. Il a l'air vieux.

C'est vrai, je n'avais pas les idées claires. J'expliquai brièvement l'histoire du miroir, telle que je la connaissais. Je ne pouvais pas prendre le risque que nous soyons vus par un éventuel promeneur nocturne, alors je tirai Pete derrière le mur du Jesus College, et nous coinçai derrière un arbre où, avec un peu de chance, nous serions à l'abri des regards. Je ne savais pas quoi faire et j'étais heureuse d'avoir un sorcier avec qui en discuter.

— Tu penses que si je récite l'incantation maintenant, elle apparaîtra quand même ?

Il avait l'air dubitatif.

— Si cette chose se déclenche déjà toute seule, je doute qu'activer plus de magie soit une bonne idée. Peut-être qu'il utilise ce personnage de Meritamun comme un autre leurre, et si tu lis ces mots, ce ne sera pas une gentille jeune fille égyptienne que tu conjureras, ce sera le monstre le plus effrayant que tu n'aies jamais vu sortir de ce miroir et t'attaquer.

— Alors c'est non, dis-je.

Le sarcasme était ma dernière défense quand j'étais terrifiée.

CHAPITRE 16

*P*ete était incapable de détacher son regard de la vive lumière bleue qui sortait du miroir antique.

— Si j'ai le droit de voter, alors je dis « non ».

J'entendis des pas s'approcher dans notre direction et je remis rapidement le miroir dans le sac, en tenant toujours le manche au cas où j'en aurais besoin. Je me retournai, prête à attaquer. Pete était tout aussi vigilant et se retourna au même moment. Les pas ralentirent à mesure qu'ils se rapprochaient de nous, puis Alfred et Christopher Weaver passèrent, lentement, jetèrent un regard dans notre direction, puis continuèrent comme s'ils n'étaient que deux vieux amis rentrant chez eux après une nuit au pub.

Je baissai ma garde, avec un petit soupir de soulagement. Pete toisa les deux un moment de plus, avant de faire de même. Nous pouvions entendre des bribes de leur conversation pendant qu'ils passaient. Quelque chose à propos d'équipes de football rivales et d'une série éliminatoire. Je soupçonnais que l'entièreté de leur conversation était fictive, un peu comme un travail d'acteur, mais ils étaient doués. Je supposais que ceux qui étaient particulièrement différents et qui essayaient de se fondre dans la société étaient très doués pour jouer un rôle.

Pourtant, je ne me détendis pas. Pourquoi le miroir était-il encore chaud dans ma main ? J'étais presque certaine que si je jetais un œil dans le sac en cuir, je verrais la lumière bleue qui scintillait toujours. Essayait-elle de me dire quelque chose ? Ou Pete avait-il raison et le miroir était en lui-même une menace ?

Nous revînmes sur la route tranquille et continuâmes à marcher. Les deux vampires avaient disparu, mais je savais qu'ils n'étaient pas loin. Alors que Pete et moi descendions la rue Harrington, en direction de l'immeuble où se trouvait ma boutique, je ressentis que tous deux nous redoublions de vigilance. Une personne à l'allure étrange se tenait debout, occupée à regarder par la fenêtre de la boutique de souvenirs, deux portes plus bas que celle de *Tricotti Tricotta*. C'était une femme, et quelque chose dans sa posture me semblait vaguement familier. Elle était vêtue d'un long vêtement noir qui ressemblait presque à une cape. Un grand capuchon était posé sur sa tête et cachait son visage. Elle portait un panier couvert, un peu comme le petit chaperon rouge, mais avec une cape noire. Alors que nous nous rapprochions, je pus entendre des sons étranges provenant du panier.

On aurait dit qu'un animal sauvage était piégé là-dedans. Il grognait, crachait, puis miaulait. J'accélérai en pensant reconnaître ce miaulement.

— Qu'est-ce qui se passe ? me demanda Pete à voix basse en allongeant le pas pour me suivre.

Je marchais si vite que je faisais presque du jogging.

— Je crois que c'est ma chatte.

Oh, pitié, faites que ce soit Nyx. Comme si le chat pouvait sentir mon approche, il commença à miauler plus fort et d'un air plus plaintif. Au son de nos pas pressés, la silhouette en manteau noir se tourna vers nous. Mais celle qui tenait le panier ne bougea ni ne parla jusqu'à ce que je sois tout près.

— Margaret ? demandai-je.

La silhouette avait la bonne taille et la bonne corpulence générale, mais enfin pourquoi cachait-elle son visage ?

— Sois prudente, m'avertit Pete.

Je savais qu'il avait raison. Je devais être tout particulièrement méfiante étant donné que je n'avais aucun moyen d'identifier le chat et que la silhouette ne s'était pas identifiée elle-même.

Le miroir se réchauffait dans ma main.

Mon cœur battait la chamade, mais ça devait en partie être à cause de l'anticipation de l'espoir d'être réunie avec Nyx, ainsi que de l'excitation nerveuse provoquée par les actions étranges du miroir.

Je ralentis et commençai à m'approcher plus lentement. Puis la silhouette poussa le panier vers moi et dit d'une voix que je reconnus comme étant celle de Margaret :

— C'est toi, Lucy ? Prends cette satanée chatte et ne la laisse plus jamais s'approcher de moi.

Elle détacha le panier en osier, ouvrit le couvercle et Nyx bondit alors dans mes bras.

— Nyx, m'exclamai-je en berçant ma chatte contre moi.

Je commençais déjà à me sentir mieux. Nyx était un élément important de mon équipe, et je ne pouvais pas aller au combat sans elle.

J'étais cependant curieuse de savoir pourquoi Margaret

l'avait exigée comme paiement et semblait maintenant si agacée de l'avoir gardée.

Margaret émit un son, un peu comme Nyx l'avait fait lorsqu'elle crachait furieusement dans le panier.

— Oh, maintenant elle ronronne ! Regarde un peu cette créature, blottie contre toi comme si elle était la chatte la plus douce au monde. Tu as intérêt à avoir un sort pour soigner ça ou je te jette un maléfice.

Après avoir craché ces mots furieux, elle rabattit sa capuche et, avec un souffle d'étonnement, je compris pourquoi elle était si énervée. Son visage était généreusement parsemé d'égratignures et chacune d'entre elles avait éclaté en une série d'horribles verrues et de furoncles. Ma préférée était la verrue particulièrement bulbeuse sur le bout de son nez légèrement pointu. Je chatouillai Nyx sous le menton, l'un de ses endroits préférés, pour lui faire savoir à quel point j'approuvais ses actions.

J'avais envie de dire à Margaret Twig que cela lui servirait peut-être de leçon sur le fait de ne pas voler le familier d'une autre sorcière, mais je devais garder à l'esprit qu'elle n'était pas seulement une sorcière très puissante, mais qu'elle m'avait donné la potion révélatrice, en supposant qu'elle fonctionnait, et qu'elle m'avait aidée avec le sort. J'essayai d'être compatissante.

— Je vais regarder dans mon grimoire familial. Je dois bien avoir une sorte de sort qui marchera.

Puis je la regardai à nouveau.

— Mais vous êtes une sorcière bien plus puissante que moi. Vous ne pourriez pas vous guérir vous-même ?

Elle pointa un doigt vers Nyx et je vis qu'il était tellement couvert de verrues et de furoncles qu'elle était incapable de le redresser. Son doigt était crochu et avait l'air hideux.

— Cette petite vermine est plus puissante que moi. En fait, je pense que c'est le diable en personne.

Rien ne pouvait moins ressembler au diable que l'adorable chatte noire qui ronronnait de satisfaction dans mes bras. Elle était élancée et chaude, à mi-chemin entre le chaton et le chat.

— Nyx, tu es à la maison maintenant, lui dis-je. Peux-tu m'aider à guérir Margaret ? Elle a promis de ne plus jamais t'emmener.

La chatte ferma à moitié ses yeux verts et j'aurais juré qu'elle lançait un regard noir à Margaret. Puis Nyx se tourna vers moi et lécha ma main avec sa langue râpeuse. Alors qu'elle me regardait, soudain, je sus exactement ce que je devais faire. Je récitai les mots d'un sort simple pour la guérison des maladies de peau que j'avais trouvé dans mon grimoire.

Cela avait fonctionné lorsque j'avais chassé un bouton particulièrement ennuyeux. Peut-être que ça marcherait sur une malédiction de furoncles et de verrues. Je n'étais pas sûre de me souvenir exactement des mots, mais j'avais découvert qu'en magie, une grande partie du pouvoir résidait dans l'intention et la façon de se concentrer. Je regardai le visage très abîmé de Margaret et, après m'être autorisée à apprécier la vue une seconde de plus, je concentrai toute mon attention pour imaginer une peau lisse sur son visage et ses mains.

Cette imperfection est douloureuse à voir,
Douceur de la peau, qu'elle se fasse apercevoir.
Ainsi je dis, ainsi vienne mon pouvoir.

Tout en prononçant ces rimes simples, je m'avançai et touchai de mes doigts, encore humides de l'endroit où Nyx les avait léchés, les marques sur le visage de Margaret. Elles disparurent immédiatement. Seules restaient les éraflures les plus légères qui s'estompaient à mesure que je regardais. C'était comme de la magie !

— Au tour de ses mains, dis-je à Nyx d'un ton ferme mais en caressant son ventre avec mon autre main pour qu'elle sache que c'était juste pour le spectacle.

Nyx obéit en léchant à nouveau mes doigts et je touchai les deux mains de Margaret.

— Ça devrait suffire, dis-je.

Je n'étais pas certaine qu'elle me croyait, mais elle se mit à fouiller dans un sac à main plutôt volumineux et en retira un miroir compact, qu'elle utilisa pour regarder son visage. Elle inclina ce dernier dans un sens puis dans l'autre, puis retira la capuche de sa tête. Elle n'avait pas l'air très reconnaissante.

— Il y a encore des égratignures sur mon visage.

Je pensais qu'un « merci » aurait été une réponse plus appropriée, mais après, je n'avais jamais vécu avec des verrues et des furoncles partout sur mon visage et mes mains pendant plusieurs jours. Je l'observai attentivement.

— Elles s'estompent minute après minute. Si elles ne sont pas complètement parties d'ici demain, revenez et je ferai un autre traitement.

Elle renifla, visiblement agacée de recevoir des instructions d'une sorcière beaucoup plus jeune et moins expérimentée, mais elle devait savoir, comme moi, que la magie venait, non pas de moi, mais de Nyx. Finalement, après avoir lancé un regard furieux à la chatte, elle hocha la tête.

Puis, comme si elle voyait Pete pour la première fois, elle claqua des doigts.

— Et tu ferais mieux de jeter un sort d'oubli sur celui-là.

— C'est l'un des nôtres, expliquai-je.

Pete acquiesça.

— Margaret Twig. Vous êtes venue à Sydney pour donner un atelier sur les herbes médicinales. C'était très impressionnant, d'ailleurs. Je pense que nous avons tous beaucoup appris ce soir-là.

J'eus l'impression que la soirée de Margaret était soudainement en train de s'améliorer. Elle regarda Pete, puis baissa le menton et flirta avec son regard.

— Merci. Il y a des sorciers très accomplis par chez vous.

Maintenant qu'elle s'était calmée et que j'avais récupéré ma chatte, je me sentais mieux disposée envers Margaret. J'étais également curieuse de savoir si elle avait ressenti l'étrange changement d'énergie dans l'atmosphère.

— Avez-vous ressenti une énergie bizarre ce soir ?

Elle tourna les yeux vers moi, sèchement.

— Je pensais que c'était juste ma propre colère qui se reflétait sur moi à cause de ce que ce scélérat à fourrure avait fait à mon visage.

— Est-ce que vous la ressentez toujours ?

Elle inspira, puis expira, lentement, et ferma les yeux. J'avais retrouvé Nyx et j'étais à quelques mètres de ma maison, où je me sentais en sécurité, et pourtant j'étais toujours consciente de l'odeur du danger et du crépitement de l'énergie négative dans l'air. C'était difficile à expliquer, comme un léger parfum auquel on s'habitue, mais si on s'arrête pour le sentir, on s'aperçoit qu'il est là.

Elle ouvrit les yeux et acquiesça.

— Il y a quelque chose.

Elle me regarda attentivement.

— Tu n'es pas morte, à ce que je vois. Mais je suppose que tu n'as pas vaincu le sorcier maléfique qui te traque. La potion révélatrice n'a pas fonctionné ?

— Eh bien, elle n'a pas révélé de monstre, si c'est ce que vous voulez dire. Mais j'ai supposé que puisque ceux qui l'avaient consommée ne s'étaient pas transformés en un truc mauvais, c'est qu'il n'y avait probablement rien à craindre d'eux.

Elle haussa les épaules.

— À moins que l'ennemi soit assez puissant pour neutraliser le sort.

C'était maintenant qu'elle me disait que c'était une possibilité ? J'avais envie de la griffer moi-même et de la maudire avec une nouvelle dose de furoncles et de verrues.

— Vous voulez dire que ça pourrait ne pas marcher ?

Sa cape flotta au vent et elle haussa les épaules.

— C'est une très faible possibilité.

J'en avais assez de cette sorcière et de son attitude condescendante.

— Je vais rentrer à l'intérieur. Ma mère a été seule toute la soirée et, la connaissant, elle a probablement oublié de manger. Je vous inviterais bien à entrer, mais elle ne croit pas aux sorcières.

— Grands dieux. Du sang de sorcière coule en elle, fort et véritable, c'est très triste de renier sa vraie nature.

— Les gens n'arrêtent pas de dire ça, mais je n'en suis pas si sûre. Je ne pense vraiment pas que Maman soit une sorcière.

— Balivernes. C'est pour ça que ta magie est si puissante.

Elle a refusé la sienne, et il fallait bien qu'elle aille quelque part, donc elle est venue à toi.

Je n'aimais pas beaucoup ça.

— Vous voulez dire que je suis une sorte de double sorcière ? demandai-je.

— Tu es une super sorcière, tu as été surdimensionnée, répondit Pete.

Je secouai la tête à leur intention à tous les deux.

— Passez une bonne soirée, vous deux, je rentre me coucher.

— Attends, dit Pete. Je viens avec toi. Je veux m'assurer qu'il n'y a aucun danger, et ensuite je rentrerai chez moi.

Il lança un regard effronté à Margaret avant d'ajouter :

— Ta mère m'aime bien.

J'avais Nyx maintenant, donc je n'avais pas vraiment besoin de lui, mais il avait été si gentil avec moi que je n'avais pas le cœur de lui dire de ne pas entrer. J'acquiesçai et entrepris d'avancer vers ma boutique.

— Attendez, dit Margaret en se précipitant pour nous rattraper. Avec cette drôle d'énergie dans l'air, je pense que tu as besoin de toute l'aide possible. Je viens aussi.

— D'accord, dis-je à nouveau. Mais, souvenez-vous, vous êtes juste une amie que j'ai rencontrée à Oxford.

— Tu peux lui dire que je suis ta baby-sitter, dit-elle en tendant la main pour tapoter la tête de Nyx.

Nyx cracha et lui donna un coup de patte, griffes sorties.

— Ouais, ça elle y croirait.

CHAPITRE 17

*N*ous arrivâmes à la boutique de tricot et, bien que le store soit fermé, je pouvais apercevoir une faible lumière à l'intérieur. J'aurais bien fait le tour de la maison pour entrer par l'arrière, mais comme j'avais visiblement laissé une lampe allumée, je décidai de passer par la boutique.

Je déverrouillai la porte et, ce faisant, je remarquai que quelque chose de vraiment très étrange était en train de se passer avec le miroir dans mon sac. Il se mettait à fredonner. Je lançai un regard aux autres pour voir s'ils pouvaient l'entendre, mais ils étaient occupés à discuter de connaissances communes en Australie. C'était un fredonnement si faible que je me demandais s'ils auraient même pu l'entendre. Je jetai un nouveau coup d'œil dans la rue sombre. J'allais être si heureuse lorsque je serais en sécurité à l'intérieur, et que je passerais le reste de la soirée avec ma mère, consciente que j'avais tout un tas de protecteurs près de moi. Mais bien que je sache qu'on pouvait faire confiance aux vampires en la présence de la plupart des humains, je me doutais qu'ils ne seraient que trop heureux de laisser leurs instincts de mort et de destruction prendre le dessus s'il y avait un véritable monstre à vaincre. J'ouvris la porte du magasin et entrai. À ma grande surprise, mon assistante était assise sur une chaise, en train de crocheter à un rythme rapide une de ses petites poupées. Elle portait une robe manteau violette qui mettait en valeur le gris argenté de ses cheveux. Son rouge à lèvres rose était fraîchement appliqué. En fait, elle avait l'air d'être prête pour le début de la journée de travail, alors qu'il était presque l'heure de se coucher.

— Eileen, dis-je, surprise.

Elle se leva et me sourit.

— Bonsoir, Lucy. Vous rentrez plutôt tard. Vous étiez occupée à faire le tapin dehors, j'imagine. Votre mère commençait à s'inquiéter.

Faire le tapin ? Je l'avais bien entendue ? Alors que je la fixais, me demandant si je devais la réprimander pour avoir critiqué mon comportement personnel, ou simplement lui demander pourquoi elle était là, je remarquai quelque chose de très particulier. Le contour de sa silhouette s'était mis à trembler.

Le fredonnement du miroir s'amplifia et je le serrai plus fort dans ma main. *Oh, non !* Pas Eileen. Pas mon assistante de confiance. Mais je n'aimais pas son regard, ni le fait qu'elle ait parlé de Maman.

— Comment ça, ma mère s'inquiète pour moi ?

Mon cœur battait à une vitesse inconfortable et j'étais sincèrement heureuse d'avoir Pete et Margaret en renfort.

Nyx émit un bruit que je ne l'avais jamais entendu faire

auparavant. Elle grognait, du fond de sa gorge. Presque en accord avec le fredonnement provenant du miroir.

Puis, de la pièce du fond, j'entendis une voix qui était indubitablement celle de ma mère.

— Lucy, fuis ! cria-t-elle.

Je jetai un œil en arrière, vers la porte encore ouverte, non pas pour courir mais pour m'assurer que Pete et Margaret étaient derrière moi. J'étais sincèrement soulagée qu'ils aient décidé de venir avec moi, car j'étais certaine que j'allais avoir besoin de toute l'aide possible. Mais, à ma grande horreur, je vis qu'ils étaient tous les deux de l'autre côté de la porte de la boutique. Ils avaient la bouche ouverte et semblaient parler, ou plutôt crier, en tapant du poing sur ce qui n'apparaissait n'être que de l'air.

— Je pense qu'il est temps que tes amis rentrent chez eux, dit Eileen, toujours sur ce ton agréable de grand-mère.

Puis, en agitant son crochet comme une baguette et en marmonnant quelque chose dans une langue que je n'avais jamais entendue, elle leur fit claquer la porte au nez.

Nul doute que Margaret avait un sort tout aussi puissant. Je devais croire que Pete et elle parviendraient à entrer, mais en attendant, il fallait que je découvre ce qui se passait avec ma mère.

Je me dirigeai vers l'arrière et Eileen ne m'arrêta pas. En fait, elle me suivit, ses chaussures orthopédiques tapant sur le parquet.

Je tirai le rideau et Maman était là.

Elle était assise sur l'une des chaises de la pièce du fond. Elle était toujours vêtue du même pantalon noir et du même pull bleu qu'elle portait dans l'après-midi. Elle ressemblait à l'un des tricoteurs vampires qui étaient venus plus tôt. Sauf que ses bras semblaient être attachés derrière son dos et qu'elle était incapable de se lever du siège. Maintenant que je regardais, je pouvais voir que ses chevilles étaient liées aux pieds de la chaise avec une corde rugueuse. Elle était également entravée à la taille. Ses yeux étaient vitreux à cause du choc.

— Maman ! hurlai-je en courant vers elle.

Je posai Nyx afin d'avoir les mains libres pour la détacher. Mais avant que je sois assez proche pour la toucher, une explosion de feu s'embrasa sur mon chemin. C'était si choquant, et si inattendu, que je criai et bondis en arrière. Ce n'était pas une illusion pyrotechnique de fausses flammes. Je sentis la chaleur et, à mon grand étonnement, j'entendis le craquement du plancher en bois de ma boutique qui prenait feu et éclatait. Je pouvais voir Maman, de l'autre côté du mur de flammes, se débattre sur sa chaise. J'étais terrifiée à l'idée qu'elle la renverse et que la chaise en bois brûle.

Je ne connaissais pas le sort pour éteindre un feu, je n'étais qu'un bébé, une sorcière en herbe, mais ma mère était de l'autre côté de cette flamme. Il fallait que je me concentre. C'était tout ce à quoi je pouvais penser. Je me souvins que ma grand-mère m'avait dit que la force d'une sorcière venait du monde naturel, des éléments, et qu'elle pouvait utiliser leur force comme la sienne. J'imaginai que j'étais de l'eau fraîche. Je me visualisai une cascade. Je me remémorai le voyage en famille que nous avions fait dans le Maine, un été. Maman, Papa et moi. Un jour, nous avions fait une promenade et un pique-nique près d'une chute d'eau. Ce n'était pas une chute particulièrement spectaculaire, mais je me souvenais de mes parents se tenant la main, l'air si heureux, et de ce que j'avais ressenti dans la nature. Je puisai dans tout cela. L'amour et le soutien des personnes que j'aimais, le sentiment de ne faire qu'un avec la nature, puis je concentrai toute mon attention sur le souvenir de cette cascade. Je commençai à avoir des frissons, comme lorsque l'un des vampires me touchait.

— Éteins le feu, dis-je à voix haute.

Ce n'était pas un sort quelconque, il n'y avait pas de rime, pas d'incantation magique, mais aucun mot prononcé par une sorcière n'aurait pu être plus sincère.

Je regardai Nyx, qui s'approcha gentiment, et je pris la chatte dans mes bras en imaginant la cascade déversant de l'eau sur le feu. Ce dernier s'atténua, et les flammes baissèrent jusqu'à ce qu'elles ne s'élèvent plus qu'à deux ou trois centimètres du sol, mais elles brûlaient toujours.

— Éteins le feu, dis-je à nouveau en tenant le petit corps chaud de Nyx contre le mien, tandis que maintenant nous regardions toutes les deux les flammes.

Et, ensuite, comme si quelqu'un avait utilisé un interrupteur, la flamme disparut simplement.

Je posai la chatte et courus une fois de plus vers ma mère. Lorsque mon pied toucha l'endroit brûlé où s'était trouvé le feu, je poussai un cri et tombai en arrière. La douleur avait traversé mon pied et remonté le long de ma jambe. Je n'avais jamais touché une clôture électrique, mais je savais instinctivement que c'était ce qu'elle avait fait. Elle avait érigé une clôture électrique invisible entre Maman et moi.

Je tournai la tête, et Eileen se trouvait là, debout dans l'embrasure de la porte, ses mains posées sur son large ventre. Elle secoua la tête.

— Utilise ton intelligence, ma chère. Je ne vais pas te laisser franchir ce cercle.

— Ça ne sert à rien de faire du mal à ma mère. Elle n'est pas une sorcière.

La créature, car je ne pouvais même plus penser à elle comme à Eileen, mon assistante si serviable, tira une autre des chaises en bois vers elle et s'assit confortablement dessus, puis reprit son crochet. Elle était entre moi et la porte qui donnait sur l'entrée de la boutique.

— Bien sûr que ta mère est une sorcière. Elle est simplement profondément dans le déni. Mais une fois que tu seras partie, qui peut dire qu'elle ne va pas soudainement embrasser ses pouvoirs intérieurs ? Et le désir de vengeance est une force puissante. Non, ce serait trop ennuyeux de devoir revenir et de se débarrasser d'une autre d'entre vous. En plus, ce sera amusant de te laisser regarder ta mère mourir.

Elle était en train de coudre des boutons d'yeux sur une de ses poupées au crochet. Pendant qu'elle semblait se concentrer sur son travail, je sortis le miroir de mon sac et, le pointant vers elle, je commençai à réciter le sort que Margaret m'avait donné. Eileen ne leva pas les yeux de son travail.

Je n'avais prononcé que quelques mots lorsqu'elle prit l'aiguille qu'elle utilisait pour coudre les boutons et la planta très calmement dans le poignet de la poupée. Je criai en sentant la terrible douleur traverser mon propre poignet et le miroir s'écrasa sur le sol. Lorsque je baissai les yeux, je vis du sang couler de cette partie du corps, exactement comme si une épingle m'avait poignardée à cet endroit.

— Tu commences à m'ennuyer.

La créature pouvait sembler désinvolte, mais j'imaginais qu'une grande quantité d'énergie devait être dépensée pour maintenir la barrière du périmètre qui empêchait Margaret et Pete d'entrer. Ensuite, elle avait provoqué l'incendie et m'avait poignardée. Je dis cela uniquement parce que je remarquais que la créature avait du mal à maintenir l'image d'Eileen. Non seulement elle vacillait toujours sur les bords, mais le visage d'Eileen commençait à changer, à se déformer.

Quoi qu'il y ait en dessous, c'était horrible. J'entrevis quelque chose de squelettique, aux yeux creux, avec des flammes qui s'élevaient dans les orbites vides. La créature sembla se remettre dans la peau d'Eileen, mais je me demandais combien d'énergie il lui fallait pour maintenir tous ces sorts puissants en même temps. J'espérais que ce serait une grande quantité.

Margaret allait faire tout son possible pour briser le sort qui l'empêchait d'entrer, je le savais. Pete devait sans aucun doute être en train de l'aider, bien que, d'après le bruit des coups, je soupçonnais qu'il était plus intéressé par la force physique humaine pour le moment. Il laissait la magie à Margaret.

Mais où était Rafe ? Et les autres vampires ? Ils avaient dû entendre les cris.

Je remarquai que la trappe était verrouillée de mon côté. Et si je pouvais l'ouvrir ? Et si ce sort de périmètre ne fonctionnait que sur les bords de ma boutique et de ma maison, pas au-dessus ou en dessous ?

Je tournai les yeux vers Nyx, la seule créature magique qui était à la fois à l'intérieur et mon alliée. La chatte avait battu en retraite et avait sauté sur la table où nous gardions les ustensiles pour le thé. Elle était couchée, comme un sphinx, les pattes en avant et la tête en l'air. À cet instant, et dans cette pose, elle avait l'air aussi royale et dangereuse

228

qu'une déesse des chats. Elle semblait attendre son heure. Que pouvait-elle faire d'autre ?

Choquée, ma mère avait encore les yeux vitreux, mais semblait indemne. Je me dis qu'elle avait peut-être vu la créature et que l'horreur l'avait figée sur cette chaise. Elle ne se débattait même pas contre ses liens. Presque comme si elle acceptait d'être sacrifiée et était déterminée à partir avec dignité.

Mais je ne comptais pas partir avec dignité, moi, et je n'avais pas non plus l'intention de laisser ma mère partir. Pas sans chaque once d'esprit combatif que je pouvais rassembler.

Voir Nyx assise à côté du service à thé me donna une idée.

— Eileen, pourquoi je ne nous ferais pas une bonne tasse de thé, et nous pourrions en discuter ? proposai-je.

La créature ressemblait de nouveau complètement à Eileen. Sa voix était aussi douce que d'habitude.

— Si tu veux, ma chère. Il n'y a pas d'urgence. Je ne peux pas partir avant le retour de ton père.

Oh mon Dieu, pas mon père.

— Laisse-le en dehors de ça, lui dis-je. Il est complètement mortel, tu le sais.

— Bien sûr que oui. Mais je ne veux pas de témoins gênants. Je suis navrée de te le dire, mais ce sera un incendie particulièrement tragique. Avec toute cette laine et ces modèles en papier, et le vieux bois de charpente au cœur de la maison, ce sera une véritable déflagration.

Elle prononça le mot avec délectation.

— Il n'y aura aucun signe d'acte criminel. Ce ne sera rien de plus qu'un autre tragique accident. Ça arrive tous les jours.

Désormais, j'étais prise de panique. Si seulement j'arrivais à penser clairement. Il fallait que je garde le contrôle de mes émotions. Je devais conserver mon énergie, mon pouvoir, et réfléchir. Elle me laissa mettre la bouilloire en marche et j'entrechoquai les tasses pour qu'elle pense que mes mains tremblaient. En réalité, elles étaient remarquablement immobiles. Je pouvais sentir un calme froid en moi. Je ne pouvais pas l'expliquer, mais j'eus soudain l'impression de puiser mon énergie à d'autres sources que moi-même. Je regardai ma mère, qui me fixait avec une expression des plus curieuses sur le visage et je me dis, non, je pris conscience, qu'elle embrassait en cet instant son pouvoir de sorcière, et je soupçonnais qu'elle le libérait. Je fermai les yeux et laissai nos pouvoirs s'unir. Nyx cogna sa tête contre mes articulations, où je m'appuyais contre la table, et oui, je sentis son pouvoir, à elle aussi. Et je le sentis venir de Margaret, et de Pete, et du réseau dans lequel ils puisaient. Toutes les sorcières passées et présentes d'Oxford semblaient me murmurer à l'oreille. *Tu n'es pas seule.*

L'eau commença à bouillir. Je sortis discrètement le flacon de potion révélatrice de mon sac. Je ne pris pas la peine de l'intégrer au thé, je la versai directement dans la tasse, puis la recouvris d'eau bouillante. Puis, je m'approchai comme pour offrir une tasse de thé à Eileen, et jetai le liquide sur elle.

Elle sursauta et se tordit en criant, mais plus de rage que de douleur. Et je regrettai alors presque de l'avoir aspergée de la potion révélatrice, car elle était puissante. Avec horreur, je contemplai la façade d'Eileen tomber en suivant les traces d'éclaboussure du sort de révélation. Un bras était toujours couvert de son manteau violet, et une partie de sa poitrine était toujours là sous la forme que j'avais connue sous le nom d'Eileen. Le plus gros de son visage et de ses cheveux restèrent intacts, mais ce qu'il y avait en dessous ressemblait à un squelette vivant palpitant de feu et de la plus atroce des substances maladives qui apparaissait liquide.

La chose maléfique me jeta un regard furieux.

— Ce n'était pas très sage.

— Va-t'en, et laisse-nous tranquilles.

J'avais l'air d'une adolescente effrayée dans un film d'horreur. C'est à peu près ce que j'avais l'impression d'être.

La créature, mi-Eileen, mi-monstre, ricana.

— Comment allons-nous donc nous débarrasser de Maman ? J'aime que la mort soit adaptée à la victime. Cet ignoble jeune sorcier, Logan, avait le cœur brisé par cette jeune femme ennuyeuse, l'étudiante en archéologie. Quand ils se sont dit au revoir, il lui a dit : « Tu me donnes l'impression que mon cœur va exploser. » C'était une fin appropriée pour lui.

Le rire était à la fois celui d'Eileen et celui de quelque chose de surnaturel. Le son du mal.

— Quand ils feront l'autopsie, c'est ce qu'ils trouveront. Ils diront que c'est un anévrisme, ce qui est assez courant dans les cas de mort mystérieuse chez les jeunes. Mais en réalité, son cœur a explosé. J'appelle ça la justice poétique, pas toi ?

Elle tendit la poupée qu'elle venait de terminer et en sortit une autre de son sac à tricot. Je pouvais voir, maintenant, que la deuxième poupée avait des cheveux faits de laine noire avec deux brins de laine blanche intercalés. Je me souvins de la façon dont elle avait plongé une aiguille dans la deuxième poupée et la douleur que j'avais ressentie. Je réalisais maintenant que cette poupée avait de la laine jaune collée à sa tête.

— Non, chuchotai-je.

Comment avais-je pu être aussi bête ? Elle les avait même appelées des marionnettes devant moi, et j'avais supposé qu'elle utilisait ce terme pour désigner une petite créature adorable, en faisant surtout référence à ses petits-enfants. Bien sûr, les marionnettes étaient aussi des sortes de poupées vaudou, la représentation d'une personne, et quand on faisait du mal à cette poupée, la victime humaine le ressentait.

La chose me sourit – un sourire effroyable – et une flamme jaillit d'entre ses lèvres.

— Tu as été remarquablement stupide, mais tu comprends enfin.

— J'avais confiance en toi.

Elle gloussa à nouveau. Ravie de ma naïveté.

— La fin parfaite pour une sorcière qui tient une boutique de tricot devrait être la mort par la laine et les aiguilles, tu ne crois pas ?

C'était horrible d'entendre cette voix douce de femme âgée émerger de cette vision mi-humaine mi-horrifique. J'aurais préféré ne pas avoir jeté la potion révélatrice dessus, maintenant que c'était si hideux à regarder que je pouvais à peine le supporter.

Je ne dis rien. Je n'avais aucune idée de comment l'atteindre, et je me doutais que si j'essayais de la raisonner, je ne ferais qu'empirer les choses. La créature leva les doigts de sa main à l'apparence encore presque humaine et tira sur la laine noire et blanche, comme pour la tester, en la serrant contre la poupée. Ma mère cria, ses cheveux se dressèrent et semblèrent la tirer vers le haut et hors de la chaise, mais la corde autour de sa taille la maintenait au sol. Je pouvais voir la peau de son front se tendre, puis la créature la lâcha et elle s'affaissa sur la chaise.

— Je pourrais simplement brûler la poupée, mais ce serait si rapide, et si évident, dit-elle. Elle finira par brûler, bien sûr, mais il n'y a pas de quoi se presser.

— Il doit bien y avoir quelque chose que je puisse faire, lui dis-je à travers des lèvres sèches. Quelque chose que tu veux.

Elle gloussa de nouveau.

— C'est ça, que je veux.

Elle posa son regard sur sa poupée, puis sur moi, et enfin sur Maman.

— Je vais la détricoter, tout simplement. Ça devrait être amusant.

Fais quelque chose, me dis-je à moi-même.

Je me levai et courus vers la créature, en pensant que si je me déplaçais assez vite, je pourrais lui arracher la poupée, mais je fus projetée en arrière par la décharge électrique avant d'atterrir à un mètre d'elle. La force me projeta contre le mur et je glissai sur le sol. Mes pieds heurtèrent le tapis qui recouvrait la trappe.

Je pouvais les sentir en bas, j'en étais sûre. Dans le coin de la pièce se trouvait le panier que j'avais apporté la toute première fois que nous avions tenu une réunion du club des vampires tricoteurs. Il contenait encore de l'eau bénite, et les aiguilles à tricoter en bois. Celles qui étaient spéciales étaient extra tranchantes et en bois façonné. Je me retournai et rampai, à quatre pattes, utilisant l'attaque comme excuse pour m'approcher du panier. Je tendis le bras et à mon grand soulagement, les aiguilles à tricoter étaient toujours là. J'en pris une.

Les baguettes de tricot étaient en réalité davantage des baguettes magiques, un moyen de concentrer la puissance du sort. Je prononçai les mots servant à ouvrir une porte verrouillée et pointai ma baguette vers la trappe. J'entendis le déclic quand elle s'ouvrit, puis j'attendis.

La créature n'avait même pas remarqué, trop occupée à tourmenter ma mère. Elle avait fait un nœud à la base même de son ouvrage, et celui-ci avait été noué sous la plante des pieds de la poupée.

— Nous allons commencer par le bas, et remonter. Comme ça, ta mère pourra assister à sa propre mort. Tout le monde n'a pas cette chance.

Puis elle se saisit du bout de laine non noué et commença à tirer.

Alors que les mailles s'effilochaient, Maman cria et commença à se tortiller.

Ses pieds disparurent.

CHAPITRE 18

*L*e tapis bougea puis, à mon grand soulagement, Rafe, Alfred et Christopher Weaver surgirent dans la pièce. La créature se leva et poussa un cri hideux tandis que, hargneux, pâles et assoiffés de sang, les vampires avançaient.

Ils crièrent et tombèrent en arrière lorsqu'ils franchirent le champ de force électrique, mais ce moment d'inattention fut tout ce dont j'avais besoin. J'attrapai le miroir. Il était lumineux et fredonnait à nouveau, et alors que je récitais le sort que Margaret m'avait donné, je sentis le pouvoir m'envahir et me traverser de part en part. Je me frayai un chemin à travers les vampires et tins le miroir devant les yeux terrifiants de la créature.

— Détournez le regard ! criai-je à mes amis en fermant mes propres yeux et en baissant la tête.

Lorsque le plein impact du mal se heurta à son propre reflet, une terrible explosion retentit. Je ne fus plus en mesure de tenir le miroir. Il me fut arraché des mains. Derrière mes paupières fermées, je pus voir la lueur d'un grand feu, puis elle disparut et j'ouvris les yeux.

Il n'y avait plus rien sur le sol, mis à part un tas de braises fumantes. Rafe se précipita et tapa dessus, séparant les charbons ardents d'un coup de pied. Pete et Margaret arrivèrent en courant, et Pete entreprit immédiatement d'aider Rafe en piétinant et écartant les braises encore en flammes jusqu'à ce qu'elles ne soient plus que des cendres éteintes.

Pendant qu'ils faisaient cela, je me précipitai vers ma mère. Je tâtonnai les nœuds avec des doigts tremblants jusqu'à ce que Margaret, dont l'esprit était meilleur que le mien, lança un sort de liberté et détacha immédiatement ma mère.

Mais cette dernière ne pouvait pas se lever de la chaise, car elle n'avait plus de pieds.

Il n'y avait pas de sang ou de blessures évidentes. C'était comme si quelqu'un avait pris une gomme sur une photo de Maman et avait simplement effacé ses pieds et une de ses chevilles.

Je tournai les yeux vers Margaret.

— Pouvez-vous réparer ça ?

— Je ne sais pas. Comment ça a été fait ?

— C'était la poupée, où est la poupée ?

Je regardai autour de moi et vis Nyx la ramasser comme si c'était un jouet. La chatte jeta un regard furieux à Margaret, passa devant elle et laissa délicatement tomber les restes de la poupée en crochet à mes pieds.

— Gentille chatte, dis-je.

Margaret leva les yeux au ciel.

— Ça ne m'étonne pas qu'elle me détestait. Tu traites cet animal comme si c'était un chien.

— Nyx est ma fidèle amie, quelle qu'elle soit.

Je caressai Nyx et elle se mit à ronronner. Margaret ramassa la marionnette. Là où les jambes tricotées de la poupée se terminaient se trouvait un long fil de laine qui pendait.

Christopher Weaver s'avança et tendit la main.

— Si vous me le permettez.

Il prit la poupée à Margaret. Christopher Weaver n'était pas seulement un vampire, il était également médecin et j'espérais qu'il puisse être capable de soigner Maman.

Il frotta la laine entre ses doigts et observa attentivement la taille des points. Il chercha quelque chose au sol et trouva le crochet qu'Eileen avait utilisé.

Puis il se tourna vers Maman, Margaret, Pete, Rafe et Alfred. Tout le monde était en train de le fixer.

— Ça vous dérange si je pars à l'avant du magasin ? Je trouve toute cette attention déconcertante.

— Bien sûr, tu n'as pas besoin de demander, répondis-je en me mordant la lèvre. Mais s'il te plaît, dépêche-toi.

Ma mère était assise là, sans pieds, l'air sonnée. Margaret lui parlait à voix basse, sans doute pour la réconforter, et lui disait de ne pas s'inquiéter.

— Nous allons bientôt vous remettre sur pied.

Nous échangeâmes un regard et Margaret grimaça devant son propre jeu de mots, vraisemblablement accidentel et des plus malheureux.

Mais, pour une raison quelconque, le choix de mots maladroits était le tonique dont ma mère avait besoin. Elle éclata de rire.

— Eh bien, dit-elle, un voyage de mille lieues commence toujours par un premier pas.

— Il n'y a rien de tel que de partir du bon pied, renchérit Pete.

— Alors là, tu as mis les pieds dans le plat, dit Alfred.

Je n'en pouvais plus, je les laissai à leurs jeux de mots déplorables et me rendis dans la boutique où j'allumai la lumière pour m'assurer que Christopher pouvait voir correctement.

Je m'affairai tout autour de la pièce, et j'attendis, tandis qu'il re-tricotait rapidement au crochet les pieds de la poupée. Lorsqu'il eut terminé les pieds et noué le dernier bout de laine, une acclamation retentit de l'arrière-boutique. Je soupirai de soulagement et serrai le vampire dans mes bras, puis nous nous précipitâmes tous les deux à l'arrière, où ma mère était en train d'essayer ses tout nouveaux pieds en se tenant debout.

Elle baissa les yeux sur ses vieilles chaussures de course.

— Ces chaussures sont vraiment laides. Mais à quoi je pensais ?

Elle leva les yeux et nous inclut tous dans son sourire.

— Je vais fêter mes nouveaux pieds en achetant une nouvelle paire de chaussures demain.

Elle s'approcha, me prit dans ses bras et me serra fermement contre elle. Sa voix trembla légèrement quand elle prit la parole :

— Et pourquoi pas une pédicure. Lucy, tu voudrais peut-être te joindre à moi ? Je pense que nous avons toutes les deux bien besoin d'une journée au spa.

Je n'avais jamais connu de femme moins encline à s'offrir une journée au spa que ma mère, et je compris à ce moment-là à quel point elle était encore sous le choc. Bien évidemment, j'acceptai.

Elle jeta un bref regard au tas de cendres et déglutit.

— Si ça ne vous dérange pas, je pense que je vais monter. Je ne supporte plus d'être ici. S'il vous plaît, pourquoi ne pas tous monter ? Il reste une demi-bouteille de scotch. Je pense que nous pourrions tous prendre un verre, ça ne nous ferait pas de mal.

Alfred et Christopher l'accompagnèrent à l'étage, ce dont je leur fus reconnaissante. Rafe, Margaret, Pete et moi restâmes derrière. Nous baissâmes les yeux sur les cendres de ce qui était anciennement une créature.

— Nous devons nous débarrasser de ces restes très prudemment. Je dois faire quelques recherches. Je ne sais pas s'il serait préférable de disperser les cendres dans la mer pour qu'elles ne puissent jamais se rassembler, ou de les enterrer.

Une nouvelle voix se fit entendre. C'était celle d'une jeune femme, avec un léger accent. Je me retournai, et là, dans le coin sombre de la pièce, où je supposais que le miroir avait atterri après s'être envolé de mes mains, se trouvait une jeune femme égyptienne, allongée sur le sol. Je me précipitai vers elle et m'agenouillai à ses côtés, n'en croyant pas mes yeux.

— Meritamun ?

Elle se redressa en tremblant. Je me souvenais de son visage, bien sûr. Mais lorsque Pete l'aida à se relever, je vis qu'il s'agissait d'une jeune femme d'environ un mètre cinquante, vêtue d'une magnifique robe en soie jaune.

Dire que je pensais que la journée ne pouvait pas être plus folle. Quand allais-je apprendre à ne jamais faire de prédictions ? J'avais des pouvoirs, mais prédire l'avenir n'en faisait certainement pas partie.

Elle posa une main sur sa tête.

— Je suis libre, dit-elle. Je suis enfin libre.

Mes yeux se posèrent sur le bracelet doré qui entourait son poignet et je reconnus le sort de protection. C'était ainsi que l'ennemi l'avait atteinte à l'origine.

Margaret était à la fois moins romantique que moi et plus pratique.

— Sais-tu comment te débarrasser des restes de cette créature ? demanda-t-elle.

— Oui, oui. Vous devez placer les cendres maudites dans une boîte ou un récipient en albâtre, puis les emmener dans le désert et donner les cendres à un chameau. Elles seront excrétées dans le sable chaud du désert pendant sa marche. Ces animaux peuvent aller loin en un seul jour.

— Comme c'est pratique, se plaignit Margaret. Nous avons tellement de déserts autour d'Oxford. Et les chameaux sont à chaque coin de rue.

J'étais choquée par sa mauvaise humeur. Nous avions battu un sorcier maléfique ce soir, et libéré une sorcière asservie.

— Mes parents vont bientôt retourner dans le désert, dis-je. Si nous parvenons à trouver une telle boîte, ils pourront ramener les cendres avec eux.

Nous fûmes tous du même avis que c'était la meilleure chose à faire, puis Rafe dit qu'il possédait une boîte en albâtre. Je soupçonnais qu'il s'agissait d'un artefact inestimable de sa collection. Je l'informai que mes parents pourraient la ramener quand elle serait vide.

Il regarda les restes cendrés de l'être diabolique et affirma qu'il serait préférable d'enterrer aussi la boîte dans le désert. Il rentra chez lui pour la chercher et, pendant ce temps, Meritamun étira ses membres et se mit à danser dans toute la pièce, riant de la joie pure du mouvement.

Je l'observais, le sourire aux lèvres, quand elle s'arrêta soudain, s'approcha de moi et prit mes mains dans les siennes. Ses yeux étaient baissés.

— Je vous demande pardon pour ce que j'ai fait. Ma magie a été utilisée pour faire le mal. Si vous souhaitez prendre ma vie, je vous l'offre volontiers.

Je me tournai instinctivement vers Margaret. J'étais trop médusée pour parler.

— Nous ne nous sacrifions plus les uns les autres, lui dit Margaret. Oh là là, tu as beaucoup à apprendre.

Elle se tourna vers moi.

— Cette pauvre fille ne sait rien sur les voitures, les avions, Internet et je ne sais quoi d'autre.

— Fast food, renchérit Pete. Vacances en croisière. Site de rencontres. Électricité.

Elle balaya son regard de l'un à l'autre, mystifiée.

— Peu importe, m'esclaffai-je. Elle rattrapera son retard.

Elle posa ses doigts sur le bracelet en or à son bras.

— C'est mon père qui me l'a donné, dit-elle tristement. Il disait qu'il me protégerait toujours.

Margaret s'avança et regarda le bracelet.

— Ce n'était pas sa faute. Ni la tienne. Ta magie n'était pas assez forte pour te protéger du sorcier maléfique. Tu as passé des siècles à être punie. Il s'est servi de toi.

Meritamun acquiesça, le visage triste.

— Il m'a trompée, puis m'a piégée dans le miroir.

Elle ne semblait pas capable d'en dire plus, alors je racontai à Margaret ce que je savais. Que sa grande utilité pour l'être maléfique avait été une étrange capacité à se connecter avec les sorcières actuellement en vie les plus puissantes, et donc les plus dangereuses, pour lui.

Meritamun hocha la tête.

— Je les voyais. Comme une vision. Peu importe à quel point j'essayais de ne pas le faire. Et tout ce qu'il avait à faire était de regarder dans la surface du miroir pour être capable de voir la sorcière dans sa vie quotidienne.

— Mince alors, dit Pete. Comme une caméra espionne de seigneur maléfique ?

Meritamun n'avait aucune idée de ce dont il parlait. Je lui assurai que je lui expliquerais plus tard et lui demandai de continuer son histoire.

— Et c'est comme ça que ça a toujours été, continua-t-elle. J'ai vu votre mère, et ensuite je vous ai vue vous. Il a jeté un sort sur le miroir pour que votre mère soit obligée de vous l'apporter. Il a toujours eu l'intention de vous détruire toutes les deux.

Elle posa son regard sur moi et la douceur et la gratitude de son visage me firent presque tomber.

— Normalement, quand quelqu'un, même une sorcière, se regarde dans ce miroir, il ne voit que son propre reflet, expliqua-t-elle. Vous êtes la seule à m'avoir vue.

— Je me demande pourquoi ?

Margaret tourna les yeux vers moi d'un geste vif.

— Je t'ai dit que lorsque ta mère a supprimé sa propre magie, elle t'a donné des pouvoirs supplémentaires. Tu dois être très prudente, Lucy. Je soupçonne que tu es une femme sage et puissante.

Je ne me sentais pas sage, je me sentais stupide et effrayée et la plupart du temps, j'aurais même voulu ne pas être une sorcière. Mais il n'y avait pas grand-chose que je puisse faire à ce sujet maintenant. Ma mère avait prétendu ne pas l'être, et ça n'avait pas très bien marché. Au moins, en admettant mes propres capacités, j'éviterais à mes futurs enfants, si jamais j'en avais, de devenir aussi bizarre que moi.

Rafe revint bien plus tôt qu'aucun mortel n'aurait pu faire le voyage. Il montra à Meritamun la boîte en albâtre. Elle était exquise. Légèrement verdâtre et gravée de hiéroglyphes.

— Est-ce que ça ferait l'affaire ?

Elle prit la boîte, l'ouvrit, puis remit le couvercle en place.

— Oui. C'est ce qu'il y a de plus approprié.

— Mais c'est si beau, dis-je. Tu es sûr que tu ne veux pas que mes parents te la rapportent ?

Il tourna les yeux vers moi.

— Je me souviendrais à jamais que les restes d'une chose maléfique ont été à l'intérieur. Non, je serai beaucoup plus heureux qu'elle soit enterrée quelque part dans le désert.

Il m'adressa un petit sourire.

— En plus, ça fait de la place dans ma collection pour que je puisse acquérir une nouveauté.

Je récupérai la pelle et la brosse, puis nous balayâmes les cendres très soigneusement et les plaçâmes dans la boîte en albâtre. Même si le couvercle était bien ajusté, je le scotchai quand même afin d'être sûre.

Puis nous montâmes tous à l'étage. Avant d'éteindre les lumières, je jetai un œil en arrière et aperçus une curieuse roussissure en forme d'étoile, comme celle du dortoir de Logan. Je prévoyais de frotter la zone jusqu'à ce que la marque de brûlure disparaisse ou, si cela ne fonctionnait pas, je peindrais le sol. Je ne voulais plus jamais avoir à me rappeler des horreurs de cette soirée.

Quand j'atteignis la porte menant à mon appartement, je constatai que Rafe était resté en retrait et m'attendait.

— Tu vas bien ? me demanda-t-il.

— Je crois, répondis-je en me frottant le front avec mon poignet. J'ai découvert que mon assistante était un puissant sorcier maléfique, j'ai failli voir ma propre mère se faire tuer sous mes yeux, et j'ai découvert qu'elle était, elle aussi, une sorcière. Oui, ça a été une sacrée soirée.

Il me regarda intensément.

— Être coincé en bas dans ce passage, t'entendre crier et être incapable de défoncer la porte, c'était une soirée difficile pour moi aussi.

Je le fixai, surprise, en percevant l'intensité de son ton. Nos regards se croisèrent et il plaça sa paume froide sur ma joue.

— Tu es devenue importante pour moi, Lucy. Je ne pourrais pas le supporter si quoi que ce soit t'arrivait.

Je posai ma main sur la sienne, où elle reposait sur ma joue.

— Eh bien, ce soir, c'est en partie grâce à toi qu'il ne m'est rien arrivé. Maman s'inquiétait que je me sente seule ici et que je n'aie pas d'amis. Mais cette nuit, j'ai pris conscience à quel point je suis liée à toi et aux autres vampires, à ma mère, à Margaret et à Nyx. Et maintenant à Meritamun. Vous me rendez tous plus forte.

Il laissa tomber sa main et m'entoura d'un bras pour me serrer contre lui.

— C'est à ça que servent les amis.

CHAPITRE 19

*E*n haut, ma mère avait ouvert la demi-bouteille de whisky qui restait de la visite de Hamish. Je n'aimais pourtant pas le scotch, mais j'acceptai gracieusement un petit verre.

— Je suis bien contente que ce soit fini, dit ma mère.

C'était un tel euphémisme que nous éclatâmes tous de rire.

— Meritamun, je ne sais pas trop ce que nous allons faire de toi, reprit-elle.

Elle me lança un regard et je sus que, quels qu'étaient ses souvenirs de cette soirée, elle n'avait pas oublié qu'elle avait si soudainement embrassé sa magie.

— Je suis sûre que Lucy et moi pouvons nous arranger pour t'obtenir des papiers d'identité, poursuivit-elle. Quand mon mari et moi retournerons en Égypte, nous serons heureux de t'emmener avec nous, afin que tu puisses rentrer chez toi.

— Chez moi... répéta-t-elle d'une voix douce. Je crains que les choses aient changé depuis la dernière fois que j'aie été en liberté. Tous mes amis et ma famille sont partis depuis longtemps, la seule amie que j'ai au monde est Lucy.

Son regard se posa brièvement sur moi.

— Dans mon monde, à mon époque, j'étais la servante d'une magicienne bonne et puissante.

Elle joignit ses mains et inclina légèrement la tête.

— Je serais honorée si vous m'acceptiez à votre service.

J'étais tellement abasourdie que je ne savais pas quoi dire. J'étais sur le point de lui dire que l'esclavage avait été aboli depuis longtemps, mais je n'avais pas envie de rejeter sa si belle offre. Et puis, où irait-elle ? Elle ne pouvait même pas imaginer à quel point le monde avait changé. Avant que je puisse prendre la parole, Rafe se mit à glousser. Je pouvais compter sur les doigts d'une main le nombre de fois où j'avais entendu cet homme rire, alors je ne pus m'empêcher de le fixer.

— Eh bien, c'est vrai que tu as une place d'assistante vacante, Lucy.

Je plaquai ma main sur mon front et gémis.

— Oh, non, tu as raison. Je viens tout juste de perdre une autre assistante. Je ne peux pas, tout simplement pas, retourner chez madame Winters et afficher une autre annonce dans son commerce. Je serais incapable de supporter de nouvelles leçons sur l'importance de garder du personnel.

Meritamun balayait son regard de l'un à l'autre de nous avec une expression légèrement perplexe. Je me tournai vers Maman, puis vers Margaret et Pete.

— Qu'en pensez-vous ?

— Je serais plus heureuse de savoir que Meritamun est

ici, répondit ma mère. Pour votre bien à toutes les deux. Vous pourrez veiller l'une sur l'autre.

J'acquiesçai.

— C'est une excellente idée. Et j'en ai une autre. Pouvons-nous t'appeler Meri ?

— Meri.

Elle fit rouler le mot dans sa bouche comme un bonbon.

— Meri.

— Ça fait plus contemporain, et ce sera plus facile à prononcer pour les gens d'ici.

— Oui. Ça me plaît. Un nouveau nom pour ma nouvelle vie.

— Vous seriez toutes les deux les bienvenues dans l'assemblée, dit Margaret.

Elle vit mon expression et ajouta :

— Oh, ne t'inquiète pas. Meri est simplement une étudiante venue d'Égypte en programme d'échange. Nous pouvons tout aussi bien rester proches de la vérité. Nous dirons qu'elle est experte dans l'histoire de l'Égypte antique.

Rafe acquiesça.

— C'est une excellente idée, Margaret. Meri est une étudiante en archéologie. Elle a fini ses études et a rencontré Lucy grâce à ses parents, ce qui est fidèle à la réalité. Lucy avait besoin d'une assistante à sa boutique de tricot.

Une fois de plus, un sourire particulièrement inhabituel éclaira son visage.

— Parce que sa dernière a explosé en une boule de feu.

Il était tout juste assez proche pour que je puisse atteindre avec mon pied sa cheville, à laquelle je donnai un coup. Il rit à nouveau à voix haute.

Margaret se leva.

— Je dois y aller. Cependant, Lucy, j'espère que tu as appris l'importance de la communauté.

Elle me fusilla de son regard bleu vif.

— Samhain approche à grands pas. Je vous attends toutes les deux à la célébration de Samhain, qui sera suivie d'un souper.

À ces mots, Maman leva la tête.

— Puis-je venir, moi aussi ?

— Ça oui, il est grand temps, répondit Margaret. Et maintenant, je dois partir. Soyez bénies.

Après le départ de Margaret, Pete prit la parole :

— C'est très bien, mais Meri ne peut pas se balader dans une boutique de tricot habillée comme ça.

Nous observâmes chacun les habits de Meri.

— Vite, avant que ton père ne rentre, dit alors Maman. Tu dois bien avoir quelque chose qui lui ira ?

Je me levai et proposai à Meri de venir avec moi dans ma chambre. Nous montâmes à l'étage et je dénichai un vieux pantalon de survêtement et le plus petit T-shirt que je pus trouver.

— Nous irons faire du shopping demain et nous t'achèterons des vêtements corrects, lui proposai-je.

Lorsque je l'aidai à mettre les vêtements, que je défis sa coiffure élaborée et que je peignai ses longs cheveux bruns pour qu'ils tombent en mèches raides sur ses épaules, elle ressemblait en tous points à une étudiante.

Quand nous revînmes dans le salon, mon père était rentré à la maison.

Je m'assis sur le canapé, et Meri s'installa nerveusement à mes côtés, clairement gênée dans ses nouveaux vêtements.

Nyx sauta sur mes genoux et se pelotonna. Elle m'avait à peine quittée depuis que nous avions tous failli être tués.

— Tu es magnifique, dit Pete en se penchant vers elle.

Puis il rougit légèrement et ajouta :

— Je veux dire, tu vas te fondre dans le décor à la perfection avec tes cheveux lâchés et ces nouveaux vêtements.

Mon père sembla un peu surpris de tomber sur une fête improvisée, mais Maman lui expliqua que nous fêtions l'embauche d'une nouvelle assistante.

Mon père avait l'air perplexe.

— Mais qu'est-il arrivé à cette charmante vieille dame ? Elle semblait parfaite ?

— Elle a eu une urgence avec un de ses petits-enfants, répondit habilement Maman. C'est pourquoi elle n'a pas pu donner de préavis à Lucy. Mais, heureusement, Pete ici présent, connaissait Meri. C'est une experte du Moyen Empire.

— Vraiment ? lui demanda mon père, l'air beaucoup plus intéressé qu'il ne l'avait jamais été lorsqu'il conversait avec Eileen. Tu es sans doute allée à l'université du Caire. Ils font de l'excellent travail, là-bas. C'est amusant que tu sois soudainement là, car Hamish et moi nous interrogions sur quelque chose ce soir, au dîner. Peut-être que tu peux nous aider. Ça concerne Antef l'Ancien.

— Maman, chuchotai-je. Arrête-le.

Mais elle se contenta seulement de sourire et secoua la tête. Et, elle avait raison. Lorsque Meri se mit à discuter avec mon père d'un monde qu'elle connaissait si bien, elle perdit sa timidité et retrouva peut-être une partie de ce qu'elle avait perdu, son histoire, et celle de sa famille.

Après qu'elle eut répondu à sa question et à quelques autres, il se tourna vers moi.

— Je dois le reconnaître, Lucy. Tu as engagé une excellente assistante.

Je doutais fort que Meri sache même comment tricoter. Elle n'avait jamais vu d'ordinateur, ni affronté d'hiver oxfordien. Mais qu'il le sache ou non, mon père avait raison. Avoir une sorcière loyale comme assistante allait être un avantage considérable.

— Vous avez raison, monsieur, dit Rafe comme s'il avait lu dans mes pensées. La loyauté est plus importante que de savoir tricoter.

Il leva son verre.

— Je propose un toast à Lucy, et à sa nouvelle assistante.

Pendant que tout le monde levait son verre et répétait le toast, Rafe garda ses yeux posés sur moi, et je devinai que Meri n'était pas la seule à me promettre sa loyauté totale.

Merci d'avoir lu *Potion et Croisillons*. J'espère que vous avez aimé les aventures de Lucy et que vous envisagerez de laisser un avis, ce sera très utile.

Ne ratez pas *Chaussettes et Baguette*, tome 4 du *Club des Vampires Tricoteurs*.

Message de Nancy

Chers lecteurs,

Merci de lire la série *Le Club des Vampires Tricoteurs*. Je suis très reconnaissante pour l'enthousiasme que cette série a reçu.

J'espère que vous posterez votre avis en ligne et que vous en parlerez à vos amis amateurs de cozy mysteries.

Avis sur Amazon, Goodreads ou BookBub.

Votre soutien est comme la laine qui m'aide à tricoter ces histoires.

Inscrivez-vous à ma newsletter pour un préquel gratuit en anglais, *Tangles and Treasons* (*Pompons et Trahisons*), le récit palpitant de la transformation du beau Rafe Crosyer en vampire.

J'espère vous voir dans mon groupe Facebook privé. On s'y amuse beaucoup. www.facebook.com/groups/NancyWarren-Knitwits

À la prochaine et bonne lecture,

Nancy

AUTRES TITRES DE NANCY WARREN

Pour rester informé des nouvelles parutions et profiter de bonus et de cadeaux, inscrivez-vous à la newsletter de Nancy sur NancyWarrenAuthor.com ou rejoignez-la sur son groupe Facebook privé : Nancy Warren's Knitwits.

Le Club des Vampires Tricoteurs : cozy mystery paranormal

Crocs et Accrocs, tome 1

Sorcière et Boutonnière, tome 2

Potion et Croisillons, tome 3

Chaussettes et Baguette, tome 4

Crochets et Brouet, tome 5

Le Club des Vampires Tricoteurs, tomes 1-3

En anglais :

Tangles and Treasons (Pompons et Trahisons) – préquel gratuit pour les abonnés à la newsletter de Nancy

NancyWarrenAuthor.com

À PROPOS DE L'AUTEURE

Nancy Warren est une auteure de best-sellers au classement de USA Today, avec plus de 100 romans à son actif. Elle est originaire de Vancouver, au Canada, et elle adore voyager. Elle a notamment vécu en Angleterre, en Italie et en Californie. C'est quand elle habitait à Oxford qu'elle a rêvé au Club des Vampires Tricoteurs. Entre autres beaux moments dans sa carrière, son nom a figuré dans un mot-croisé du journal *National Post* au Canada, à la une du *New York Times* pour la parution de son livre *Speed Dating*, le premier de la série NASCAR de Harlequin, et elle a été trois fois nominée au Romance Writers of America's RITA award, une récompense prisée. Elle est diplômée en écriture créative de l'Université de Bath Spa. C'est aussi une randonneuse acharnée qui adore le chocolat, et par-dessus tout, avoir des nouvelles de ses lecteurs !

Pour la contacter, inscrivez-vous à la newsletter de Nancy sur NancyWarrenAuthor.com ou rejoignez son groupe privé Facebook www.facebook.com/groups/NancyWarrenKnitwits

Pour en savoir plus sur Nancy et ses livres :
NancyWarrenAuthor.com

[f] facebook.com/AuthorNancyWarren

[o] instagram.com/nancywarrenauthor

[a] amazon.com/Nancy-Warren/e/B001H6NM5Q

[g] goodreads.com/nancywarren

[BB] bookbub.com/authors/nancy-warren

www.ingramcontent.com/pod-product-compliance
Lightning Source LLC
Chambersburg PA
CBHW070906180626
46817CB00003B/935